蜃樓

嚴歌苓——著

00

他第一次跟我談他的情史，是在龍華路一家台灣人開的咖啡店裡。這個叫張明船的人，希望我能寫他的故事。

咖啡店生意好，卻也不妨礙它的好情調，無情人都生情。他看著窗外，說起幾年前一件事。那是個臘月的夜，很深了，估計過了兩點，他開車從這條街上穿過，街燈如浪，一波波潑進窗，忽然，隨著光的浪頭，潑進一個女人的身形。街上沒人，車也極少，他的跑車時速至少在五十五公里，「嚓」的一下就從那女人身邊過去。就是眼角一瞥，十分之一秒都不到，他認出她是誰。拿定主意相認，車已經飆出去三百多公尺。他踩下剎車，掛倒檔，車原速倒回去，停在女人身邊。女人從側身轉成正身。降下車窗，女人不動，姜太公釣魚，拿著勁兒。他說上來吧。女人踏下路基，他伸手替她開門。現在好了，她的整個身體披上燈光；他那麼熟的身體。先進入車裡的是她一隻腳，穿著塑膠仿皮的高跟鞋。他過上好日子之後，聞都能聞出仿冒品。一隻腳先進來，就增加了上這種跑車的難度。先進來屁股，才對，尤其是有著可觀厚度、不宜折疊的身體。她十年前就長得鼓鼓囊囊，但是不壞的鼓囊。一個天生的婦人，孩提對接成熟期，抽條少女那一截給山民沉重的背兜擠壓出去了。好容易坐到寶馬[1]Z3的副駕駛座上，她抬起頭來看前方，而不是先跟車主打招呼；跟未來客戶做個音容登記。這個側臉竟然是陌生的，陌生的鼻梁和額頭。原先的額很光潔，哪兒來的這一大堆瀏海。瀏海可以仿冒青春。嘴唇呢，更陌生，翹得不近人情，要灌進去多少化學膠質，才能塑出這樣仿冒的孩子氣。他叫她名字。她名字好聽：藍蘭。她沒反應。意思是，藍蘭是誰？按她的貴州話，該是：藍蘭是哪個？一剎那間，他懷疑自己認錯了人，誤招了一個資深站街女。但剛才開車過去，瞥到她的那一眼，仍然留在眼角；那是她妄想否認的藍蘭。心和肉體的辨識力，比眼睛牢靠多了。那麼多日子躺在彼此懷裡，肉體自己的事情，它自己記得住，類似一種動物暗碼。

他問：「去哪兒？」此刻他緊盯前方，給她的是二分之一側影。

女人回頭看他一眼。他側面的臉頰上，感到了她眼光裡的笑。她的笑是熱的。

他說：「你不叫藍蘭，那你叫什麼？」

她用招牌的藍蘭口氣說：「非要問名字啊？」

那個口音口氣第一次叫他「小伙子」的時候，他才二十一。她二十二。第一次，在海府路的街邊夜餐拍排擋，火熱的夜晚。八〇年代特有的火熱。火上架著魷魚，烤得哧哧響，腥香撲在一街人臉上，穿在一街人身上。他看見一張年輕的小圓臉，長在一具壯實的婦人身上。「到這來吃嘛！」是她說的第二句話。跟她同桌的還有兩個女子，等他坐過去，才意識到她們掙的是什麼生計。此時街燈全黑，又是停電。一個女人尖叫，總是被誰劫了財或色。餐桌上的油燈被點燃，一盞，兩盞，三盞……隔壁食檔發電機　動，吵到左鄰右舍，三個女子只能大聲喊著說話，大聲笑，吃到了他的豆腐似的。一面笑鬧，她們在百分之八十裸露的腿上拍打，蚊子和男人一樣愛她們的血和肉。無論何種年代，開拓者的史篇都有這類紅粉伴隨。她們也是開拓者，誰說不是？

那時他剛從師範學院畢業，跟著大群開拓者到了這島上；這島是一百五十萬年前，被祖國大陸主軀幹上甩出的一塊肉。他和所有開拓者一樣，心跳有些過速，難以定下神。叫他過

1　寶馬：即BMW。

來的女子說：「我叫藍蘭，姓藍，名字是蘭花的蘭。你叫什麼？」她普通話很洋涇浜，反正這是個各種洋涇浜語言匯聚之地。他告訴藍蘭，他叫「張明」。三個字的姓名，他藏起了最後一個字，為自己留了三分之一的後手。他誠懇地對她笑，百分之七十的誠實，在這個闖蕩者鬧人災的地方，絕對足夠。記得他喝完第一杯啤酒之後，一個姑娘離開了。姑娘碰到了一個回頭客，兩人咬了一陣耳朵，離席跟男人走了。那天的賬也是姑娘的回頭客給大家結的。

可現在坐在他車上的女人不認他。不認他們相遇的第一晚。那天晚上他帶她去了露天電影院，租了一條毯子。等他醒來，她不見了，天剛亮。

他笑笑說：「是人都得有個稱呼。我稱呼姐姐什麼呢？」

她轉過臉，含恨的一雙眼睛。眼睛也變了，被手術刀挖得極大。那麼厚的瀏海，擋住了初現的抬頭紋，但沒擋住他的揭露。是的，他過去叫過她「姐」，年輕時，大一歲的女人大出一個「姐」字輩兒。

女人不說話，頭轉向車窗外。過了一會，她說她到了。西門口。緊鄰市場，海風黏稠，白天賣出去的鮮魚，氣味滯留在空氣裡，卻已經腐了。他停下車。她發現她那邊的車門被鎖了。他此時已經開門下車，火速來到她那邊，拉開門。他低就扮演車夫，為夫人開車門。她兩腳站在地上，一腿長一腿短，再一看，她慌得把一隻高跟鞋跌掉了。他放低姿態讓她著慌。他伸手扶住她，一具軟塌塌的肉身。他的手掌認識她的皮肉以及肉下的骨頭。他的手和她的肉體，都是動物，憑它們神秘的暗碼記住彼此。看，現在動物們已經對上了暗碼。他一手摟著她的腰，同時弓身，在車下為她找鞋。他把鞋拎起，果然是純塑膠。她接過鞋，扔在自己那隻懸空的山民大腳下，使勁往裡一蹬。他叫她等一會兒。她不吱聲，等著。他從拉開的皮包裡，拿出所有鈔票——一共十萬，海南帶著現鈔能救自己命，或者救車的命。她看著錢，這麼多！一九九八年的海南，這筆錢能買間小屋。他跟她說，錢是給藍蘭的，她要不是藍蘭，可就沒份兒了。她呼吸重了，抬頭看著他，手術刀殺掉了藍蘭的真面孔，但不礙的，藍蘭的目光殺不死。藍蘭的聲音也殺不死：「你說是就是嘛。」

他說：「歲數不小了，不要再幹這個了。回家好好過吧，藍蘭。」

她說：「我真名不叫藍蘭。」

他沒說話。叫什麼無所謂。女人見他不追究她真名叫什麼，也就不再說話。在海南，其實你高興叫什麼就叫什麼，高興多大歲數就多大，誰跟你較真。就像遷徙西部的美國開拓者，在故鄉殺人放火，一路西行，完成了自贖流放，也就自新了。這個島嶼大多數人的祖先是被流放者和自我流放者，與自己背景，多少是了斷過了的。

女人看著他，藍蘭的眼淚在挖大的眼裡釀熟，滾下她竄改不了的小圓臉。她走進巷口。他在她身後尾隨。每一片陰影裡都可能埋伏一個劫財劫色者。她的住處條件跟十年前一樣。可怕的簡易小樓，被各種鐵絲鋼絲纏封，成了一隻破舊的鐵籠子。他一直看她走進「籠子」，看到一樓那個被籠格鎖在深處的小窗暗淡地亮起燈，才轉身走開。

他回到車裡，坐了很久。想著他和藍蘭的第一次、第二次、第三次見面。他連她穿的衣服和髮型都記得清清楚楚。第三次的見面，持續了一年。後來他回了原先的公司，日子正規起來，一次買了點心去看她，她消失了。他沒為她相思過，但他想忘都忘不了她。她是個捨了命也要對男人好的女人，只要是她疼的男人。在海府路的烤海鮮排擋初遇藍蘭，他登島才半年多，看上去一個毛頭男孩，心裡也毛頭毛腦，需要一個長姊如母的女人。後來他發現藍蘭根本不是他的口味，讓他生出戀情的都是穿超小號衣服的女子，永遠在抽條[2]，長不成竹的筍。比如小婷。小婷會出場的，現在還不到時候。

他對我說：「不用提醒，我知道。這一段聽著跟我的情史無關，其實緊密關聯。」

2

抽條：長高或變瘦。

01

一九八八年底，張明舶初登島。那時，第一批開拓者過得像永久夏令營。海口的街道邊都是過家家般的小爐小灶，小桌邊的女大學生給你現包餃子。張明舶就在這樣的小桌邊蹲著，吃著不怎麼美味的餃子。所有洋涇浜的普通話幾分鐘就聊熟了彼此。問到張明舶，哪來，現在哪上班，回答是，河北滄州來，在三角池上班。誰都明白他啥意思。他確實在三角池的「人才牆」找到了第一份工作，在一個賣空調的公司做倉庫員。那是個皮包公司[3]，倒是有個挺大的倉庫，老闆總是在深圳到海口的路上，二老闆管事。大老闆姓一個怪姓：標，是文人從商，從商前寫過兩本書，名氣小小，但在海南夠用。他有書做敲門磚，敲開官員的門，海南的官員都欠官氣，門好敲。官員給他弄批件，把他的業務掛靠在一家國企上，在海

[3] 皮包公司：沒有固定資產、編制的公司。

南找了個破廠房，把倒賣來的零件組裝成機器。二老闆姓朱，叫朱維埠，人喚朱總，他笑吟吟接受，人喚阿埠，他也喜洋洋應聲。朱總在老家有案子，軍婚案，把「草綠長城」的牆角挖了。後來軍嫂反水，軍哥軍嫂合力把阿埠扭送進公安局。都是人傳說的，好在海南自始以來就寬容，一千多年來接受了幾百個流放罪犯，也不多阿埠這一個。張明船在二老闆口中，就是小張：小張機靈得很，看守倉庫裡機器和零件可惜了。朱總嘖一聲嘴，小張就成了二老闆助理。近距離看，其貌不揚的朱總是很有魅力的，鼓動家的熱誠讓客戶很快下訂單，大概軍嫂就是被他的熱誠鼓動到床上去的。他們組裝的空調主要賣廣東，偶然也賣到其他省份。張明船在兩個月內，一共見過兩次大老闆標總，他在見標總的第一分鐘就決定，標總是來這一行反串的，他不會真拿這個買賣當真。不久發現，標總因為新寫的書不讓出版，書的政治傾向不太好，所以賺錢是他心灰意懶時的消遣。標總是北京人，一七九公分的個兒，寬肩大頭，頂著一頭極其濃的微長的好頭髮，一雙眼很大，目光卻弱弱的，不願看破世間人事似的。

標總一來，全部工作人員都從「皮包」裡鑽出來，一共五個。一個給朱總燒紅燒肉和負責打掃朱總房間的安徽人小戴，一個四十多歲的女人兼職財務，姓林，從福建來，白天的大半天，她在人家非皮包公司真正的辦公室裡坐班。加上兩個總，一個總助理他小張，一共五人。標總把大家叫到一塊，聽聽組裝產量，看看訂單賬單，然後就把五個人拉出去吃。

第一站先到望海樓吃海鮮，酸瓜海白煲是他們的保留節目，其他做應時替換，青蟹肥吃蟹，馬鮫魚鮮就吃魚，青口壯便是青口。標總自己不怎麼吃海鮮，說是二十八歲那年患上痛風，於是在一桌斑斕的海鮮面前，他只看著四個下屬吃。四個下屬吃得話都不說，在開了殼的大螃蟹裡揀起大坨的金色蟹黃，從海扇殼裡挖出懷孕的貝母，看著看著，標總那滿意的，又帶些慣使亦或略顯鄙夷的微笑，就漫溢到臉上。

張明舶聽人說，標總是一個國家領導的後代，他不太信。國家領導就那麼多，活的死的都算上，沒有標姓人氏。那人說，嘿，夠實誠的，人家不會取名字裡一個字當姓嗎？他琢磨，名字裡帶標（彪、飈）的，是存在的，但細想，太嚇人了。那人鬼故事繼續說，別以為官方消息說誰死了，誰就真死了。那人還找來證據：痛風是吃好的吃多了，鮑魚花膠當飯，那才會年紀輕輕得上貴人病。你想他年輕時什麼年頭？一人二兩肉的年頭，二兩肉一家人吃，熬一大鍋菜，等於豬肉在鍋裡放個屁！你想患痛風你趁嗎？只有中央領導人的後代才患得起痛風！

在望海樓吃飯，標總從不多點菜，三個最多，兩樣海貨，加一個燙地瓜葉，蒜汁涼拌。吃完海鮮，他會領著四個屬下繼續前進，到雞飯店吃文昌雞。文明西路那一家，他們最愛光顧，店堂髒兮兮烏突突，跑堂的兩個女人都是大娘，凶神惡煞，但他們又不吃大娘，只圖那一口蘸料滋味，地道文昌散養雞被完美火候做成的那一口銷魂口感。吃雞時，標總也很少動筷子，像是最慈愛的祖輩，省下自己那口給沒出息的孫輩，笑眯眯看著，手裡夾一根煙，燒掉的比抽進嘴裡的多。吃了雞再去粉店，每人來一碗粉。吃粉的時候，標總才開了胃口，跟大家一塊投入，額上見了汗珠。最後總是結束在清補涼攤子上，這時一般都過了十一點。標總的流水席是人做流水，流域兩三公里，大家奇怪，不見標總吃多少，但挑的館子口味都是最佳的，難道他有品嘗探子暗地先行？最有名的清補涼都是亮光不足的，比如「老彭記清補涼」，推車就是店堂，車上一盞油燈，昏暗裡四個手下聊起租房訊息，人才牆上的尋人事，省委食堂的菜價，等等。標總坐在昏暗裡聽，有些時候你懷疑他已經睡著了。對標總那樣寡淡清遠的人，一點都不難讓人真心喜歡上。張明舶從未見過標總的妻子，他看見標總掏出皮夾時，對那妻子的照片有過一兩瞥，他斷定那一定是來不得這個島上的女人；開拓者開拓的，總跟「荒」有關，男人來此，暗中圖的是能撒一點野，而荒地，荒野，跟藍蘭那樣的女人緊相關聯，對於標總的女人，有男人撒野的荒野，是來不得的。

第二次見到藍蘭是他登島一年之後。皮包公司出了大事，他的飯碗碎了。其實那件大事還是他跟遠在深圳的標總報的警。他的總助理也是兼職，倉庫管理員他從未去職。這天他領著客戶到倉庫取貨，發現倉庫只有四堵牆在，牆內什麼都沒了，連尚未組裝的零件都沒了。第一個感覺，是他走錯了地方，走到別家的空倉庫裡了。跑出來，對對大門外的門牌，門牌上每個號數都正確。跟來取貨的買方看他裡外跑，臉色成了臘，才打消對他們是一伙騙子的念頭。他第一個警報是發給阿埠的。朱總辦公室電話無人接聽。他又給朱總呼叫器連發了五次呼叫器短信，一個小時後，仍然沒有回音。他乘坐客戶的車到了警局，用值班警察的電話給朱總打呼叫器，一直到他做完筆錄，朱總還是不回話。倉庫是他管的，把三百四十五台空調管沒了，頭號嫌疑不就是他張明舶嗎？客戶走後，他坐在警局接待室的長椅上，坐得屁股濕了，黏住長椅的木稜條。他站起身，走出警局，步行到郵局，一身汗冰冷。他給深圳的標總打了個電話，標總聽完噩耗，沉默了兩秒鐘。等標總開口，他說：「小張啊，沉住氣，看是不是發生了什麼誤會。」他說他已報警。標總誇他做得對。他是為自己報警。三百多台空調啊，只有他這個兼職倉庫員有鑰匙，說得清嗎？

下午，他愁悶多眠，一直昏睡，突然聽到敲門聲。警察？他爬起來，從床邊往門口走的那幾步，飛快回顧了他短短的一生。中級軍官的父親和母親，安分守己人等，從來不讓警察操心的家庭……姥姥烙的西葫蘆盒子，一滴油一個盒子，照樣酥脆，安分節儉的祖輩……母親介紹來的女朋友，軍醫院的小護士，那一對小辮兒，一雙小胖手，宣呼呼的手背上一排酒窩，姑娘臉都不用看，就接受下來……什麼都是去北京的錯，去建國飯店給叔叔捎東西，就那次，他發現自己有多不安分……學院畢業後，瞞著父母去找叔叔，叔叔是建國飯店中餐廳主廚，說得上話，把他辦成臨時工，在中餐廳當服務員……那餐廳，外國人、港澳人要比中國人多得多，他去不了國外，可外賓們把外國帶到了建國飯店……聽說海南跟外國最接近，他辭掉薪水不賴的臨時工，奔了海南……才一年多，警察就操上他的心了。

打開門，他嚇一跳，門外是拖著行李箱的標總。標總問：「能進去嗎？」他趕緊把大老闆往屋裡讓。就是空氣讓他睡得發臭，也不能不讓標總進門呀。原先他跟一個湖北小伙子同租一間屋，湖北人有一天晚上沒回來，接下去的幾十個晚上就都沒回來。在海南，室友住著住著不見了的事，經常發生。

標總進來後，看看四周，看看空床上被捲起的草席和被褥。

標總拿出一包面巾紙，抽出一張，擦了擦空床邊沿，坐下來：「小張你一人住這？」

在此前他沒有意識到這房子裡連把椅子都沒有。他給標總到了一杯水，說了室友不知如何不見了的事。標總有問他有無女朋友。他回答有，在河北的軍醫院，跟媽一個科室。標總說他是個好小伙子。他心裡虛虛的；他正想休掉女朋友。

「情況我大致瞭解了。」標總講到正題上：「朱維埠私自用那三百四十五台空調和組裝零件頂了他的欠債。人家把貨拉走了。他覺得無臉見我，人躲起來了。」

他心裡一塊石頭落地了。標總在來他駐地前，去了倉庫和警局，還跟倉庫對面的人家做了查實。倉庫在城區之外，周圍住著些種菜的農民，倉庫對面是一個蔬菜批發點，早晨九點，批發業務結束，正在清掃，路對面庫房出了大動靜。一個十七八歲的男孩舉著水管，在馬路邊往批發棚裡噴水，看見一輛加長卡車開到庫房的柵欄門口，駕駛室下來個男人，個兒不太高，戴香港蛤蟆鏡[4]，指揮卡車倒車進院。標總一聽，就知道個兒不太高，戴蛤蟆鏡的正是阿埠。阿埠偷偷配了倉庫鑰匙。庫房鑰匙只有大老闆有一把，剩下一把歸張明船保管。

4 蛤蟆鏡：大鏡片墨鏡。

「我想可能是那次我們去三亞，他偷偷幹的。」標總說。這時他們已經坐在中山路的一家茶餐廳門外餐桌邊。夜市還沒開始，晚飯剛剛收席，最是清淨時分。

不遠處，兩個女歌手在彈吉，二重唱，齊秦的《外面的世界》。倆姑娘一瘦一胖，瘦的唱高音，胖的憋粗嗓門，假冒男聲。這些不及格到歌舞廳掙錢的歌手，在街邊唱，掙錢還不耽誤他們嗨，過往行人捧錢場人場的都有。開拓者們都相信，海口餓不死人，樹上有果，海邊有小鮮，趕一小時海，鮮美一天。多走幾步路，到漁村的漁家女烤爐前一站，她們請你嘗遍各家秘方烤魚。

標總慢條斯理，分析阿埠作案過程。兩個月前，標總跟朱總到三亞談業務，兩人在旅館租了個套房，共一間客廳。標總在睡前換上睡衣，到廁所沖涼洗漱，那空檔朱總潛入標總臥室，從標總換下的西裝褲裡掏出一串鑰匙，他認識那把倉庫鑰匙，因為每回進貨出貨，倉庫員使的鑰匙他早已熟記。他大概用預先烤軟的臘，把鑰匙的形狀拓下了。標總還記得，他從廁所進到自己臥室時，聞到一股香味。大概朱總用的是熏香蠟燭。

「那怎麼辦？」張明舶問標總。

他們的套餐來了。標總要的是一份海南雞飯。張明舶愛吃辣，點了海南黃辣椒炒海瓜子。一直到他們吃完，標總才回答他的提問：「只能先停下來。」

停止業務，停發工資。這個意思就是，他和另外三個同事全部失業。接下去標總又說，朱總可能會躲一個階段，但他在老家有案子，名聲爛掉了，那裡藏不住他，很可能他就躲在海南。

「躲在哪？我去找！」

「海南不大，但是躲起來的人可是難找。黎寨裡勾引個姑娘，全寨人都幫姑娘藏情郎。」標總還這麼慢悠悠，眼神還這麼弱弱的，看不破朱總的邪性似的。當然，他一定看破了，並早就看破了。標總好涵養，看破的不說破。他跟朱總的合作也是沒辦法，朱總年輕時救過當時落難的標立國標總，後來阿埠在大學裡任教，極力推廣過標總的書，兩人的友誼，是從非利益開始的。

「那就不找了？」

標總笑笑，心思已經跑了。

「好幾百萬呢！」

「還有貸款要還。」

「就讓他跑了？」

「剩下的，交給警察吧。幸好局長是我的讀者。」

聽說省委書記和省長都算標總的朋友。海島上文人稀有。他想起標總的「飈」或者「彪」來。便宜朱維埠了。媽的。他心裡的「媽的」被眼神暴露了，標總瞥見，似乎針對他沒罵出口的「媽的」，標總說：「這小子，一隻腳在公司坐生意，八隻腳在外面攬事兒。他以為拆東牆補西牆，牆牆不倒呢。」文縐縐地概括完，標總點起一根煙，把煙盒推給小張。

海南真是好地方，盜來的物資，轉手賣掉，幾百萬和他一塊沉入黎寨。小張突然想，這生財之道，他張明舶該有份兒啊！他手裡掌控鑰匙那麼久，就沒想到過近水樓台？早知如此，他該先拿走幾十台機器，反正事發之後，總賬都算在朱維埠一人頭上。標總似乎也逮住了他的犯罪一閃念，笑笑說：「靠賣空調，撈第一桶金，還是缺遠見。壞了名聲，以後賺大錢的機會都毀了。這個阿埠，我以為他讀過些書，野心也該大一點。」標總說完，掏出一疊鈔票，遞給他。算是遣散費，他給每個屬下一百元，救急不救窮。他微笑著看看張明舶，叫了聲「小張啊！」他滿懷希望地看著標總，以為標總要來個好的轉折，比如：「你跟著我幹吧！」之類。但標總接下來的話卻很不給勁：「對不起了，小伙子。你是個好小伙子，有能力，對事認真，對人忠誠，你走遍天下都不怕。假如我再創公司，頭一個會想到你。」

他想，早知道他該點貴一點的菜，也該點一點兒酒品，散伙飯該隆重點嘛。他心不在焉地看著標總給他在小本上寫下一個個名字，一個個電話號碼，讓他去登門求助。突然他想，海南這是個什麼地方，可以盜走價值幾百萬的產品，一藏了之。好地方。

02

別過標總，他在街上轉。來到兩個唱歌的胖瘦阿妹跟前，放下一張十元鈔票。破落戶一般都大方，現在他也成了無產階級破落戶。胖阿妹現在休息，由瘦阿妹獨唱。看來這倆阿妹非得一塊唱才聽得過去，單唱顯得特別薄氣，音準也差，就剩下他一個捧場的了。胖阿妹朝他做了個大膽的眼色，他想，在海南怎麼老被女人吃豆腐，也就大膽地挑逗她一句：「帶你們去玩玩？」胖阿妹笑了，他也笑了。雙方的玩興都不夠，只會後悔有期。

第二天他的自行車丟了，當機立斷偷了一輛五成新的鳳凰二六自行車。他回到家拆掉了上面纏裹的粉紅塑膠線，換下坐墊套，拔高了座子，騎上去屁股高，把手低，不再女裡女氣，但流裡流氣，跟他的潑皮破落戶身份頗符合。他打算在現在的租房裡住到下個月底。到下個月底，他欠租就欠了兩個月，趁月黑風高，一走了之。

他恢復了每天到三角池點卯的作息，也花錢買海口能買到的所有報紙，過濾每天的招聘廣告。他還常去的老爸茶餐館，搭訕上一些也在待業的闖海人，大家互通有無。兩個月過去，面試的公司都沒有回音，在喝老爸茶的餐桌上，他又跟當地人學了壞：買彩票。標總給的一百元和他存下的兩百多元，全部葬送在彩票上。

這是八月，海南最餓不死人的時節。他夜宿沙灘，把自行車放倒，一根繩子繫著他的腿和車，一個小行李包當枕頭。夜風柔軟，椰樹婆娑，他身上蓋一條大毛巾，睡得噴香。這天一早，他發現大毛巾上加了條薄被。他懶得琢磨，翻個身繼續睡。睡到太陽燙起來，他起身，看見坐在五公尺之外的一個女人。女人大半個背影給他，梳著長頭髮。他覺得這個身型眼熟，試著呼喚：「藍蘭？」回過的頭是藍蘭的，一臉的笑。這笑能讓他活下去。夜裡，是藍蘭把自己的薄被給他蓋。

藍蘭坐在椰樹的陰涼裡，對他說：「過來嘛，你那邊好熱！」

他拎著自己的行李，推著鳳凰二六挪到她身邊。他挨著她坐下，她親了他一下。大姐的親法。夜裡看到他身上蓋的毛巾給露水下濕了，加了條被在他身上。那她自己沒有被子蓋，如何度的那一夜？她笑笑，笑他傻，不懂她的行當。他只能從她的笑裡猜：夜裡她跟一個男人來這裡，只為預熱，真正的行為要到室內進行。陰曆六月十八，月亮剛缺一點，明晃晃地照著沙灘上的無家可歸者。她在回室內的途中瞥見他，不是那個小老弟張明嗎？於是走近，把薄被留下。她一早來沙灘補了個小覺，那時最涼爽。他看著她，吊帶背心很柔情，淺藍底色帶粉紅小花，胸口中間一塊空蕩，兩個過分突出的隆起，跌宕出深深的谷底。她的身體散髮著花露水氣味，花露水把小老弟和夜裡那個男人隔絕開。

她問他，為什麼拎著旅行包來海灘乘涼。他告訴她兩個月他如何過的。海口工作難找，花完所有的錢，他只能回河北老家了。他心裡知道他回不去，他愛上這裡漫無邊際的自由。再說，回去會被父母罵死。他給小護士寫了解約信，信中的他，是個王八蛋，跟站街女發生一夜情，還開始了偷竊史，已經偷了三輛自行車，現在一看見停在路邊的自行車手就癢癢，再也回不到曾經的好小伙子了。這麼寫，他是想把話說絕，把這樁親事斷乾淨，不留一點餘地。他怕姑娘仁慈，哭哭啼啼跑到海口來原諒他的一夜情，但基於他對小護士價值觀的瞭解，見了自行車就手癢的慣匪，她必定會割捨。藍蘭聽了這些，手撫摸了一把他的頭髮，嘆息道：「我們那也算一夜情啊？」

他笑笑，不好意思看她。在露天電影院，他們跟所有去那裡偷雞摸狗的男女一樣，在毯子下動手動腳，但最後一步並沒走出去。

她說：「今早退潮了，趕海去吧？」

那天趕海的人多極了，並且他們也去晚了，收穫也就十幾蟶子，五六個蛤蜊，幾隻小蟹。在她屋裡生起煤油爐，她給他煮了個海鮮蟹湯麵，一把芫荽加進去，湯是真鮮。他吃了湯麵就告辭了。雖然她留他，在找到工作前暫住她那裡。他謝絕了。心深處，他是嫌棄她的，再不濟，他也不會到一個貴州山村出來的站街女屋裡借住。再說這是什麼樣一個屋呢，破敗平房隔出的八平方公尺，原先朝著小巷口的菸酒小鋪，倒閉了，現在門口兩重鐵柵欄門，像個大型雞籠。可不就是個「雞」籠。屋內的四壁雖然刷成了淺粉色，但石灰上鼓著水泡，害了嚴重腳氣似的。天花板焦黃，布滿水漬，雨季這裡一定熱鬧，所有鍋碗瓢盆都會有另外用途，弄不好屋裡也要穿雨鞋打雨傘。

等他騎車到街上，掏口袋裡最後一根煙時才發現，藍蘭真是自作主張做了他大姐：一卷五元兩元的鈔票，用捆頭髮的牛皮筋捆著，沉入了他口袋底部。他馬上一隻腳支地，停了車。那卷鈔票似乎還溫熱微濕。讓男人在她身上造多少孽掙來，又要養山裡的家，又要牙縫裡省，才餘下的這點零頭。他都不忍心數。

藍蘭偷偷貼補他的鈔票，似乎給了他一鞭子，抽的他飛車直奔人才牆。牆的右下方角落，貼出一則不起眼的廣告：招聘保安人員。個頭大，體力強，人年輕，都是可能應徵的條件。假如應聘者學過武功或者當過運動員，就更加分了。他曾在少年武術隊訓練兩年，後來當過少年籃球隊中鋒，個子一八二公分，走在騎樓下的人群裡，總能看到一片腦瓜頂。第二天他在沙灘上醒來，挖了個深深的沙坑，把行李包埋進去，然後洗了個海水澡。他鑽進茶餐廳的廁所，用冷水刮了臉，從藍蘭給的那卷小鈔裡抽出一張，買了杯咖啡喝下去，又是一個好小伙子了。

報名處在一個中學的操場上。中學放暑假，只有幾個練排球的女孩在跳躍、吶喊。好幾隻知了像解放軍連隊拉歌一樣，比著嗓門大。一個人在分發表格，他拿了一張，居然要交五塊錢。現在他閉著眼都會填表格。來海口一年多，填了一百多份表格。但面對住址一欄，他愣了一會，填上了藍蘭爛屋的街名和門牌號。填好表格，每人要跟招聘方做個簡短自我陳述。陳述的人排起隊伍。最矮的人只有一六〇公分左右，但也不妨跑來一試。海口和整個島嶼求職都很艱難，但大家還是不甘心撤回大陸，似乎轉個街角都會碰到機遇。轉個街角若碰不上工作機遇，也能碰上艷情機遇。有一次在公共澡堂，泡池子的人就剩了三個，濃厚的蒸氣讓三個人相互看不見臉，張明舶聽見對面一個說柳州普通話，左側一個說東北話。柳州男人漫不經意地說：「有興趣做印鈔買賣嗎？」另外兩個赤身露體的男人都嚇得一聲不吭。東北人都是熊膽，卻也不敢接茬。「有興趣的話，一會到澡堂隔壁那家酒館等我。」從池子裡出去，穿上衣服，東北澡友跟張明舶說：「這傢伙不會是神經病吧？」張明舶笑笑。東北澡友問他去不去酒館，聽聽神經病的「項目」。他搖搖頭。但走在街上，被涼風一吹，他覺得聽聽也沒什麼，幹不幹主動權反正在自己手裡。他一進酒館，就聽見東北話的招呼。此刻他才發現，東北小伙子長了個扁擔頭，後腦勺峭壁一般，裡面不會有多少腦仁。兩人等了一小時，一個男人進來，操柳州話，假鈔大佬到。他突然撂下「東北扁擔」就走，假裝內急，溜進廚房，從後門逃走了。膽量一剎那間消失，他對自己放心了：最多也就偷偷自行車，他身上不存在做大壞蛋的潛質。但這地方的魔力就在於此，做假鈔的，做雞的，貧也好，娼也好，誰都不笑誰，而且正派人對貧的、娼的，也都懷有一顆平常心。再說，在海南這地方，正派人和反派人，界線極其彈性，過線一點，彈性包涵了。

一個四十來歲的男人背著個沉重的相機和裝著長短鏡頭的帆布包，在隊伍外給隊伍裡的人拍照。小張很快成了攝影師的熟人。攝影師是北京來的，名字叫馬克堅，別名馬克，他鼓勵大家叫他別名。馬克剛從一個倒閉的廣告公司出來，公司發不出欠他一年的工資，把照相器材抵給了他。他還跟前後排隊的隊友打招呼，哪個哥們需要二手電腦，可以隨時跟他聯絡；電腦公司的老闆跑路前，交托給他一批電腦，讓他賣出去抵欠發他的工資。排隊十多分鐘，張明舶已經交了三個朋友。他後面那一位，是個陝西人，姓霍，民間神牙醫，土法鑲牙，土法拔牙，土法治牙疼，他打開一份陝西某縣的獎狀，獎勵他「為民除痛」，說縣長的牙痛，都是抹他的土法藥膏。他千裡迢迢跑到海南島，專門為民除痛，因為創業的人多半心急火大，心火攻牙，牙疼牙腫是必然的，所以這地方將是他大有作為之地。馬克堅立刻誇霍牙醫英明，公司關門，他一夜間牙齒全晃動起來，靠止疼片勉強吃軟食。霍牙醫讓他張大嘴，細看一番，又讓他呲牙咬牙，然後從隨身帶的包包裡，拿出一個小瓶，免費讓馬攝影師試用，用得好就替他傳個醫名。並囑咐馬攝影師，抹藥講究時辰，要在黎明抹一次，子時抹一次，子夜抹一次，三天不見好，登報通緝他。霍牙醫在成名前，需要一筆費用牙醫攤位，聽說這個保安公司工資高，所以先來幹保安。馬攝影師拿出一疊照片給大家欣賞。是小姐們的照片。個個小姐半裸。馬攝影師掙錢的對象不分貴賤，小姐們肯花十元照一張寫真，送給她們的鐘情客。張明舶手捧一把撲克牌似的，看著全國各地的小姐們「農村包圍城市」，沒發現其中有藍蘭。或許這裡都是髮廊裡掛牌小姐，有媽咪照看，比藍蘭那種「走地雞」要上檔次些。霍牙醫評比著哪個小姐臉漂亮，哪個小姐身材好，哪個小姐看著騷情。排在小張身後的，是天津人，叫徐平，同濟大學建築系畢業，說他有個開路邊攤的相好，做齋菜煲和素冷麵、涼粉，味美價廉，攤位在騎樓老城的新民路，歡迎大家去品嘗。說著，徐建築師就掏出帶菜餚照片的廣告散髮。馬克堅說，拍攝菜餚，要用專門的油料塗抹，食物看起來才吊胃口，假如由他來拍照，生意會馬上興隆。徐平說他記住了馬攝影師的話，將來趁錢了，一定請馬大師。聊了二十幾分鐘，徐建築師就管滄州人張明舶叫老鄉了。海南島的空氣裡有一種醉意，所有人微醺的眼睛，看誰都可親。

輪到張明舶自我陳述。他當天穿著唯一一件西裝，西裝下是一件白色T恤，排隊排熱了，脫下西裝，露出肌肉暴滿的身子骨。招聘人一抬頭，對著他吸了一口氣，潛台詞他都聽到了：棒小伙子！當場就錄取。招聘人讓他在家等郵寄通知。藍蘭的屋雖爛，暫時還得算個「家」。

當天晚上，徐平拉他到相好的攤子上。他識相，點了一碗最便宜的涼粉，一個女人家開個排檔，不容易。徐平的相好是四川宜賓人，帶著個三歲女孩。對下海南的男女，張明舶從不問以往。徐平叫宜賓女子拿一瓶當地米酒來，兩人很快喝完，女子不動聲色又上一瓶。喝到夜市全收了，小張腦袋也喝歪了，走路兩腿互使絆子。

徐平說：「得嘞，你也走不成了，尿一泡睡吧。」他把張明舶半扛著，弄到公共廁所裡，小解之後，又半扛著他，走了幾條街，進了一條極窄的巷子。宜賓女子的家，在巷子的第三個門裡。

等他醒來，發現一張大床上睡了三個人，張明舶跟素昧平生的宜賓女子同床，只不過中間隔著一個天津人徐平。那個三歲的女兒睡在窗下的吊床上。他見所有人都睡得正酣，便輕輕起身，穿戴完畢，留了張便條感謝信，輕輕出了門。小巷也睡意正酣，太陽都高過二樓了。

幾天後的一個早晨，他去敲藍蘭的門。蓬頭垢面的藍蘭在窗簾下一閃，一臉怨倦消失了。她從門縫鑽出上半身，基本一絲不掛，把一個信封從兩道鐵柵欄裡遞交出來。他來正是為這個。交接了信，藍蘭就縮回去。門內飄出昨夜的二氧化碳，很不清爽，他轉身即走。這個通知讓他下周一上班，上班地址在海甸島上。

他在街上買了一筐荔枝。這是季節尾聲了，聞上去荔枝甜味膩人，微帶酒甘。他把果筐擱在藍蘭門口。一點心意而已，報答藍蘭摳牙縫省出那一卷鈔票接濟他。但願沒有那麼欠的手，搶在藍蘭之前把他的心意拿走。

上班那天，他發現霍牙醫也被聘了。當天他倆議，這個公司怎麼像個袍哥[5]小隊？過了兩天，倆人斷定這就是個袍哥小隊，私底下管警察不管的事兒，也管警察管錯的事兒。管事的方法都是擺平爭執雙方，擺平方式有時很血腥。霍牙醫玩笑說，先出工打掉誰的牙，下來再給他鑲牙，兩頭掙錢。公司的業務匯總，討債佔百分之七十。海南借錢不難，但要不回債來的事時常發生。小張心裡好笑：世上事的發生次序總是倒錯的。假如他先任職保安公司，拿下幾樁討債大案，再到標總公司上班，捲款跑路的阿埠在跑路前，一定會掂量後果。

這天他跟霍牙醫和另外兩個同事接到任務，去一個別墅追討一百萬欠款。四人一個小組，活動在臨晨四點。債主是香港人，海南買了套別墅，養了個小老婆。

他們四人小組在露天夜宵排檔消磨時間，要等到三點鐘，才能進入埋伏位置。

兩點左右，來了一對男女。張明舶一看不好，女的竟然是藍蘭。藍蘭今夜一身黑裙，頭髮輓在頭頂，人顯瘦高一了。她剛坐下，就看見了坐在陰影裡的四個男人。當她認出張明舶時，走過來。

「這麼晚，你在這幹什麼？」

他嬉皮笑臉反問：「那你在這幹什麼？！」

藍蘭跟那男的打了個無聲招呼，兩人走出了排檔。男的五十來歲一個瘦猴，一看是本地煙民，（本地私家抽大煙和販大煙的事從解放前暗度陳倉過來，幾十年沒有徹底杜絕）。她這種「散養雞」對象是不能挑揀的。

過了十來分鐘，藍蘭獨自回來，顯然把大煙猴子打發走了。她往他們四人的桌邊一坐，指著張明舶說：「我這個老弟，不乖得很哦，你們哥幾個肯定沒少操他的心。」袍哥大嫂的氣派。她把自己的小包往桌上一放：「我請客，大家隨便點吃的。」

三個同組弟兄相互看一眼，真開始敲竹槓，點了牛腩粉，白切雞，辣燙飯，一邊七嘴八舌道謝：「大姐破費了！」

張明舶說：「臭不要臉，人家比我大一歲，比你們都小！」藍蘭不做聲地笑笑。她看見桌下一個舊旅行袋，拉鍊沒拉嚴實，用鞋子的高跟撥拉開拉鍊，往裡看了一眼，立刻甩給張明舶一個眼神，鋒利而冰冷。他知道她在旅行包裡看到了什麼：繩子，毛巾，斧頭，砍刀。

5　袍哥：幫派分子；舊時指四川哥老會成員。

上司的話是，據線人說，這個債主所有存款都提了現，別墅房子和裡面的小老婆都暗中找好了下家接手，這是他在別墅的最後一夜。臨晨四點，人在床上，最是下手的好時間。繩子斧頭砍刀，每種殺器分階段用，先把小老婆和債主的嘴塞上，再捆上人，不交出現金的話，剁一根手指頭，再不交，手齊腕子剁，假如要錢不要命，就剁腦殼。髒活，但債權方許願的酬金不菲，隊友們的報酬也可觀。牛腩粉、白切雞、辣澆飯和盤托出，一大壺咖啡將驅散那一點困意。敲竹槓的喊道：「謝大姐了！」

張明舶要的是牛腩粉。他跟藍蘭說：「我分一小碗給你吧？」

藍蘭應道：「嗯。你去店裡拿個小碗來。」

他起身，進到店裡。拿了個小碗出來時，門被藍蘭堵住。「你們要去幹什麼？！」儼然是個姐。

「執行任務。」

「我知道執行什麼狗屁任務！」

他無話可說。既然她知道了。

「你不准去。」她說。

他看著她，眼神在逼她讓路。她往後退了兩步，但還是擋路。

他說：「我掙誰的錢，聽誰的吆喝。」

她說：「那種錢掙不得。」貴州話出來了。急得普通話也忘了。

他惡毒起來，呵呵兩聲：「你掙那種錢，都掙得？！」

她凌然地頭一昂：「我憑自己本事，不偷不搶，咋了？」

「我不掙錢，誰管飯？！」

「我管！」

桌上的人注意到他倆了。組長走過來，朝張明船指了指自己手腕上的錶，動作狠狠的。

他明白該動身了，刻不容緩。他往右邊跨一大步，她也跨一大步，並張著兩隻胳膊，扮老鷹捉小雞遊戲中的母雞。他再往左邊邁步，她剛要攔左邊，卻不料他是虛晃一槍的，眨眼間已快速從從她左邊突圍。三個人見勢就往馬路對面小跑，車子停在對面的一個停車場。他快要跟上自己的小組了，卻被她跑上來，從身後抱住。山民女子真有力氣，也真有黏性，任他怎麼甩，也休想甩掉她。已經到了停車場門口。組長喊道：「蛋給她抓住了？！踢啊！」這就是剛才的拉湯飯餵出的良心。

她的兩條胳膊，比世上任何繩子都結實，十根指頭交叉相扣，形成絞索的結，任他掰扯，就是一個死結。霍牙醫過來，想要幫忙。

小張開口了：「你他媽的敢碰她！」她一聽，抱得他更緊。

他抬起腿往後踢，兩下踢空，第三下踢到她痛處，手鬆了。那一剎那，他脫了身。等他剛要往車上衝時，她卻又抱住他的右腿。此刻她人已經倒在地上。他極其不方便地像向車子靠攏，右腿拖著一百多斤體重。他聽到了她的呻吟，身子一定在粗糲無比的地皮上拖爛了。那是她用來掙飯錢，掙房租，掙父母贍養費的身子。她跟他說過，她是家裡幺妹兒，哥哥上越南打仗，兩條腿沒了，兩個姐姐遠嫁，祖母祖父老病，父母為他們的病，把最小的姐賣到陝北。她是個會走路就會做農活的幺妹兒。

他停下了。回頭看，她黑裙子變成了灰裙子，整個人是道北方點心「驢打滾」。他以為她給拖死了，抱著他腿的手已經鬆開。那邊的車子發動了，霍牙醫拉他一把：「還不快點兒走？！」霍牙醫聲音未落，地上的灰土人形拔地而起，再次抱住他的腰。

組長開車過來，叫霍牙醫：「老霍上車！」

霍牙醫猶豫，後車門從裡面打開。

組長又喊：「叫你上車！不管他了！這種人就是去了，也幹不了活兒。一個女人都甩不掉！」

霍牙醫一隻腳剛跨進車內，車就提速。張明船看著老霍滾爬進車內。

藍蘭的裙子是尼龍的，結實，居然沒被拖成爛漁網，但裡面的皮肉爛得血肉模糊。他架著她在街上走。他記得附近有個二十四小時營業的藥房。藥房窗外，有個固定在水泥地上的鐵製梯子，只有兩個台階。他安置藍蘭坐在台階上，然後摁了一下窗框上的鈴。裡面馬上有了動靜。拖鞋搓地的聲音。這城市夜裡常有血案，所以藥房值班人警覺。窗子打開了，鐵欄桿又粗又密，打劫是休想的。他買了一管紅黴素藥膏，又買了紅藥水和繃帶，還跟值班人借了一個大號手電筒。這麼一會兒，尼龍裙裾已經黏連在她皮開肉綻的傷口上。傷口到處都是，一側的肩膀和胳膊肘也被拖掉一層皮。被他拖行的那段路，有一刻她是側身著地的。右邊的大腿和膝蓋非常嚇人，皮磨沒了，但並沒出多少血，無皮的部位，沾滿灰土，並露出皮下淺色的脂肪，脂肪表層滲出血珠和微黃的體液。幸虧他是女軍醫的兒子，對處理傷口有一點知識。他驚訝這個女子的耐受力，在他清理傷口上的灰塵和小石子是，她一聲不吭，一動不動。

直到天亮，他都在清理傷口上的沙子和塵土。一共兩個多小時，她一動不動，一聲不吭。第一線陽光照在狼藉的街道上。夜夜歡樂的城區，免不了狼藉斑斑。遠處響起掃街的聲音，竹掃帚尖刮在地皮上，孤寂得很。他看著藍蘭的臉。這張臉一塌糊塗，眼睫毛膏化開了，唇膏挪了位，在嘴唇外形成了另一副嘴唇，或說一個是嘴，一個是嘴的影子。整張臉盤烏糟糟的，像小孩子亂塗鴉的人臉。她一個身體現在鮮明地分為兩半，一般殘破，一般仍然細膩白皙。而正因為對比那殘破的一半，另一半才顯得驚人的細白。他從來沒見過如此嬌嫩的皮肉。一個山民的女兒，也妨礙人家長一身嬌嫩皮肉。

他掉下淚來。

後來那幾個同組弟兄被捕，被判死刑時，他在刑車開往公審大會的路上看到了他們。霍牙醫拿出拔人家好牙的勁兒，把香港人的小老婆悶死了。另外兩個組員砍斷香港人手腕，動脈出血，又是一條命去掉。他慶幸藍蘭出現在那個街邊宵夜店，不然公審台上就會多一個背後插死刑牌子的人。那是後話，現在還回到他的情史之初。

我問他，他是不是愛過那個叫藍蘭的女子時，他都要跟我急了。對她用「愛」，似乎輕佻了。

因為第一次執行任務就當逃兵，他無法繼續那個保安工作。藍蘭傷未痊癒，就又到街上去上班了。她留他同住。他再次婉拒。一個雨夜，他在解放路看見她打著傘，碰到可能的「獵物」就上去「問路」。雨紛紛的夜晚，男人們腳步匆匆，急於找個乾燥去處，也似乎都警覺著什麼，為著什麼在牢騷、哀怨，他看她走了兩個街口都沒問到「路」，還不斷遭呵斥。他跟了她一段，想著她的傷口，淋了雨會不會發炎。

03

他在中國城碰到一個人，從後面看很像曾經的二老闆朱維埠。他超到那人前面，回過頭來看，二老闆卻先叫起來：「小張！」阿埠又活了，很忙的樣子，說等跟人談完事就來找他。那天他跟著一個大歌星做保鏢，順便開電動摩托送大歌星到各個歌廳走穴。眼看大歌星的幾支歌快唱完了，就要離開中國城，到下一個廳去唱，阿埠還沒談完。跟他坐在一起的有三個人，兩個男的，都在受阿埠鼓動。三人裡有個年輕姑娘，似乎正在進行的談話與她無關，看一會台上，搓一會指甲。阿埠手勢堅定有力，兩個個受鼓動的男人簡直就是十月革命的群眾看列寧演說。張明舶走過去，想跟這個東山再起的上級告別，因為大歌星已經唱到最後一首歌的最後一段了，他必須出去，給大歌星準備好車，以免大歌星出了大門被歌迷們圍剿，要簽名，求合影。他剛走近鼓動家，阿埠就拉住他的袖子，對受鼓動的兩個人說：「這位是我的屬下，好兄弟，他最知道我做事的風格。你們可以跟他打聽我。」他轉過臉，看著張明舶：「是吧？我朱某專門幹從無到有的事，海南的兩個公司都是我白手起家。這老弟都知道。」

這個阿埠，一點邊角料都不浪費，連前屬下的快速告別都被抓住利用，用來偽造他誠信的證據。

阿埠從沙發上站起來，像是他知道張明舶要離開，一隻手環過他後腰，摟在他右臂上，親熱的不得了。

張明舶說：「我馬上要去……」

阿埠說：「哪也不去，在那等著我。」他不由分說。

「不行，我在當差呢！」他指著正在掌聲中返場的大歌星，說明了自己當的什麼差。

「給他當什麼差？！以後發了，讓他來給你唱堂會還差不多。去，把那差事辭了。我這有好差事給你！」

他到門口找了個正拉生意的摩的[6]小哥，給了他五塊錢，讓他哪也別去，在台階下等著。他回到廳裡，大歌星剛下台，他跟大歌星說，自己碰到一個髮小，實在盛情難卻，被拉去硬灌了兩杯酒，開摩托恐就怕萬一。他把大歌星護送到門口，專業摩的小哥迎上來，他身體築城血肉城堡，並且是移動的，擋開了所有求籤名的瘋狂男女，直到護駕大歌星上了摩的。

回到歌舞廳裡，阿埠正在跟那三個吃了他迷魂湯的人握手告別。那姑娘懶懶地站在一邊，他突然發現，她長得很美。五分鐘後，他自己也被阿埠煽動的心裡呼呼冒火。阿埠又成了朱總，還是跟標總聯手做生意。他說標總在《海南開發報》和三角池都登了尋人　示，尋找張明舶，尋了四五天都沒人理會。張明舶告訴阿埠，已經有一陣沒去三角池了，也沒功夫買報讀報。最近海口舉辦歌手大賽，全國各地的歌星雲集在此，他忙著伺候歌星們。朱總阿埠說，標總拿到一塊地，剛才那三個人是買地的，這筆買賣成了，一千多萬就到手了。

「你想你還用著伺候那幫戲子嗎？」阿埠下巴往台上一斜。

張明舶奇怪，標總被朱總毀成那樣，兩人怎麼又聯上了手。朱總人精一個，小張眼睛裡的大問號燈一樣亮起，他看見了，拍拍小張的肩膀，娓娓道來。標總回深圳之後的一天，接到一個呼叫器短信，內容是「朱某萬劫不復，懇求標兄寬恕。」當年標總賣掉了在深圳的

6　摩的：摩托車計程車。

房產和股票（幸虧當時標總在有錢的時候留了一手，買了些房產和股票）還清了貸款，就又回到寫書事務中。屆時正逢時局鬆動，出版社又有興趣出版標總的書了。對於標總，有一口吃的，他就能繼續書生日子，而作為書生的標總，最不和世人一般見識，有何不能寬恕世人中的阿埠？再說阿埠也有阿埠的長處，空調公司做到價值上千萬，跟前台鼓動家阿埠不無關係，成也蕭何，敗也蕭何。標總回覆阿埠，表示諒解。現在標總和朱總又結成盟軍進軍房地產。張明舶眼裡的問號並沒熄滅，阿埠看在眼裡，繼續講解。買賣地皮的關係是阿埠找到的。阿埠暗示那個關係人，標總可不是一般人，是某大領導之後。關係人說，只要阿埠能讓他見一面標總，地皮就可以出售給他們。並且不必馬上付款，等到下家買主付了錢，標總再付上家地皮款也不遲。標總這樣的貴胄，人家心甘情願拱手讓其淨賺一千萬。阿埠就是在這個時刻，給標總發出了負荊請罪的呼叫器短信。阿埠在此處停頓下來，看著張明舶眼裡的問號燈在漸漸熄滅。標總籌建了地產公司，說他當時與小張有一約，但張明舶早退了租房，還欠了三個月房租，房東推理說欠租小子一定苦不下去，回大陸了。但標總是一諾千金的人，在《海南開發報》和三角池都刊出尋人　事。

第二天，張明舶見到了標總。他住在海口賓館，租了一個套間，公司還是開在皮包裡。

標總穿一身亞麻中式對襟褂，頭髮比過去還長，像是剛剛走出一部年代劇。聽到朱維埠說到那個地皮掮客如何被標總的身世唬住，標總抿嘴一樂。他從不編撰自己的深奧背景，但別人去編，他不反對，就這麼一笑。

標總到底多大來頭，阿埠也並不很清楚。海南建省後，大概不少前領導人的兒女也相中了這個機遇之島。一天晚上，張明舶在歌廳給某歌星的護駕，那歌星指著一個坐在台下的女子，告訴他說：「那是羅某某的小女兒。」還有一次，一個歌星把他帶到台下一個茶座邊，跟座上的三十來歲男子說了幾句話。他轉過身問張明舶：「知道他是誰嗎？」小張當然不知道。歌星表情更加神密，問他看沒看出像誰來。張明舶沒看出來。歌星嫌他鈍：「什麼眼神啊你？他是某主席的兒子，劉某！」反正都是些冤死了的領導人的後代，死無對證，大家只當過一過間接瞻仰領導人的癮。這麼多死去的領導人的兒女都來混海南，證明海南的檔次，海南的素質，難怪成千上萬有學位有身份的人，混在這裡不走。此起彼伏的領導人兒女們在此冒頭，也給混海南的平民之後如張明舶、朱維埠一混到底的信心，海南的重要，海南的時尚，難道羅某某之女，某主席之子，再加標總這樣的人，還不能證明嗎？證明千萬個阿埠、張明舶來對了，再難混都要堅持混，總有混出頭的一天。

張明舶馬上進入皮包公司的運作。要買標總手裡這塊地的人，形成了一個小小的競拍局面。小張負責接電話，電話裡的人不斷拉高價錢。朱總建議再耗他們幾天，讓競標者相互掐去，掐死的出局，掐贏的留下來繼續掐，他們自相殘殺的結局，一定比開價高好多倍。標總不貪，他說跟出手地皮的上家說好，一周內一定付齊地皮款，絕不可食言。最後選中的下家，就是張明舶在中國城見到的那兩男一女。女的二十歲左右，是其中一個男人的女朋友。那男人四十五六歲，浙江一家國企的總經理，人稱王總。簽合約在望海樓。簽了字之後，朱總指示張明舶去某某菸酒批發行買瓶好酒，雙方要舉杯慶祝。望海樓同樣的品牌貴出好幾十塊。阿埠再高興都不會昏頭，貴賤價差大幾十元，他還耿耿於懷。

他剛進電梯，地皮買主的女朋友就跟進來了。電梯下行，兩人對望。電梯門再打開，姑娘對他一笑。兩人站在街沿上攔計程車。第一輛車停下來，小張請姑娘先上，並為她拉開車門。護駕歌星的經歷，讓他護駕女人的姿態很紳士，親而不膩。他繼續等車，五分鐘後，姑娘乘坐的那輛計程車又回來了。姑娘開口便喊：「小張，晚飯前最難打車，你上來吧。反正我們倆去的是同一個方向。」上了車姑娘告訴他，她家在杭州周邊的鄉下，問他聽出她的浙江口音沒有。他紅著臉搖頭。姑娘是回房間換衣服，否則晚上穿牛仔褲入席，男朋友事後會囉嗦的。她問小張要去的地方，小張說出那個菸酒批發行的路名。姑娘讓司機先送小張。張明舶心裡感觸，一般漂亮姑娘都是越受人伺候越舒服，這一個倒是挺體貼。姑娘是西施老鄉，小張心目中，西施也就這樣了。姑娘接下去又告訴他，男朋友在海口長租了一套房，每回來海口就住在那。到了買酒的地方，計程車停下來，小張下車，姑娘問，需不需要她換了衣服再折回頭來接他，他擺擺手，笑拒了。跟這麼美的姑娘同處，他有點拘束。下車後，他後悔了，為什麼謝絕姑娘返程時接他？跟這樣的姑娘，同車鄰座，肌膚廝磨，畢竟是珍貴機會，這輩子，他艷福也許就這般深淺了。他連她的名字都沒有打聽。

當晚宴席上，姑娘遲到二十多分鐘，但打扮得艷驚四座。頭髮是吹洗過的，帶的風都是香的，身上一件乳黃色連衣裙，無袖，兩條細長的胳膊，孩子一樣柔弱。張明舶想，假如也能像他男友那樣闊綽，一定覓一個這樣的姑娘。原來他與生俱有如此的保護欲，這種帶強烈保護欲的雄性憐愛，今夜爆發。當年他接受那個小護士，也是保護欲作祟。母親自作媒婆拉來的對象，他坐在桌子對面，臉都不敢抬，只看見小護士的小胖手上一串酒窩，稍一動作，兩隻小手都會笑！因而他連小護士的臉都沒看清，就成了小護士的對象。

第二天，買賣雙方都到銀行轉款。小張陪朱總先到，姑娘陪男朋友王總準時到達。張明舶知道自己臉又紅了。王總拖著一個旅行箱，跟阿埠去櫃台轉賬時，把旅行箱留給姑娘。小張問姑娘，難道今天要離開海口？姑娘說要走的是王總；辦完轉賬和土地證件，王總直接乘機回家。「那你不回家？」這句話是它自己衝出來的，張明舶沒關住它。「我……」姑娘笑笑，為難的樣子。於是他猜到，王總在杭州的家裡，有個糟糠王太太，而姑娘是編外的。海南不少編外少奶奶，正值花期，被當作名花養著，凋謝之時，心機深的已攢足私房，缺心眼的就只能跟藍蘭之類去搶勞工市場。海南胸襟寬闊，大度了一千多年，容忍過各種有罪或莫須有罪的罪人們，因此對朱總這種做事靠一半騙術的買賣人，杭州姑娘這樣的人形寵物，統統一視同仁地容忍。杭州姑娘和藍蘭，前者是批發青春，後者則是零售，夜夜開青春排檔。

臨近年底，標總的上家，一個當地土地爺，邀請標總的人馬去他公司喝茶。生意成了，人情更旺，將來土地爺手上還有土地出手，標總繼續擊鼓傳花。土地爺姓邢。老邢是當年南渡海南的邢家弟兄的第六十八代孫。功夫茶道，是海南人的生活方式，比吃飯雅氣。老邢問起標總，對XX一畝的單價，可還滿意。朱總馬上接茬，說當然當然，標總非常滿意。張明舶偷看標總，大老闆居然連笑容都沒哆嗦一下。老邢口中說出的地價，比標總付錢買進的，要低六成，他記得掮客事先明說要拿兩成，那麼剩下的四成，什麼去向了？阿埠已經領著話題跑到千年之前，開起邢家祖先兄弟的故事講堂。阿埠故事講得好，連邢家六十八代孫都聽迷了，熱血沸騰地瞪著眼。

回到海口賓館，張明舶跟標總嘀咕：「標總，價錢好像不對呀。」

「怎麼不對？」

「錢給切了兩刀，不是一刀。」

標總笑笑。

「朱總這麼做，有點兒不地道吧。」

標總笑笑。

「這一刀，就幾十萬呢。」

標總還是笑笑。

「您給切了錢，得讓朱總明白。別您當了雷鋒，還是啞巴雷鋒。」

標總背著兩手，走開了。他站在窗前，大概在思慮人類這東西，使不完的伎倆，玩不盡的小手腕，怎麼就出息不出來？張明舶看著他的背影，這時候別說他是某領導人的兒子，說他是某領導人還魂，回到了年輕版，小張都信。

「標總，您上次給他捲走幾百萬，他不感恩，接著挖自家牆角，人不能這樣啊。您不跟他說，我跟他說去！」

標總說：「他就這麼個人。不給他切點兒，偷點兒，他能踏實幹活兒？」

「切的哪兒是一點兒啊，是幾十萬啊！我在保安公司幹過，十萬八萬的追債，吐不出來的，十萬就能賠掉一條大腿！」

標總笑了：「要阿埠大腿幹嘛？你要嗎？囫圇留著他，還指望他以後跑跑顛顛，到處跟人繞不爛之舌呢。」

張明舶虎起一張臉：「您姑息養奸，就是對其他下屬的不公平。」

標總聽了，稍微品味，點點頭：「這話說的有點兒水平了。一個公司，誰也沒少賣力氣，讓朱總切走一大塊，其實是把其他每個人的份兒，給切小了。」他沉吟一下，又說：「這件事，小張，我就交給你辦了。」

張明舶當晚就到了朱維埠家。阿埠捲走原來公司的三百多台空調，抵掉了他在外面做水泥廠生意借的債。現在的這套帶水景的公寓，在海口算得上豪華，他懷疑那三百多台空調換錢，一部分投入了這裡。他被朱太太（不知道是編內還是編外）請到客廳外的陽台上，點上一小塊沉香，熏香賞景品酒。這位二老闆比大老闆日子還滋潤，就著昂貴的海南沉香繚繞的香霧和水上飄逸的船燈，抿著上乘法國酒，萬惡的阿埠卻還要切標總、公司同仁的錢。張明舶喝完一杯，胸口的氣頂到喉頭，突然把酒杯往地上一砸。阿埠忙說：「沒事沒事，這酒杯不貴，曾梅啊，再給小張拿個酒杯！」這人皮就這麼厚，明知道小張是「落衣罵曹」來了，還在偷換事情性質。等叫做曾梅的女人清掃了玻璃碎渣，離去，他抓緊時間說：「朱總，我是奉標總之命來跟你談話的。標總人厚道，你也不能一而再、再而三地欺負人家！」

朱總說：「小張，怎麼是我欺負標總？你可不知道，他對我就跟對一條狗似的！」

他撇了阿埠一眼，意思是，別把自己往狗的層次提拔。他在河北姥姥爺家，可是跟狗一塊長大的。

「事兒都是我做成的，就拿個乾工資，分成他從來不提。」

「成本是誰出的？這是賺了，你要分成了，陪了呢？不就是標總一人扛？！哦，擔風險的時候，你一個子不掏……」

「這就是穩賺不賠的買賣！」

「那你先把上次那三百四十六台空調的錢賠出來。」

「三百四十五台！」阿埠叫道。多一台空調的冤枉，他都不吃。

「好好好，三百三十五台。媽的，虧你還記得清！你裡外裡穩賺不賠，那回賠的可是標總！」

「這裡頭沒你事兒，啊，標總跟我達成協議了。」

「標總不計你前嫌，你這回接著切他！有他媽你這樣的嗎？」

「我切，跟你小子有什麼關係？」

「有關係！公司的利潤，大家都有份兒，公司的利潤少了，就是我那份兒小了！怎麼沒關係？！」

阿埠急了，酒也喝到易怒那一度了，蹭的一下站起來，手指點著張明舶的鼻尖：「你信不信，我明天就開了你！標總離不開我，你這樣的，三角池一捋一大把！」

這根手指比較討厭，在小張五分醉的眼睛前面，顯得那麼髒，私下切錢的把戲留了污穢在這指甲裡……一隻大手出去了，抓住那點來點去的髒手指，順勢那麼一擰，把猴兒一樣的朱總連手指帶手臂都給擰到了背後。張明舶認出來，這隻大手是他自己的。少年時崇武，運動員也當了幾年，憤怒起來手就自己行動了。

阿埠被人打慣了，皮實了，絲毫不喊疼。每次欠債，他都是要錢沒有，要命一條，挨打省錢，所以隨便小張虐待他那根胳膊：「你還開我不？」

「行了，鬧一下就收手吧。待會兒曾梅叫來警察，倒霉的是你。冬天看守所裡都有海南著名的大蚊子，還不把你咬成包兒爺！」手臂都快給擰成「蘇三背劍」了，他還為小張在看守所裡的待遇著想呢。

張明舶欣賞著自己的功夫：阿埠的頭在低處，手在高處，文革批鬥台上的流行姿勢：「……不開你，行不行？不過你得答應，不在我跟標總之間摻和。」阿埠不求饒，扭回頭，眼珠子向上斜翻，找張明舶的臉，一面還開局談判呢。朱總讓小張險些噴笑。門鈴響起來。阿埠說：「你瞧，我沒嚇你吧？警察真來了！」

張明舶忽然想起，在他捧酒杯後，叫曾梅的女人跟朱總有一剎那的目光交流。就是那個時候，女人去打了報警電話。看來他今天來的動機和任務，阿埠早就猜到了。

張明舶放開朱維埠，後者小跑著穿過客廳，來到門廳。兩個警察爺兒似的橫著晃進客廳，眼光也橫著掃。阿埠遞上香煙，小聲解釋著什麼。曾梅給警察們點煙，同時橫了一眼站在陽台和客廳之間的張明舶。張明舶見一個警察拍拍朱維埠的肩膀，又往他這邊長長地看了一眼，似乎用眼睛把他給登記下來。那眼光還在說：看在有人替你求情的份上，今天不辦你，不過你最好小心。阿埠把兩個警察送走，回來說：「都是熟人，我一句話，他們就撤了官司。」張明舶好奇，這個阿埠，怎麼跟他鬧，他都不翻臉，搬了警察來，按說矛盾升級到頂了，他很輕鬆地就給矛盾降了級，輕鬆地收了場。皮厚，皮真厚。他在生意場永遠能鹹魚翻身，死而不僵，皮厚是他的戰無不勝的武器。

張明舶正要走，又有人摁門鈴。他想，這個猴子今晚排演了多少猴戲？曾梅去開門，來人在門廳發出咯咯笑聲。等等，這笑聲怎麼這麼好聽？下一秒鐘，他明白笑聲好聽的原因：是那個杭州姑娘的笑聲。曾梅和杭州姑娘認識！阿埠喊：「小婷，進來呀！」門廳裡好聽的聲音揚起來：「我懶得換鞋！就給嫂子送幾個椰子來，放下就走！」

張明舶生怕她進來，加緊步子來到門廳。杭州姑娘小婷一見他，臉僵了一下，然後說：「這個小伙子，我好像認識耶。」她看看「嫂子」，又看看「猴兒哥」，靦腆一笑。她在裝呢。頭回在電梯裡，兩人眼對眼看了那麼久，一輩子的「認識」都夠用了。張明舶匆匆出門，再見都免了，留小婷在後面，和猴嫂猴哥寒暄告辭。

又是在電梯裡。四目又頂上了牛。

小婷說：「你怎麼在這兒？」

「你怎麼在這兒？」

「我住在這個社區呀。」

他想，一定有什麼關鍵情節在這一系列人物關係裡，被他錯過了。

「你認識朱總很久了？」

小婷笑笑。她笑起來，你就不忍追索人物關係了。

「我跟曾梅認識一年多了。」小婷說。

電梯到了樓底層。小婷眼睛在邀請：到我那兒坐一會吧。但他不願意懂那句話。他要冷靜一下，把他錯過的關鍵情節補上。兩人走到社區院子裡。兩人又走到社區外的街邊上。兩人都發現這是一場十裡長亭的相送。站定了，他說：「小婷，你回吧。」

小婷點點頭，扭過身，回了。

他開了自行車鎖，抬頭，小婷在社區門口站著。她錯過了做好姑娘的機遇。海南，機遇之島，也是「錯過」之島。錯過的，永遠錯過。小婷原本可以是個好姑娘，可惜，她錯過了。

04

接下來，張明舶一面明察暗訪，一面推理判斷：叫吳玉婷的杭州姑娘也可能早先是朱維埠的人，跟杭州王總「偶然」在海南（或者在杭州）碰上了。小婷於是成了潛伏在吳王勾踐身邊的西施，是范蠡安插的。小婷明做王總的編外愛妾，暗做阿埠的臥底線人。這就能解釋了，為什麼在幾家競標同一塊地皮時，王總贏了標。同時他認為有理由懷疑，同時競標的幾家都是阿埠做的局：跟王總競標的下家，最多只有一個公司，其他幾家都是托兒，為了把地皮價叫上去。王總出了高價，因為小婷從中慫恿。反正背靠國家企業的王總，不差錢，買地買虧了，虧空的也不會從他自己腰包裡掏。還有一種可能，小婷被王總養在那個社區裡，認識了曾梅，曾梅讓她說服王總，來買朱維埠的地皮，說好了事後給小婷一個回扣。大概曾梅是這樣攛掇小婷的：一般編外小妾的地位，都是不穩固的，王總能有一號「編外」，也能有二號、三號、四號「編外」，誰保得準小婷不是王總的四號「編外」，或者末尾「編外」？

誰保得準小婷不是站在一個「編外」的長長隊伍裡，無非是幾個月得一次寵幸的「編外隊員」之一？小婷聽了，大概哭了一場，但這種故事，海南多得是，全國各地也不少見，小婷最終勸自己想開了：我賣青春你出錢，關鍵在於得讓你盡量多出錢。於是小婷開始吃裡扒外，在她能插手的交易中，給自己扒拉點兒回扣，以防將來情變，小婷不至於人財兩空。當然當然，阿埠那種猴兒精，能給小婷扒拉走的，肯定少得可憐。因為在阿埠、曾梅和王總之間，小婷腳踩三隻船，小辮子是牽在阿埠和曾梅手裡，那邊稍微一拖，小婷必定落水。

第二天，阿埠跟標總關在標總臥室裡商量，只聽見阿埠的嗓音，聽不見標總任何話語。標總的沉默讓無論誰都害怕。他沉默著，讓阿埠盡量表演，強詞奪理大聲辯解，自我合理化，所有的自供狀就在標總持續的沉默中完成。張明舶在客廳看電視，等待二總決鬥結束。臥室的門終於開了，小張見出來的是阿埠，像是剛經歷的不是被扒皮抽骨般的揭露，而是日常的任何一天。皮厚的阿埠沒有在標總面前羞死，甚至毫無羞色。連小張都替他羞死了。阿埠還是二老闆的派頭，叫小張給他備車，他要去看另外一塊地皮。

打發了阿埠，張明舶實在忍不住，進到標總臥室裡，問大老闆：「就這麼談完了？」標總攤開兩隻手，笑笑。

後來小張得知，二總各退讓一步，中間找齊：阿埠偷切的那四成賣地款，由他退回兩成。但阿埠說他的錢一到手就買了「瓊民源股票」，股票跌得鼻青臉腫，要他退出那兩成款，必須等股票漲上去。標總不忍心逼人家割肉。小張知道，標總其實是又一次認虧了。

春節過後，王總從浙江回到海南。他聽說標總沒回深圳，便帶著小婷來看他。小張跟小婷在客廳剛一照面，兩人都避開目光。她的閃避更快。那兩次在電梯裡的長相望，比一場戀愛還動魄，因而更加耗人。從那兩次長得要憋死人的對視中，他們知道了，會出事的，早晚會出一場大事。雖然小張拚了全力避免這場事，或說盡力推延出事的時間，但他知道，那事，他和她注定躲不掉。他從她迅速閃避的眼睛裡，更加明白她感覺到的預兆，跟他感覺到的一樣強烈。她幾乎是恐懼的在等待致命之事的發生，那麼怕看他；他手裡握有事發的閘門。

因為小婷已入心，張明舶就對王總格外注意。王總還算個登樣的男人，個子一七五公分，不高不矮，乾淨的臉上一雙細長眼睛，鼻梁端正，四十三四歲，也許更老。若在家裡，王總該是個受兒女尊重，受太太愛戴的男人。男人在這歲數，新陳代謝開始放慢，腎功能也不再完美，皮下便有了輕度積水，所以是腫多於胖。雖然不是個胖子，但身上都是軟肉，尤其他穿的名牌T恤過分合身，可以看見兩個男式乳房，頂著一對終身做擺設的乳頭。這身段脫了衣服肯定是醜的。小婷在見到美的男體前，先讓醜的男體糟蹋了眼睛。又是事情發生的次序倒錯了。造物主造人之初，假如造出的第一個男性亞當是王總這樣的，一身泡芙肉，該胸大肌隆起的部位隆起的是圓潤的奶子，從奶子下去除一根肋骨，去締造他的女伴夏娃。夏娃一睜眼，肯定會說，嘿，老伯亞當，謝謝借骨之恩，莞爾一笑，揚長而去。從此夏娃就安全了，肯定不會偷吃禁果，以使世世代代的夏娃遭受生育之痛。那麼人類，便會是另一個起源。第一次張明舶在電梯裡跟小婷窄道相遇，就是夏娃從中年亞當身邊跑開，看到了一個為其而誕生、為其而為女人的男子。那天的小張也穿著T恤，雪白的，寬肩膀繃緊那部位的布料，胸肌的紋理似乎都透過布料浮現。茱麗葉在蒙面舞會上，初見羅密歐，突然明白上帝把她降生於此世的目的，賜予她美麗女身的緣故。他這樣想著，又偷偷搖頭，笑自己自視甚高，也笑自己對小婷的想像過於浪漫文藝；人家小婷已經深諳情事，還是什麼夏娃、茱麗葉。

王總坐在客廳，等出門散步的標總回來，同時聽阿埠講海南的歷史故事。阿埠最迷人的狀態，是在他十分入戲地講故事的時候。他是真愛海南島，把海南島的故事在肚子裡編輯成書，講起來毫不卡殼兒。每次他講冼夫人的故事，小張都聽得著迷。並且阿埠每次講，都是冼夫人的一個章節，講一次，冼夫人就活一次。小張真覺得朱總跑錯了行，應該到廣播電台當說書人，反正隔著收音機，觀眾看不見他的猴樣兒。現在看王總聽得那麼出神，一定跟他小張一樣，已經看不到阿埠的醜了……何止於此，在小張和王總眼裡，此刻的阿埠是不醜的，魅力早就淹沒了那點醜。小婷在朱總講故事前，就出門去購物了。被人豢養的女孩子，每時每刻都會發現一樣急缺急需、必須馬上購得的東西。也許她覺得跟小張在一頂天花板下，張力太大，裝假太艱難，找了個藉口躲了出去。

標總回來的時候，朱總正好結束故事。標總襯衫胸口的兜裡，永遠擱著一個迷你小簿子，他散步時想到的抒懷狀物的語句，或許能用到書裡，他就記到那小簿子上。他是為了記下那些片思段想而去散步，還是因為只有在散步時才能捕捉和提煉那些飄忽語絲，小張不得而知。對於張明舶，標總更是個神秘人物，似乎他是在反串老闆，表演做生意，或說做生意為了散心，以舒散寫書的寂寞。就他那樣漫不經意，有一搭無一搭的，生意還做得不賴，五花八門的買賣，他都做，此賠彼賺，前赴後繼，大到買賣地皮，小到安全門的保險鎖，生意大小，標總都一視同仁，市場缺什麼就做什麼，因此在生意場基本立於不敗之地。王總一見標總，開著玩笑說：「標總，人家都說我地皮買貴了。標總是假文人，其實賊精！」

標總和他握握手，呵呵笑，也不反駁。他大智若愚，或大愚若智，誰都搞不清。標總握了手，轉向阿埠：「朱總，晚飯安排了沒有？留王總吃晚飯吧。」

阿埠對小張說：「小張，你去樓下餐廳訂位吧。」

標總說：「小張留下，他要在電腦上展現圖樣。你又不會玩那玩意兒。」

阿埠又遲疑片刻，才出門。

王總說：「餐廳有活鮑魚沒有？今天必須狠宰標總一頓！」

標總清雅地笑道：「為什麼要宰我？該宰你才對。」

王總說：「不像話吧？地價拉那麼高，還抽了水，當然該宰你！」

標總不語了，看看張明舶。

「王總，您說誰抽水呀？」張明舶知道，標總一貫把難聽的話留給別人去說。小張見王總愣怔，笑道：「明明是你們公司抽的水！」

王總一聽，急了，脖子粗起來：「我們公司抽水？！誰說的？！」

張明舶說：「朱總說，你們是掛靠國企，國企要收管理費，所以必須拿百分之十的回扣。」

王總轉向標總：「朱總這麼說的？！」

標總點頭。他已經明白，又是阿埠從中搞鬼。

王總：「這個混蛋朱維埠！去銀行轉賬那天，他跟我說，你們公司開了個新賬戶，為了審計方便，叫我不要把錢匯到你給我的那個戶頭，匯到新開的戶頭。我當時想，這事兒您一定知道！」

小張馬上明白了。那次他跟小婷在銀行外，等候兩個老總轉賬，盡顧著跟小婷眉目傳情，沒注意到阿搞的戶頭調包。那麼一調包，該入標總的公司賬戶的款，就讓阿埠截流到他私下裡預先開的戶頭。阿埠截下百分之十的地皮款之後，再搗騰一手，把已經被撇掉一層肥油的水，灌進公家戶頭。這讓他想起徐建築師相好的川妹子，她那小餐館裡雇傭的跑堂小哥倆，在給客人上芒果時，將一個芒果竪切三塊，中間帶核的那塊，老闆娘讓他留下，存放冰箱裡，夜裡收攤後她跟男友啃著玩兒。後來她發現客人得到的芒果跟她得到的芒果核之間，都被削薄一片，只有把整個芒果拼回去，才能發現三塊果肉是對不上茬口、拼不成原樣的，因為兩側連接果核的果肉，都給切去了一片。兩個小哥精巧地偷嘴，偷吃芒果一年，才被老闆娘發現。阿埠用的是同樣刀法，切割公司果肉。

標總慢條斯理地說：「哎呀，這個阿埠啊，我早就懷疑他了，現在總算是驅散疑雲，證據浮出。」

張明舶說：「標總，我去叫阿埠上來，你們兩個老總跟他當面對質，別讓他單獨面對你們倆的任何一個人，肯定滿嘴狡辯！」說著他站起來，準備去捉拿阿埠。王總看看標總，標總沉吟著。王總突然來見標總，朱維埠一定很意外。標總的主戰場並不在海口，而在深圳，每一個月來一次海口，王總不一定恰巧會從杭州來，因此二總碰面的幾率並不高，假如朱總兩頭瞞哄，基本能擋住王總和標總的當面核對。

標總還是搖著頭笑：「這個阿埠。」

張明舶心裡一算，朱總這一刀切得太大了，一百多萬給他切走了。標總說過，要給公司四個員工分紅，一直沒有兌現，是因為公司在等朱總把他從上家土地爺那裡切走的錢還回來。直到現在，阿埠還在推三推四，兩個月了，錢毛還沒見著。現在來看，大家吃阿埠的虧，何止僅僅四成的地皮出售款？

當天晚上，阿埠在餐前溜走了，給了個老婆發急病的藉口。他一點不抱幻想：王總和標總碰頭，十有八九會談到地皮交易的實價和虛價，那麼他朱維埠偷切的「果肉」，必將暴露。

第二天，阿埠稱老婆的病傳染了自己，因此不能來公司上班傳染大家。到了第五天，阿埠的「病」還沒有好。標總多次打電話到他家裡，叫曾梅的女人說，阿埠把電視機都搬到醫院去了，且要住一陣呢。問哪個醫院，女人推說傳染病區，杜絕訪客。一直熬到第十天，標總不得不離開海口，帶著他投資開發的防盜安全鎖，去三亞參加交易博覽會，阿埠才敢冒出來。阿埠倒是真的黃瘦萎靡。看來著急上火，擔驚受怕也是巨大消耗。張明舶想，他整天挖牆腳，截流偷油，編謊扯騷，也真不易，小張就沒見阿埠真正硬朗過。

張明舶本來想把挑明真相的機會留給標總，畢竟自己是個打工仔，再瞧不上朱總人品，也還得認他為「總」。但忍到中午，盒飯送來，他把盒飯往朱總辦公桌上一放，脫口而出：「我那份兒分紅，讓你貪污一小半兒。」說完他並不走，隔著辦公桌站著，抱著兩個硬邦邦的胳膊。

阿埠裝著驚訝，然後又朝他瞪著委屈的眼睛。「什麼貪污？」阿埠問道。誰跨進這門，都會認為後生在欺負年長的那個。

「要不是礙著標總，我非揍死你不可。」

「反了你啊，別忘了，你工資是我開的！」

「我的分紅，也是你給獨吞的！」

「標立國告訴你的？」

「跟標總無關，現在是他媽我——張明舶，在跟你叫板。你今天不把偷走的那百分之十吐出來，我讓你吐血。」

朱總看著他，似乎能看出那個從小當打群架首領的小張，還看出學過兩天武術、打了幾年少年籃球隊中鋒的小張。最後，阿埠在這個張明舶眼睛裡、身板上看到在保安公司接受過訓練，掌握了摘人肩臼、下人大胯的秘笈的準袍哥小張。那都是不必見血的，見血的也難不住他——小張還見識過（參與過）剁一根手指不從，接著剁第二根，直剁到對方殘缺不全，從命認命——那麼個小張，就在他辦公桌那一邊站著。海南孤懸海外，官兵靠不上，自古就有自己主持公道的傳統，主持的方式也可以十分原始。闖海人來多了，在正義和非正義之間，在官方和民間之間，在是與非之間，建立了自己的潛準則，實施這些潛準則的方式，可以很古老，比如斷指，斷臂，斷筋斷骨，甚至潑灑一瓶化學藥水，容貌全毀，毀得連親媽都不敢相認。不過朱總的容貌也沒什麼可毀的了。

「小張啊，將來我肯定不會虧待你的。」朱總語重心長：「雖然標總看起來對你很尊重，很禮貌，但是他心腸冰冷的，到現在為止，他給過你多少實際好處呢？上月的獎金，是我額外給你發的，不信你問問林燕（財會），她的獎金是多少。你自己去比一比。我知道你的潛力和長項，將來一定會重用你那些長項和潛力。不像標總，只把你當個勤雜，最多當個電腦操作員。」

「將來是什麼時候？」

「就是等我把樓蓋起來，賣出去的時候。不會太久遠了，也就一兩年吧。」

這傢伙在蓋樓？偷出去的錢蓋樓去了？那也不夠啊。他看著這張不好看，但很顯聰明的臉，靜了一剎那，說：「你在哪兒蓋樓？」

「這你暫時別問。」他笑出一個猴笑來。

他看他從抽屜裡拿出一本巨大的冊子，沉甸甸往桌上一放，「砰」！這氣勢。小張一看，是一個別墅社區樓群的設計圖樣。封面是水彩畫：乳黃色，奶白色，鮭魚紅的小樓，各色外牆立面，用於不同的樓型。小樓矗於椰子樹下，棕櫚林中，更有潺潺流水環繞，水畔花草，水下游魚，哪裡是畫住宅，簡直是畫夢。翻開來，裡邊畫的是各種房型的平面圖。一直翻到底，他在封底上看到三個設計者的名字裡，其中一個竟然是「徐ＸＸ」。原來徐設計師也參加了朱總宏大的「將來」。

「看見了吧，小張，這些都要錢啊！好的設計家貴呀！錢哪兒來？只能暫時從公司借用一下，對不對？生意人，貴在活絡，成在變通，最忌僵硬，特別是在中國，特別是在海南。外國人都說：但凡做事，有三種做法，第一種，是正確做法，第二種，是錯誤做法，第三種呢，是中國做法。現在中國做法的典型體現，是海南做法，無法之法，法無定法，處處是法，這可是成大事的地方和時代呀！成大事，是目的，過程中用什麼手段，走什麼路徑，都不重要，重要的是終點——在終點上，是我幫標總幹成了最大的項目，建成了海南地標性的建築，那時候，標總一定不會計較我走的什麼路徑，對不對？美國人有句話：香腸好吃，但千萬別去看灌腸的過程。」

張明舶聽迷了。他提醒自己：別迷，別迷，晃晃腦袋，掐掐大腿，別讓這傢伙下蠱，但這「迷」的勁兒挺好。他就那麼站著，看著，聽著，迷著。阿埠迷了標總多少次，標總不是一次次出不了迷局嗎？世上能把人說迷的人，成功的不在少數，希特勒就差點成功了。標總算半個聖賢，對阿埠的「迷」，一次次不能免疫，何況他張明舶。朱維埠還在說，調子低沉了，讓他來聽聽，這個阿埠還在說什麼——

「現在，我雖然對標總有點不……地道，但我朱某最是知恩圖報，將來一定會加倍償還標總。就算我借了標立國的錢唄，這筆錢我會算作他對我『海珠別墅』這項目的種子投資，等樓起來了，賣出去了，他是一本萬利。小張你作證好了。」

「真的？」

他不說話了，眼珠向上翻去：「我朱某一言九鼎。」

小張笑笑，是那種威脅的笑。「好，我作證。」假如你個猴兒不兌現，我替標總下你大胯。就你這猴身板兒，動起手不費什麼事。「那我就先替標總謝謝你了。」這話也是袍哥口氣，阿埠一定聽得懂。

「等我海珠別墅的樓起來了，小張你可以幹我的副總經理。」

他想，反正是畫的餅，畫大點，多畫點兒油酥，無所謂吧。他點點頭，看著猴兒哥樂，表示初步信服。這個猴兒哥，每個果子他都兩面切，兩面通吃，切下來薄薄果肉，居然還蓋起樓來了，不能不說他能力過人。

等標總回了深圳，朱總稱起大王來。乾脆就拉開來幹：在標總的套房裡鋪開沙盤，把一撥撥有潛力貸款的人請來參觀，煽動，下蠱。也是在這間套房裡，小張跟徐建築師重逢。因為徐平的參與，張明舶感到朱總的項目多少有那麼點靠譜。在阿埠終於說動一家信貸公司，貸到一千萬之後，就在工地破了土奠了基。張明舶認為，朱總這回幹的是真的了。標總三個月沒來海口，在海口通往府城的路上，到處可見路牌下「海珠別墅」的地圖和指示標。工地上已經矗立起十來幢半截樓。朱總帶小張來到工地，矮小地一站，高瞻遠矚。小張注意到，就在朱總站立的地方，一陣草響，他眼睛一瞥，見一條花蛇鞭子般抽打著草根，一閃就沒了。阿埠指著茅草齊頭的荒地，告訴小張，哪裡是購物點，哪裡是醫療站，哪裡老人活動中心，哪裡是少兒之家，還有社區的公共游泳池、健身房、棋牌室，棋牌室裡定期開設棋牌課程，還要專門為太太們開設插花課、烹飪課，還要提高她們的時裝修養。這將是海南最高檔的別墅區，主要住戶是「某豆豆」，「某點點」，「某納納」，某冤死的國家主席之子，反正都是熟人，不久就會請他們來參加預售。還有標總這樣的跨文藝、商圈的大佬，也將是別墅的主要住戶，當然，他也不反對香港澳門的富翁入住。所以配套設施必須齊全，也就是一個小號的大公國、城邦國。難道不是「大公」雲集嗎？正因為「點點」們，「豆豆」們的父輩受冤，他們更加被百姓崇尚，也就更加貴族。他又指著所有半截樓中蓋得最高的一棟，說那個是樓王，很快就竣工，之後會把它裝修成樣板樓，請最好的攝影師照一套照片，做成廣告，全省、全國發去。品牌就是這樣誕生的。也要用這套廣告，給買預售屋的人展示，買預售屋的首付款，就夠還貸款。

「怎麼沒見幹活兒的人呢？」小張問。

「今天材料沒到，先讓工人們暫時休息。」

朱總把小張領到那幢接近封頂的半截樓裡。不管怎麼說，這玩意看起來像座樓了。朱總來到樓梯口，讓小張自己上去看。張明舶在上第一組樓梯時，聽見蒼蠅陣的大聲轟鳴。等他來到兩組樓梯之間，發現好幾泡大便上蒼蠅群體聚餐，比望海樓自助餐廳還快樂還吵鬧。朱總在樓下大聲問：「怎麼樣？」他是在等著小張的讚嘆，等來的是「他媽臭死了！」他想，朱總雇傭的民工什麼素質？就算施工的樓房裡還沒來得及裝馬桶，工地到處蒿草，隨地都能方便，至於在自己的工作場地拉撒嗎？他在河北老家觀察過小狗娃，發現小狗娃打死都不會在自己窩裡拉撒。這些民工還不如小狗娃，自己糟踐自己。

不久，他明白了民工自己糟踐自己的原因。其實他們糟踐的就是朱總。因為阿埠欠發工資。阿埠倒不完全是沒心肝的資本家；阿埠是真沒錢發工資；他把貸來的做別墅項目的款又發放高利貸給貸出去了。阿埠聽說，貸出一筆高利息短期貸款，十天內就能收回成本的百分之一百三十。他想打個時間差，在發民工的工資之前，連本帶利收回，但高利貸的債主到期沒還錢，只還了一點利息。那點利息只夠阿埠帶著未來的別墅買主去中國城享樂，請官員泡小姐，以便在將來別墅建成後一切手續順暢辦理。某個官員看中了某個小姐，請她出檯，小姐們可不便宜，都出在阿埠身上。那一筆筆花銷相當可觀，卻是省不得的，因為一碗水要端平，否則你在這個官員身上花費了，在那個官員身上節省，被節省了的官員，保不準會在手續上與你作對。張明舶看得清楚，朱總阿埠的局面好比是十口鍋，三個蓋，阿埠手腳不停地忙，從這個鍋上揭下鍋蓋，為了蓋那口鍋，結果哪一口鍋裡的飯都煮不熟。

05

十月的一個下小雨的晚上，小張在中國城碰到馬克堅馬攝影師，他在給一個主要舞蹈演員拍照。馬克完成了工作，來到張明舶桌邊。那桌是朱總做的東。朱總一般鋪開局，讓客人點了酒水食物，就離席回家去了。他在家裡吃一頓養身的軟食，小睡一會兒，補養一點白天消耗過度的精氣神，到半夜一點多起床。那時到客人玩盡興，喝大發，鬧疲乏了，他晃悠著回到歌廳，掏皮夾子，結賬。馬克跟小張聊了一會，小張說到公司的困境：一片荒地上矗著十多幢半截樓，老闆不愁他自己都要愁死了。馬克說他認識一些熟黎，六十多歲的女人，幹起活來頂上小伙子，要錢不多，給點煙錢酒錢就行。馬克給黎族人拍攝肖像，知道黎族幹活能手都是女性。此刻接近兩點，客人中的兩個人帶著兩個小姐出了台，另一個睡得呼呼響，馬克也起身告辭。馬大師剛晃悠著站起，眼睛使勁一閉，再睜開，還晃了晃腦袋。張明舶問他怎麼了。

「我以為我喝得醉眼朦朧，看錯人了；結果沒看錯。那個人是誰？」順著馬克的手指，小張看到正朝這桌走來的朱維埠。「怎麼了？他就是我的老闆，朱總……」

「不會吧？……」

朱維埠此刻被熟人招呼過去，熱鬧地拍肩打背，又接過一杯酒。最近中國城的人都聽說了阿埠發了，開發了一個高檔別墅區，人氣大漲，被擁戴得路都走不通，猴兒哥成了猴兒王。

「我原先打工的那家公司，他也是股東。」馬克說。

「哪家公司？」

「就是幾個股東被人殺了，公司倒閉的那家；做國際廣告的那家呀。」馬克一直盯著阿埠的動向，隨時準備逃跑。

阿埠被一群男人女人追捧著，已經灌了三杯酒。一個駐唱女歌星，手還拉著一個中年女子，天然三分病，臉色骨頭一樣白。女歌星給阿埠介紹了幾句，阿埠一邊跟中年女子握手，一邊撅屁股陪笑。

馬克說：「那個女的叫豆豆。」

小張說：「是林豆豆？」

「什麼豆豆，自己猜吧。」馬克目光還是瞄準朱維埠。

「好像是有點『林』的感覺。」

「我就見過兩個豆豆。還見過某納生的領袖孫女。後來聽說，那個也不是真的。我還給某令華拍過照，據說他是某敏的丈夫。」

小張深吸一口氣。海南什麼檔次啊，想想就覺得來值了。

朱總走出那個人群，又走進另給一個人群；七八個人從各桌出發，圍上阿埠敬獻美酒。誰在島上發了，中國城最先知道。誰在島上栽了、進去了、斃了，也是在中國城傳得最快。看來十個鍋，三個蓋的阿埠，欠發工資的糗事還沒傳開。小張突然想起馬克說那家倒閉公司的股東被人殺了，轉臉問道：「老馬，你原來的股東都是誰呀？」

馬克指著五步之外的阿埠：「他是其中一個。」

「朱維埠？」

「鄒偉虎。丫改名換姓改不了那賊樣兒。」

張明舶讓心臟跳一會兒，又問：「他是你原來公司的股東？」

「之一。不過你別說嘿，比『被殺』之前，富態點兒了，像老闆了。從最開始倒賣汽車，孫子就來了。比闖海的早多了。」他一口鬆軟的北京話，鼻音是含笑的。

「他怎麼被人殺掉的？」

「聽說欠錢。孫子狗攬八泡屎，同時做好幾家公司，每個公司都做不過三個月。」

小張說：「你沒看錯人吧？」

馬克笑笑：「你給丫燒成灰兒試試，看我認得出這孫子不。」他又笑笑：「顯然沒殺透，還活著呢。要不就殺手殺錯了。反正那天早上，我剛上班，就接一電話，說孫總，鄒董都讓人殺了，臨死前指定你馬克做善後總經理。我當時負責聯繫北京、天津、石家莊的客戶，算個副總吧。」

朱總喝下大約第十杯酒，已然酒意翩翩。他一看見馬克，先發制人：「你小子，還沒死？」

馬克說：「我剛才還跟著小兄弟兒說呢，海南就是個見鬼地方。鄒總挺好的？」

阿埠走過來，無聲勝有聲拍拍馬克的肩膀，又是欲說還休地嘆口氣。然後他拉著馬克和張明舶到一邊：「對不住啊，那時候海南亂，不敢用真名，弄了一套假文件，把祖宗老子的姓都改了。那個鄒總，還真被捅了一刀，你們瞧——」他撩起夾克和T恤，身子一側，露出背後一個疤瘌。說它是害癬子留的疤瘌也行。

「誰敢擔保你現在的姓是真的？」馬克打趣。

「真的真的，我發誓……」

小張看見他舉起的手都打晃。馬克摁下阿埠發誓的手，笑呵呵說：「沒事兒，多幾個姓兒，多幾條命兒，殺了你一個，自有後來人。」

張明舶說：「朱總，剛才我跟馬大師說了您最近的難處，蓋房子的民工全罷工了，他說他……」他感到腳背上背一個鞋跟跺了一下，疼得臉歪。

「我說黎寨的事兒呢，黎寨那些男人懶得厲害，都靠女人幹活兒……」

小張頓時明白，馬克不想幫朱維埠。江湖上都說馬克是大俠，誰有困難，但凡馬克出馬，只要在他力所能及範圍，他一定相助。可見這個阿埠的信譽在馬大俠心目中是徹底爛了。

張明舶原先在保安公司的一個同事，就是個熟黎，娶了個漢族老婆。他找到這位基本漢化的黎族漢子，請他把自己介紹到黎人圈子裡。他說是要採集黎族民歌和舞蹈資料。前同事一口答應。約好了去黎寨的日子，小張跟阿埠說了自己的計劃。阿埠驚喜，沒想到這個一直在標總和朱總之間拉偏架[7]，隨時造反起義的下屬會主動幫忙。但小張接下去一句話，讓阿埠明白他出手相助的動機：「你必須給我三成股份，至少。」阿埠眼下焦頭爛額，半截樓裡全灌了雨水，馬上答應了張明舶的條件。

三天之後，張明舶開著一輛小卡車，到白沙縣游走一圈，讓寨子裡的黎人給他跳舞唱歌，假巴意思地往本子上記錄，不久就打入黎人深層。一周後，他帶著五個黎族女人、兩個黎族漢子來到工地。七個人從三個寨子裡來，都是寨子裡的土建築師，各家修屋蓋屋都會被請去指點。兩個黎女個頭只有一五〇公分，是一對雙胞胎，不僅會蓋屋，還是寨子裡的紋身藝術家。兩人手臂上紋的圖樣都完全相同，是她倆互紋的。

樓王的各屋積水沒踝，很快就被排乾。兩個黎族漢子中的一個精通排水工程，用根粗膠皮管子，大嘴含住管口，猛然一吸，泥水汩汩噴流。阿埠把徐平請到工地。徐建築師估量了一下先前施工的質量和偏差，說樓都蓋走樣了，又是一番測量計算，用新測算出的數字重新標定圖紙。他還帶來一個經驗豐富的工頭，是海南本地人，通黎語，給黎人們做工程指導和監督。

張明舶也投入到造樓的小隊裡。朱總把曾梅帶到工地，在樹蔭下砌了個土灶，給黎人做竹筒飯。米裡多摻些用醬油和五香粉醃過的肉和雞，晚餐還提供山蘭酒，讓黎族工匠們他們足吃足喝。黎人夜裡都是音樂家、歌唱家，點一蓬篝火，唱著吹著醉著，臨時工匠們夜夜笙簫，天天過節。阿埠一看局勢蠻穩，便留在海口繼續給潛在客戶或潛在投資人「下蠱」，由曾梅自己開車到工地，提供飲食服務。有天曾梅帶了個訪客來，打了一把黑底紅花的傘，往工地走來時，張明舶只看見一雙白色半高跟涼鞋。曾梅玩笑說：「打黑傘哦，今天不是三月三吧？」等傘抬上去，小張呆了，傘下竟是小婷。「來玩玩，」她自己解釋道：「一直關在家裡，好無聊哦，人都傻掉了。」

通往樓王的建築工地，有一窪爛泥湯，夜裡黎人唱歌吹曲，泥湯裡蛤蟆重唱、對唱、合唱。泥湯上架了根木條，來往人必須從上面過橋。小婷在橋上走得好看，傘就像雜技演員的平衡道具。但小張還是踏進爛泥湯子，在旁邊保駕。他攙著她的手，另一隻手張著，隨時準

7　拉偏架：偏袒一方。

備她在墜入泥湯之前的千鈞一髮時刻撈起她。她也就順勢依過來，九十斤不到的體重，至少六十斤在他手上。

她低聲說：「怎麼給咬成這樣？」他「嗯？」一聲，魂飄飄的，只有一點兒還留在軀殼裡。

「蚊子那麼多嗎？」他明白了，馬上感動，那精心描畫的眼睛，僅以餘光就看到他身上的蚊咬包塊。肌肉勻稱的身子上，只套了件爛背心，渾身幾乎全部淪陷給了蚊子，不剩什麼平整皮肉了。

「白天那麼多蚊子，你不會用扇子打一打呀？」

「大概是晚上睡著了咬的。」

「鬼地方，什麼蟲都大，蚊子大，咬的包包也大！」小婷替他恨蚊子，恨鬼地方。

他嘿嘿笑了。幸福啊。

小婷說：「早知道就帶一瓶『驅蚊靈』來了。新加坡進口的，止癢也好用的。」她的江浙口音在她嗲的時候，濃重了。「明天讓梅姐姐帶給你。」

結果第二天是小婷自己把「驅蚊靈」帶給了張明舶。那天正好樓房封頂，黎族人正在舉行封頂儀式，遠遠看見小婷從曾梅的豐田車上下來。他想，也許她關在家真的關瘋了，不過是來拿他散心消遣的。他讓自己別當真，沒錢的男人惹不起這樣的女孩。但小婷閃閃的眼神，就是個才出深閨的女兒家，河北話叫「小閨女」。那眼神明亮乾淨，讓他相信，在他張明舶之前，她經歷的兒女事物都不算數，身子給人玩髒了，但心從來空著的，等的就是他。他可沒惹她，儘管心裡身上都著火了，可就是沒讓自己惹她；是她惹上門來的。那天，小婷講了實話，聽說他幹得那麼苦，吃在工地，睡在工地，心就玉碎了。相比較她那個四體不勤，不學無術，也掙很厚一份俸祿的男人，她氣不憤，想從她做起，為世界討回一點公道。

當天下午，曾梅要趕回去接從三亞回來的朱總，小婷只能留下為黎族同胞煮飯。竹筒飯是曾梅事先配好方子，豆子，大米，兔肉，預先用香料醃上，山蘭酒也備得充盈，小婷只管到時往鍋裡添水，灶裡點火。小婷雖然是農家人的掌上明珠，但在爐灶裡燒火是熟練的。黎族同胞吃晚飯還是保持寨子裡的習慣，男人先喝酒，後吃飯，吃飯的時候女人們才上席，女人吃飽了，才開始喝酒。飯後天光還很好，小婷拿了一支圓珠筆，央求那雙胞胎姐妹給她往小腿上畫紋樣。雙胞胎姐妹三十五歲，已經抱上了孫子，在漢人面前，人還羞得像個小姑娘。兩人相互慫恿，結果姐姐出手描畫。小婷伸出小腿，讓筆尖在在皮膚上走，不停地笑，渾身哆嗦，說：「癢死了，癢死了！」

張明舶在一邊看，實在愛得心哆嗦，也癢死了。

小婷問雙胞胎姐姐，她怎麼不挨蚊子咬，手臂光滑細緻如棕色綢緞，一個包塊也沒有。聽了工頭翻譯，那姐姐羞臊一笑，說山上的所有蟲鳥動物都是朋友親戚，咬了就咬了，不會紅腫痛癢。小婷說她能不能跟她的「親戚」說說，她小婷也大方，肉儘管咬，血儘管吸，但癢癢就免了她吧。小張一旁看，想衝過去就咬她。正在他愛她得心緊時分，她回過頭指著他，對那姐姐說：「讓你『親戚』也放過他吧。」然後，無邪無心地衝他一笑。那個長奶子的男人，怎麼忍心對這個女孩下手？但他又一想，哪個長一身中年軟肉的男人，會不對這樣的女孩下手？

當晚小婷沒有走。藉口也是理由，因為沒法走；是曾梅開車把她帶來的，曾梅提前走了，她怎麼走？你捨得她坐公車走嗎？你放心她單獨搭計程車嗎？他只能留下她。這就是之前兩人的感覺：要出事了。既然遲早的事，讓它發生吧。夜可真黑，黎族同胞們點一堆火，把捕鼠夾捕到的的田鼠穿在樹枝上，放在火苗高處燒烤。這裡地荒，田鼠又肥又傻，黎人白天做活路，在周邊下鼠夾，過一個兩個小時去收穫，一次能收六七個大肥鼠。他們剝鼠皮很熟練，好比剝襪子。剝去皮，抹上鹽，他們再回到工地繼續上工。工頭對黎人很瞭解，知道該寬的時候要寬，黎人不比漢人，要讓他們幹活像玩，玩著幹活。到了晚上，薄鹽醃過的肥鼠，就可以燒烤了。鼠肉烤的吱吱冒油，小婷皺眉捂耳。烤田鼠是黎人的加餐，就著山蘭酒，喝到月至中天，就東倒西歪睡在熄了的篝火邊。

那一夜，張明舶和小婷也是顛倒了一夜。第二天是陰天，似乎夜延長了一截。小張聽到黎人幹活的歌聲才醒。他醒來時，小婷已經醒了一會兒了。兩人像七巧板一樣，嚴絲合縫地嵌合，都不講話，看著僅有窗框而無玻璃的窗外，灰色的白天。他感覺小婷在看他。他側過臉，又是目光碰目光，都憂鬱的一笑。愛怎麼這麼憂鬱？

他告訴小婷，她是他的第一個女人。實話如此：跟藍蘭，他是預科生，對女人的性徵只是手的瀏覽。藍蘭之前，他是道地童男子，女人生理對於他，完全是迷。是小婷給他破處。小婷愣了良久，突然哭了，埋頭使勁親吻他那第一次出征的「勇士」，然後帶幾分奴氣地跪在它跟前。他使勁拽她入懷抱。她抱得他死緊，寶貝他這乾淨的好身胚。就像男人偶得了一個處女，感覺那麼的天降寵幸，感念福報。

小婷在工地上呆了五天，張明舶得了五個蜜月之夜。白天做工，黎人都用祝福的目光看著小張。曾梅乾脆躲懶，小婷一個人招呼炊事，還騎著三輪貨車，到附近鎮子上買酒。但她只穿了一身衣服來，一條牛仔超短裙，一件套頭薄汗衫和牛仔小外套，騎車不方便，便只能換上小張的長褲和襯衫，大衣服、大褲子，使她越發孩子氣，越發讓他疼愛不夠，夜裡加倍疼愛。

小婷悄悄告訴他，過去她怕死這種床第之事，完全是被逼無奈，從這幾夜與小張的「蜜月」中，她才明白這事這麼好，人間的成仙之事。他繞著彎跟她打聽，是怎麼落到王總手裡的。她扭扭身子，不願說。他只好保持原先的猜測：要麼她是阿埠給王總下的鼠夾上的嫩肉，要麼她是被朱總和曾梅策反的「西施」，圖那一點回扣。一想到此，他總是難過，如果早遇到她兩年多好，那時她還是清爽的，沒被人擱在鼠夾上，還沒把青春批發出去。那時她一定是水邊浣紗的少女西施，比她浣紗的溪水還清爽。

小婷在工地上呆到第五天晚上，曾梅急吼吼來了。臉色不好的曾梅，拖了小婷就走。張明船上去，奪過小婷，問「他媽的怎麼回事？！」曾梅不說話，焦心似焚的樣子。小婷不忍熬著小張，悶悶地說：「他回來了。」

王總來行宮查崗了。

曾梅見事情已被說破，便解釋道，王總從杭州來海口三天了，一直在找小婷，最後找到社區保安，保安告訴他，小婷與朱維埠的太太曾梅關係親近，建議他去朱家打聽。曾梅這才知道王總的到來。王總在曾梅面前光火，說小婷一定被野漢子勾走了，挺好的一個家都不要了。曾梅在王總離開後，悄悄飛車來報信。

小婷就那麼把張明舶看著：你不救我誰救我。

曾梅的意思是，不要急茬解決，慢慢來，不然絕望的王總會幹出絕事來。小張冷冷地問，會是什麼絕事。曾梅表示，王總在海口關係網很大，從領導到黑道，關係盤根錯節，雇個人殺了情敵或背叛他的女人，省事得很。根據張明舶在保安公司短暫的工作經驗，他知道，海南每天都有人消失，這是海南日常生活的一部分。阿埠不也消失了一年多，復出之後，照樣同一張嘴臉，照樣登堂中國城，接受人們敬酒。王總使錢用人，把他張明舶給弄消失了，海疆遼闊的海南，海水埋人最不費事，也牽連不到王總。不久的將來，海口騎樓下消失了一個叫小張的小伙子，海南人民絕不會覺得少了什麼。消失雖是不幸，但最不幸的是，這世上最愛小婷的人沒了。除了他小張，他不相信世上會有比他更愛更憐惜小婷的男人。假如小婷此刻跟他說，為了我的生命，我的安全，離開我吧。他會二話不說就離開。

曾梅還在勸解他，就是小婷要跟王總吹燈，脫手，也必須緩著來，據她和朱維埠所知，王總是個心狠手辣的人，猛不丁[8]知道了實情，他會傷害小婷的，所以大家還是先穩穩，一點點吹風，等他回了杭州，找標總幫忙寫封信，詩意式了斷。不然出了人命或血案，可就不值了。她說她開車的一路上心都在小婷身上，已經為小婷想好法子，怎麼先把王總穩住；小婷難道不能跟幾個女伴兒到三亞去玩玩？這幾個女伴兒，她也替小婷找好了，給錢什麼找不來？

小婷跟曾梅走了之後，張明船雇了一輛計程車夜奔海口。他不放心小婷。到了社區，他在門崗登記的受訪戶是朱維埠家。到了朱家，恰好曾梅剛進門。朱總還在忙著到處借錢還錢，拆東牆補西牆，推銷別墅。這兩天登門催債的人排隊都排到海口賓館的走廊上了。曾梅跟小張敘述了小婷回家後的情形：她找來扮演小婷旅伴的兩個姑娘，陪著小婷回到家，還湊了幾隻大海螺殼當道具，表示是三亞拾貝的斬獲。王總雖然陰沉著臉，但沒有動火。旅伴的扮演者離開王家之後，來曾梅這裡述職，一人拿了兩百元酬勞，歡歡喜喜走了。這不，她剛剛開車把她們送回家。倆姑娘是瓊劇團的女演員，曾梅剛上島在瓊劇團彈過一年琵琶。張明船聽完之後，長嘆一聲，暫時也無更好的措施，小婷平安，一切皆安。

他在社區裡遊蕩，想著小婷求救的眼睛。走到乾枯的噴泉池邊，看見池子裡被扔了果皮和垃圾，人間到處是暴殄天物、不識好歹的現象，好好的噴泉池，當垃圾池用，好好的小婷，當批發來的站街女用。他昏沉沉走著，看見前面一個老太太背著一個小男孩，哼著兒歌，蹣跚而行。老太太多慈愛呀，一面背孩子，一面用把小芭蕉扇，背過手去，輕輕拍打孩子的腿，為孩子驅趕蚊子。他覺得老太太就是自己的化身，孩子是小婷，小婷就該被這麼呵護著，照料著。想到她那孩子般細長無力的胳膊，他兩眼淚濛濛。

小婷告訴過他，她住在朱總對面那座樓上，六層，朝南的一面，帶個陽台。他發現自己面前的，正是一座跟朱維埠家隔空相望的樓。他繞著樓走，找到朝南的那個面，目光一層層攀登，登上第六層。一個陽台上，水泥圍欄上擺著花盆。小婷也種花，而她是別人種的花。陽台上灑著幽暗的燈光，是從玻璃門裡投出來的。幽暗的燈光裡，小婷在做什麼？在做她被逼無奈的事？她疼嗎？她的心肯定不是空的了，有了個年輕精壯的男體，有了那男體中的一顆心。他此刻是沒有心的，心被小婷裝走了。

8 猛不丁：突然。

下一個時刻，他發現自己在電梯裡。門緩緩關閉，最後合攏前會上來一個乘客嗎？就像在海口賓館那次，最後剎那跨入電梯的，是小婷。後來出的事，電梯該負責。電梯那麼小，目光躲不開彼此，只能去照耀對方。被小婷的目光照耀過，他不再是同一個生命，同一個靈魂。電梯門關上了，今夜他獨乘，突然感到剎那間失重。電梯向上，向上，向上，如何這般緩慢？對面缺失了一雙照耀他的眼睛，一切都滯留不動，都漚著爛著，這是一口豎在漚爛空氣中的棺材，裝著失去了心也失重的人。

他走出電梯後，迷失了方向。哪裡是南？對了對了，朝南的屋該坐於北。可哪裡是北？沒有了心的人，更沒有羅盤。他看見這是個桶形的樓，三個電梯，通向兩頭，一頭三家，一頭四家。他左轉，走向第一家，裡面有人吵鬧，是很大一個家，至少三代同堂。接下去那一家，無聲無息，出去過海口的夜生活了？第三家，裡面傳來中央電視台的新聞播報——這個島上，直接收不到新聞，要在海對面裝上新聞磁帶，船運渡海，到了島上就是幾小時後的舊聞了。小婷對新聞最不耐煩，因此這門裡沒有小婷。他轉向電梯的另一邊。這邊的單元是小套房，看來王總在為小婷租房時，也是實惠的，能省即省。他走過寂靜的一個個門，來到最裡面一間。隔著門，能聽到一個女民歌手在唱。為什麼天下的女民歌手共一條喉嚨？捏扁的聲帶，捏扁的歌。他但願這不是小婷聽歌的品味，一般嗲到把歌和自己都捏扁的歌手，她們的歌迷都在四五十歲，大多肚子上扣個肉質小鍋，頭頂油膩膩的，把所剩的頭髮鰾成網狀，很可能還長著一對男式乳房。對了，說不定這就是王總的行宮，王總一定是這種扁嗓子歌後的迷。他在門外站著，耳鼓也要給她捏扁了。假如還有心緒聽歌，證明日子是正常日子，夜為良宵了。他慢慢離開，覺得自己多情得可憐可笑。小婷就不能自己尋一次野歡嗎？他小張就不可能是她野歡的對象嗎？小婷被別人獵獲，難道她就不能反獵物為獵手，獵獲一個小張這樣的精壯男人？可悲的是，小張中了女獵手的槍。他悲憤地在腦子裡過畫面：王總此刻正摟著嬌妾，扁扁的歌讓他醺醺然，感恩上蒼，活著真好。最可憐的是小張，他給出了童男子之身，給出了痴漢之心，現在活著就做了野鬼孤魂。活著就……他活著嗎？

他走到電梯門口，突然一陣刺痛襲來，胸口抽起來。誰說心沒了？這不明明會劇痛？也許是心回來了，有心更疼。他不忍讓自己再重溫一次沒有那對眼睛沐浴的電梯之旅，他走向樓梯。他需要長長的途徑，走出這裡，面對眾生。推開通向樓梯的門。那門的沉重使他意識到，自己多麼衰弱。門後是一個大垃圾桶，散髮著腥臭。人吃進去的東西遠少於他們造出的垃圾，不然用什麼去給有機果蔬施肥？樓梯間沒有燈，腥臭在黑暗中是唯一坐標，背離它而去就是他前進的方向。在這樓上買得起房的戶主們，應該屬於先富裕起來的人口，越是富裕，越是孤寒，樓梯都捨不得照明。亦或更糟，裝在公共空間的燈泡，某些先富裕起來的人都要偷。他發現劇痛的心是很愛發議論的。就在他摸黑下了幾級樓梯之後，聽見門又開了。他的希望暗暗竄動，回過頭，果然在垃圾桶邊出現一個抽條拔節的女孩身影。他試著叫一聲：「小婷」，垃圾桶蓋「當」的一聲落回去。小婷從樓梯上飛進他懷裡。沒等他反應，已經被她拖著，從六樓下到底層。底層的底層，是地下室，黑得伸手不見五指。地獄也不過就這麼黑了。

「我就知道你會來，」她說。

他感覺到她兩條柔細的胳膊要絞死他。真是苦啊，做她的野漢子。

他將她抱離地面，現在她是他的孩子。忘了吧，什麼獵手獵物，他們互為獵物。現在瞳孔調整好了，可以看到一絲光亮在遠處。那是一扇門內透出的燈光。大概那是保安或保潔員的集體宿舍，底層居住的底層人民。還能看到稀稀落落停泊的車輛。先富裕起來的人們，首先懶起來的，是那一雙腳。他真想劫一輛車，把她抱進去，遠走天涯。可這裡就是海角天涯，還往哪裡走？

「等著我，」小婷在他耳邊說，熱淚滴在他脖子上：「我會逃出來的。」

這個島上，有勝利出逃的女奴的傳說。五指山下，紅色娘子軍裡，全是出逃的女奴。她們創建了勝利出逃的傳統。小婷也會是一名娘子軍，他相信。

「你也等著我。」這是張明舶說的。等他什麼呢？等他賺到錢，買下房，成一個小老總？還是等他落草為寇，殺入王總別宮，搶出他心愛的小婷？兩極都是盼頭。

他覺得此刻王總又該找小婷了，勸她回去。她抱住他不動。他抱著她上到地面一層。又抱著她上到二層。她聽見他心臟跳得咚咚響，把手放在那跳動的地方。她微微掙扎，要他放開她。他抱得她更緊，現在上了三樓。難道他要把自己的淺嘗五日蜜月的新娘抱上別人的床？他們的蜜月被那個人斬斷，他該斬斷那個頭顱，讓那長著男式乳房的身體成為無頭屍首。他現在的激情、衝動足夠完成這件凶殺……在四樓和三樓的交界，他慢慢放下小婷；他不願親手把自己新娘送至敵人的門前。小婷，去吧。

小婷一步三回首地去了。

他伏在落滿灰塵的扶手上，無聲嚎啕。小婷消失在黑暗深處，他才覺出累來。那連天累月的和泥挑水運磚，無夜無日的愛，這時一股腦壓上來。愛，原來這麼累人。他的手不停地抖動，腳是綿花做的，支撐不了任何分量。好不容易站起，一步都邁不動，六樓那個垃圾桶的臭味，飄到此處，淡了。小婷回到那瘟臭中，等他。

06

他不再去工地。似乎小婷隨時會發生性命攸關的事，他不能遠離她。他發現阿埠又不見了，海口賓館那個套房已經被收回，因為阿埠欠了三個月房錢，也因為上門討債的人，已經影響了賓館正常的營業，也影響賓館觀瞻和聲譽。張明船知道，阿埠最怕的債主是他欠薪的那幫民工。雖然欠的錢數不大，但底層人民是不可虧欠的。他找到朱維埠家裡。朱家門口又加了一道防盜門，用的是標總開發的那種一萬把鑰匙也休想打開的雙料保險鎖。曾梅在裡面盤問半天，才放張明船進門。阿埠果真躲在家裡。猴兒哥一點沒有氣餒，拉著小張衝進他的書房，展示他那一摞摞剛印出的別墅廣告，誇獎那紙的高質，印刷的精美，色彩如何還原得地道，圖片不愧是在徐平建築師指點下拍攝的，也不愧有他小張，在電腦圖像上做了精緻加工。

「我們離大獲全勝只一步之遙！」猴兒哥說。

樣板房居然在黎族同胞的辛勤勞動下，在徐建築師的指揮下，建成了。徐建築師還設計了內部裝修，樓體立面油漆了表皮，內部也貼了壁紙，在倒閉的傢具店租了些傢具，佈置得很洋氣，完全拷貝了國外家居畫報。阿埠要求張明舶發散廣告，拉潛在買房客戶，把十幾棟半截樓的預售賣出，就能還上現在的利滾利的高利貸。

有了明確的既定方針，他感到對於小婷的思念，對於她那具身體的飢渴，得到了緩解。那種小腹冒火的感覺可以讓他殺人，現在殺人的事可以暫且放一放了。小婷剛離開的那些夜間，他幾乎不能忍受曾經擁有那具仙體的懷抱，空蕩蕩地寂寥，他多次想衝入那個社區，衝上那座桶形樓的六層，撬開門鎖，殺了那個正擁有小婷肉體的軟肉男人。現在好了，他每晚泡在中國城，跟所有趁錢的潛力買主拉扯關係，廣告一摞一摞發出去。幾乎沒有睡眠的一夜過去，白天還要開著中巴，載著潛在客戶們參觀樣板樓。終於有人上鈎了。正在滋生巨型蚊蠅的半截樓，被他成功兜售了四棟，樣板樓整棟賣出去了。進來的款項被阿埠用去還高利貸，但杯水車薪，仍然融不到足夠資金，因而半截樓仍是侏儒，僵持在原先高度，照樣在大雨之後盛產花腳蚊子。蚊子的敢死隊，白天都敢吶喊出動，來看房的潛在買家必須不斷跳腳，拍頭打臉。人們來的時候是一個號碼，走時似乎大一個號，都給咬腫了一圈。小張趕緊改善看房服務，在中巴上就提供驅蚊靈，請潛在買家們噴灑。

阿埠又成了很有派頭的朱總，常常出現在樣板房內，對潛在買家們指點荒草豐茂的窗外：健身房是香港連鎖，設備都是進口；游泳池循環溫水，系統是德國的；那邊開個蘑菇園草莓園，供老年住戶舉行採摘節日；兒童樂園都是電腦控制，一個人就能遠程看護孩子們；醫療所徵招的是全國最有名的大夫，出高薪怕他們不來？朱總的鼓動家才華又一次得到施展，連聽了他一百遍重複的張明舶都一次次醉在其中。終於一天，他羞答答問朱總，他名分下那三成股份能否兌現成首付金，因為他看中了聯體別墅裡最小的那套房。朱總色眯眯地笑了，問他是不是打算跟小婷在裡面「大生產」。他臉都讓這猴兒哥臊紅了。

阿埠說：「你那三成，得到項目總結算的時候才能給。不過你現在買的話，我給你打四折。等於白送你一多半兒！」

他算了一下，拿出自己從這幾年牙齒縫裡摳出的錢，再借一些，湊合夠付首付了。他讓小婷等著他，等的是頭上有天花板、腳下有立足之地的他。他來到三角池，找到一家貸款公司的廣告。他從這家黑心肝高利貸公司貸到的款，填上了首付資金缺口。等他拿到跟朱總簽訂的購房合約後，再也忍不住，給曾梅打了個電話，求她無論如何把小婷騙出來。曾梅電話裡告訴他，自從小婷那次出遊三亞，王總把她看得很緊，短暫回了一趟杭州，還帶著小婷同去。他在杭州辦事，小婷被安排住在一個旅館，請了個小姑娘照料，實際是看守。在杭州呆了一個禮拜，又帶她去上海，買了首飾衣服。回到海口之後，給小婷買了一輛二手車，一匹老馬，讓小婷每天學騎馬，不至於悶得發瘋。曾梅還告訴小張，現在小婷懶覺也睡不成了，每天五點鐘就要起身，開車到馬場去，先刷馬，後上騎馬課。小張故作無意，打聽哪家馬場。曾梅也好似無心，告知他馬場名字、地點。

這天他租了一輛夏利，清晨開到馬場。等了不到十分鐘，小婷果然出現。他暫時不現身，站在一棵椰樹後面觀察，等小婷把馬從馬廄裡牽出來。又見她打來一桶水，一邊飲馬，一邊為那牲口刷毛。馬確實夠老，一點脾氣沒有，垂頭喪氣地任小婷擺弄，屁股上起落的若干蒼蠅，它都懶得動尾巴驅趕。也不知王總是圖老馬便宜，還是圖老馬老實懦弱，不會摔了小婷。觀察了這一陣，他確定了，沒有人在暗中盯小婷。他叫了她一聲，她抬起頭，撒開馬就跑過來。戴著騎手帽、著馬靴的小婷，像第一次出現在他視野裡一樣，新鮮、陌生。他的心砰砰跳：這一生她會給他多少全新全異的面貌？他在她快要撲上來時說：「別，萬一有人看著……我要帶你去看一樣東西。」

小婷點點頭。

「你快去換衣服。」

她搖搖頭。她想這一刻就跟他走。不管去看什麼。

「馬總得牽回去吧？不然太陽升起來，該熱壞它了。」

她扭頭跑回去，解開拴馬繩，拉著馬小跑。十分鐘之後，她再次出現，馬靴換掉了，騎手帽也摘了，但還穿著馬褲。他囑咐她，走路跟他保持距離。說著，他前後左右張望，第一次真正的戀愛，竟是偷情，心理和動作都帶「偷」，不過「偷」的滋味並不壞。小婷上了車，憋在嗓子眼的笑聲，頓時怒放。開出城的一路，她不停地說話，不停地笑，就像提前被家長接出幼兒園的孩子，太過喜出望外。他瞥一眼她的側影，下巴似乎圓了一點兒，王總別的滿足不了她，口福總是盡她享用的。小婷太瘦，有一大截空間可以填塞，他不在意王總把她當填鴨。她把頭枕在他肩上，一會就睡著了。小丫頭夜裡太累？他發現自己咬著槽牙，原來妒嫉就是劇痛，必須咬牙挺過。睡了一小覺，她醒來，看看他，眼睛驚得老大，似乎忘了先前發生了什麼。

「這麼貪睡，為了一匹馬，覺都睡不足……」

她說：「不是為了馬。」

「那是為了什麼？」

「沒有馬，我怎麼找藉口出來呀？」

不出來，她怎麼能見到他；怎麼能見縫插針偷情呀？他笑笑，手掌在她珠子般光潤、湯圓般細滑的臉頰上撫摸著。那個王總玷污的痕跡呢？王總之前，朱總是否也玷污過她？怎麼留不下任何污痕？這個女孩能抵消多少世間污穢？……

到工地才八點差十分。他停了車，帶著她走過樣板樓前的已被加寬的獨木橋。泥湯子被抽乾了，但泥淖還在，因此看房的客人都必須通過獨木橋進入樣板房。他們來到最後一排半截樓。他拿出買房合約，給小婷看那上面的簽名：張明舶，又指著磚頭圈起的蒿草瘋狂的地，鄭重地說：「這是我們倆的家。」

小婷有點害怕的樣子，看著生著肥厚綠苔的磚縫裡，一條爬行的蜥蜴：「這能住人呀？」

他也傳染上了阿埠的鼓動病，說：「你這小腦瓜開動一下，發點兒想像力啊！不久的將來，這裡就是三層別墅，一共三百六十平方公尺，樓頂露台是贈送的，前後四個陽台，也是白給，你想種多少花兒，就種多少，累不死你，就可勁兒種！樓下還白送你前後小院兒，裝上衝浪池，種花兒種累了，看電視看乏了，你就泡泡澡，喝杯冰啤酒……」

小婷嬌嗔，輕推他一把：「誰喝啤酒啊，喝出王總肚來！」

在此時此地提王總，有點煞風景，不過他興致太好，不耽誤他繼續鼓動：「那就喝冰椰汁！泡澡、聽歌、喝冰椰汁，什麼勁頭兒？然後呢……嗯，請個按摩師上門，給你渾身推推油，晚上再聽聽音樂，來三盤兒小炒，一個燒臘……」

「我做的醉海螺，你還沒嘗過吧？跟梅姐姐學的！可好做了！廚房一定要朝院子哦，我喜歡帶大窗子的廚房！」

「行，內裝修的時候，你自己跟工人說，大格局不變，裡面隨你自己設計！」

「主臥室要帶大陽台！」

「所以你看，這樣平地起孤堆兒，多好，能讓你完全按照自己的喜愛建房！」

小婷被他成功地鼓動了，想像力井噴，眼睛從磚頭圈裡的荒草地往上看：「二層兩間客房，我媽和我哥姐來了，都能住，三層主臥，再加一間育兒室……」

張明舶看著她的眼睛，兩口小小的清水潭，水面真的映出那帶育兒室的三層樓，連育的「兒」都映出來了。他把她摟進懷裡，她微妙地一激靈，似乎嫌他打斷了她的好夢。她嘆了口氣，是那種焦渴被一大口水澆滅的那種滿足嘆息，因為她眼前的荒草地已經消失，看到的就是三層別墅，陽台種滿花，院子裡搭著藤蘿架，妙曼馨香中，她和他鴛鴦戲水於衝浪池裡。就是王總也供不起她如此的美麗生活。

他拉著她的手，踩著荒地上水泥袋子的碎片，在碎磚石裡擇路，又穿過稀泥上的獨木橋，走進已固化的夢裡——樣板樓的客廳。朱總正在接待潛在買家們。沙盤被擴大了許多，每座模型樓都百分之百寫實，窗內還亮燈。徐建築師收了朱總不菲的工資，出品的成品也夠質夠量。阿埠花錢深知主次，凡是花在 發人想像，能給他的鼓動助力，勾起人衝動的活計上，手面極大。最後連馬克堅都抵擋不住他的高薪誘惑，答應為他好好拍攝一套樣板樓錄影帶，用到海南電視台上去打廣告。

小婷拉著張明舶，樓上樓下地跑，一間間房間細看，說著自己的意見：客廳太大了，沒有必要，客人坐著顯疏遠，談話也得喊，多費勁呀，應該攔出一間小辦公室，用來處理家庭賬務什麼的。最主要是那麼大一間客廳，開空調耗要多少電呀！他輕拍一下她的屁股，誇她挺會過。二樓三間客臥太窄，其實也沒必要非得三間客房，誰家整天吃飽了撐的邀請那麼多客人來住？他提醒，小婷可是個愛打麻將的人，請來的麻將搭子打牌累了，回城裡又太晚，能不讓人家休息？小婷堅持說，兩間客房足夠，牌搭子實在住不下，客廳裡湊合一夜，那時酒足飯飽，不會在意倒在哪裡眯一覺的。這麼三間客房，擺大床氣都透不過，隔成兩間，一間擺沙發床，沒有客人到訪，就能當讀書場所。他又溺愛地在她腰上一捏，說她也就看看時尚雜誌，還用專門場所？她給捏癢了，也上手捅他胳肢窩。兩人在看房客人眼裡，依然是蜜月期的小兩口。來到樓頂露台，那一架子塑膠葡萄挺亂真，小婷在塑膠葡萄下坐定，看著塑膠石頭桌上，固定著一個棋盤，上面的車馬炮也走成了僵局。美夢成真就在眼前，她瞳仁都虛了。

「我等他回杭州，就給他寫信，跟他斷。」

「他要不願意斷呢？」

小婷不語。

「聽說這次他在你身上沒少花錢哦。」

「花錢又買不來人心。」小婷撇撇嘴，又撅起嘴。

他看著她，心成了液體。他從來不知道自己心裡會流淌如此涓涓的柔情。他也沒料到自己會這麼沒出息，就為這一個女人活著。但這些話他是不能說給她聽的，她聽了恐怕會瞧不起他。此時，樓下冒出噪音，他來到露台邊沿，往下看。幾個男人不走獨木橋，專門趟爛泥，都是一色黑T恤，腳蹬黑雨靴，個個黝黑臉，聲氣舉動粗魯。他想，他們可不像是買房的來頭啊。那是來幹嘛的？他轉臉跟小婷說：「這兒涼快，你就在這兒坐著，我一會兒回來。」

小題拉著他的手：「我要跟你一塊去。」

他摸摸她的絲質長髮，要她聽話，他保證十分鐘之後就回來。

07

客廳裡看房的客人已經被驅到走廊上，一邊抗議，一邊繼續被往外驅趕。一個穿黑色T恤的光頭漢張開兩個巴掌，攆著抗議的看房客：「不走的可別後悔啊！一會兒傷到諸位，別怪我們事先沒預警！」這人一口東北話，青色的光頭上趴著一條「人肉蜈蚣」——一道被粗針大線縫合後長攏的刀疤。腦殼都給砍開過的人，能是幹什麼的？他想到曾經幹的保安。他趕緊來到客廳裡。三個黑衣人坐在拐彎沙發上，對面坐硬椅子的是阿埠，三堂會審的格局。打蠟地板上，到處是爛泥腳印。阿埠臉色瓦灰，手裡拿著煙捲，見小張進來，完全是見到撐腰的家長到來的神色：「小張，來，你給幾位大哥沏茶。」他指指茶几上冒熱氣的電壺，那是剛燒開的一壺水，為給看房客人布茶道。

小張問：「小魏呢？」小魏是個附近村裡招來的女孩，管燒水沏茶。

「外頭呢。」朱總下巴像窗外一挑。小魏也給當客人攆出去了。

幾位大哥之一哼了一句：「我們不喝茶。」

大哥之二說：「水裡給下蠱咋辦。」這個是河北口音。

「那小張，你坐下來陪這幾位大哥聊，我要出去跟買房的客人說幾句話。」說完，阿埠轉向大哥中最壯也最年長的那位：「大哥您有話跟小張說，是一樣的，小張也是我們的股東……」

張明舶說：「可以，你們有什麼話，跟我張明舶說，一樣的。」他看見阿埠的手把煙捲上的灰抖了一地，是給嚇得。無非還是債務。阿埠借的某一項高利貸不還，債主雇了大哥們來逼債。小張又說：「朱總特別忙，那麼多買房客戶要應付。大哥們有什麼問題，我能解答的解答，不能解答的我保證轉述。」現在窗口和落地玻璃門，都給人臉遮黑了。看房客人們想知道，把他們攆出去，這幫黑衣黑臉的大哥們要幹什麼。小張兩手劈開沒有扣上的襯衫對襟，露出褲腰上扎著的軍隊皮帶，裡面的汗衫也是軍隊的迷彩圖案。最壯的大哥冷眼看著這個後生小張。小張冷眼看回去。

最壯的大哥說：「我們的問題很簡單，也跟朱總說過一百多遍了。每回來找他，他不是躲到狗洞鱉洞不伸頭，就是讓老婆出來支應。他那老婆也是個賴賬油子，每回指天指地指老子親媽發毒誓，說下次一定還錢。今天我們來，就不會有下一次了。」

「小張對我們別墅出售的行情，了如指掌，他能更詳細地告訴你們，只要再給我們一個禮拜，最多一個禮拜，我們所有房子肯定售罄，這不就周轉過來了嗎？對不對，小張？」

「銷售是我主要在做，我確實比朱總更清楚……」雖然這個阿埠是個賴帳老油條，標總的錢他賴到現在不還，但他小張現在也是他賊船上的一名毛賊，只能幫他住保住賊船不沉。

「他媽的你們銷售，跟我有什麼關係？！我是拿人錢財，替人消災，今天追不回債，我全家吃什麼？！」

朱總說：「你們幾位大哥，我肯定不會讓你們今天空手回去。小張，你接下去跟他們聊……」

似乎交完了班，朱總站起身就向客廳門口走，一步、兩步、三步……不知怎麼就嘴啃泥了，趴在地上平平展展。三個坐在拐彎沙發上的大哥，誰使的壞，使得陰、塊、狠，窗外門外的人，包括小張，都沒看見。

阿埠嘴裡流出血。摔得太突如其來，他嘴裡還含著話，舌頭還在攪拌，就被自己牙齒咬破。最壯的大哥說：「起來。」

張明舶走過去，伸手拽他，可瘦小的阿埠，此刻成了個大秤砣，任怎麼拽，他也不動。大哥說：「這一下就摔出好歹兒來了？不會的。我在偵察連絆人，摔得比這狠多了，對方起來接著跟我練。」

張明舶看他一眼。原來這位大哥是軍隊偵察連退役士兵。

退役兵哥來到阿埠前面蹲下，側臉找阿埠的眼睛。阿埠堅決不睜眼。

「不起來是吧？」前偵察兵大哥說，語氣裡藏有不詳的笑意。

阿埠吸溜著創傷的舌頭：「疼……」

朱總想這樣趴著，把今天混過去。張明舶太瞭解他了。

「那行，」前偵察兵果斷地站起。

從他由蹲到站的速度，小張就看出他是有功夫的。剛才那頭上趴著肉蜈蚣的大哥進來，把一個大號旅行箱往地上一放，兩手同時扣開彈簧鎖，再拎起箱子提手，手腕一抖落，幾十條糾纏在一起的蛇被抖落出來。窗外門外的人和阿埠同時發出驚悚慘叫。蛇各色各樣，花的、灰的、土色的……嗖嗖地吐著信子，嗖嗖地成S形在打蠟地板上飛竄。阿埠比猴兒還快，在遍地橫行的蛇身上快速換腳，見縫插針地彈跳，像南越人跳竹竿舞。

小張這才明白，所有大哥穿高筒膠皮雨靴的真正原因；高筒雨靴並不是為了趟爛泥做的準備。他退到牆角，看蛇們游動，如同活了的鞭子，滿地揮舞抽動。他想起來，阿埠是暈蛇的，無論多小、多無害的蛇，他一見就暈，每次工地上出現蛇，張明舶都不敢讓他看見，立刻引開他的目光。此刻的阿埠，活命直覺讓他戰勝了暈症，不知什麼時候已經跳到了茶几上。那壺準備沏茶的水被他踢翻，傾瀉到游旱泳到茶几下的一條粗大的褐色蛇身上。蛇給燙了，嗖地一下揚起脖子，口中的信子幾乎舔到阿埠的腳尖。阿埠發出女高音的尖叫，在一平方公尺的茶几上跳舞。窗外和門外的買房客們，現在都跟著阿埠的女高音吶喊伴唱。一個男人把他兒子馱自己肩膀上，往窗內裡看，男孩大聲喊：「朱總尿尿了！」小張想，朱總要是真嚇尿了，那翻了的一壺水，可以做他的掩護。

「我這就帶你們去銀行！」小張聽見一個聲音說道。然後一愣，才發現剛才那句話是他自己喊的。只有這一句話能救人；這恐怖劇再演一分鐘，阿埠肯定肯定是要尿的。

似乎是一眨眼間，蛇全被收回了箱子。事後回憶，張明舶憶起，是誰吹了一聲口哨。再接著回憶，是疤瘌大哥吹的。口哨很神秘、詭異，就像蛇語。幾十條蛇剎那間不見，鑽進箱子，空氣裡瀰漫著蛇體的腥羶。小張兩個膝蓋亂磕碰，走到朱總跟前，把他扶下茶几。阿埠不行了，幾乎是被他抱下茶几，然後一頭栽在拐彎沙發上，真暈了。小張給他掐人中，又給他摩挲胸口，那張臉上仍是不見人色。前偵察兵走過來， 裡啪啦兩巴掌，打在阿埠死屍般的臉頰上，阿埠給摑了開關一般，大睜開雙眼。張明舶心裡慶幸，小婷被他留在了樓頂露台，沒有見證這幕恐怖劇。

阿埠活過來之後，無骨的兩條腿，支撐著他縮了一小圈的身體，來到樣板樓的書房。阿埠暫時用書房做辦公室，在此地跟買方簽合約。張明舶跟他身後，兩手輕扶阿埠的兩個肩頭，以防他栽倒。四個大哥緊跟在小張後面，疤瘌哥拉著裝載大旅行箱的金屬旅行車，走在最後。旅行箱裡的「地獄」，可以隨時再釋放一次。朱總從保險櫃裡拿出一個存摺，交給小張。前兵哥湊過來，奪過存摺，打開一看，立刻喝道：「錢數不夠！」

阿埠說：「剩下的，只有這條命了，愛拿拿走唄。」他瞟一眼疤瘌哥腿邊的大旅行箱：「就行行好，別讓我再見到那些嚇人玩意兒。」挨著他的小張看到，毛髮很重的猴兒哥小臂上豎起一層汗毛。

阿埠嗓子有些漏氣地說：「小張，你帶他們去銀行吧。」

「朱總……」

「別管我，你先帶他們去。」

阿埠臉上出現了視死如歸的烈士神情。張明舶從來沒有見過阿埠像此刻這樣壯烈，這樣堅定。他說：「我們朱總說的是實話，因為房子還在建築期，哪兒哪兒都要花錢。買房的人也只交百分之二十的首付，賬上的錢，就這麼多了。你們今天要是不拿走，明天連這都沒了。」

受阿埠壯烈的感染，小張也滿心悲壯。最地獄、最恐怖的那一幕都經歷了，殺人不過頭點地，反而勇敢坦然了。

所有人都靜著，只聽空調機呼呼響。前偵察兵看著朱維埠，這一張人皮下也沒多少肉，還能再榨出多少油水？他向身邊兩個大哥使了個眼色。

「行吧，今天先把這筆賬轉到我們雇主戶頭。你可是說了，一周之後，所有的樓能售罄。我們下周見。」

張明舶請大哥們等一下，自己要去樓頂露台接女朋友。走到客廳門口，他就聽到小婷的嗓門，咋呼著：「真的呀？……好可怕喲！……」他往右邊一看，買房客人的群落更壯大了，一輛大巴停在工地外，看來是新到了一個看房團。小婷已經聽了鬧蛇的故事，見到張明舶立刻上來，問他：「他們說全是毒蛇！沒咬著人吧？」

張明舶笑笑，說都是受過訓的蛇，毒牙都給拔了，就是用來製造恐怖視覺的。其實蛇是否毒蛇，毒牙是否拔了，他毫不知曉，只是急於給他的小婷壓驚。什麼故事在幾十張嘴裡傳說，都會飛快走樣。蛇們吐的信子，他見了，根據他可憐的一點蛇學問，認為它們大部分是非毒蛇。阿埠得罪過員工很多，個別人知道他暈蛇，大概把他這弱項跟大哥們通報了。

果然，在去銀行的路上，前兵哥問疤瘌哥：「一條蛇一小時租金多少？」

「十塊吧。不太清楚。是你們雇主跟我老闆談的價兒。」

「十塊？！」前兵哥悲憤：「媽的，我們幹這髒活，一小時才掙幾塊？！」

到了銀行，辦完轉賬，四個哥晃悠著，上了他們開的破卡車。然後，小婷就要與他告別了。這一天，以美夢開始，以噩夢結束。幾個哥不允許他開租來的夏利回城，必須當人質上他們的破卡車。此刻兩人都沒話，身心慘淡地站在路邊招計程車。他又想到第一次跟她並肩打車。那之前和那之後，是兩個不同的張明舶。過去吃的苦，跟他現在心裡的苦，是比不得的。他感覺小婷轉過臉來看他。他明白小婷的擔憂：阿埠這樣的老闆，高利貸纏身，時不時有人索錢索命，（海南島上索命比索錢還容易），這種公司敢幹下去嗎？一輛計程車停在身邊。他把她的肩膀扳過來，臉正對他，眼睛熱了。司機喊：「上不上車？」他怕她看見他眼裡的淚，吻了一下她的額頭，把她塞進車門，還沒忘了給司機十五元。小婷回到王總那裡去了，比這天鬧的蛇災更讓他心亂。

他順著小婷離去的方向，慢慢往前走。滿城南渡遊子開始下班了，誰也不急於去哪兒，晃著典型的海南慢步。他也是南渡而來的遊子，很久沒有跟父母寫信了。自從他跟小護士中斷關係，母親給他來了一封簡短而嚴厲的信，父親在母親信箋的巨大留白處，寫了四個大字：「好自為之」。父親在練字，似乎所有退休的軍隊幹部都用三種法子消磨退休：練字、打太極、養鳥。之後他給二老的信就稀疏了，態度敷衍，內容蒼白。這是他第二次遠離家庭。他的第一個家庭是姥姥姥爺的家庭，他現在一顆柔軟的心，堅硬的體貌，是姥爺姥姥那個家庭養出的。姥姥給他零花錢，告訴他，「見了要飯的，你給人家幾分錢，人家能買個熱饃，那一天他都高興」。九歲時，他給父母接到他們的家裡，他第一次產生自卑感，因為父母對他的教養，就是改正姥姥姥爺給他養成的生活習慣。打群架在姥爺看，是男孩子長大必須經歷的重要課程，「哪個小子小時候不打幾架？不打架的小子，長大了能出息？」這是姥爺在他被人打破腦袋時，常掛在嘴上的話。但當政工幹部的父親，讓他明白，真正讓人懼怕的是談話。父親一說晚飯後要跟他談談，他就就嚇飽了，吃晚飯一點胃口都沒有。而母親恨透他隨手給乞丐零錢的爛好心，就是社會上存在爛好心的爛好人慣壞了懶漢們，使之形成一個最無自尊的社會階層。但他明白，姥姥姥爺家他是回不去了，他只能死心塌地在父母的永遠落戶；是人總得有個家。原先一想到父母的家，還感到那好歹也是條退路。父親的「好自為之」之後，他後退無路了，除非他能證明，犧牲了那個小護士，所換取的很值。可那件「值」的事，一直沒有發生。他總想等那件「值」的事發生，再給他們寫信。哪怕發生一件正面的、積極的變化，比如，「我交了個女朋友」。

小婷算他的女朋友嗎？直面這個問題，答案是極殘酷的：小婷是王總的野女人，張明舶是小婷的野漢子。這是多不堪的關係，如何寫到給二老的信裡？萬一母親追問，姑娘是做什麼工作的？他都不知道小婷此生做過什麼。小婷沒有學歷，沒有安身立命的手段，是一個標準的活娃娃，一件玩物，還是那種被玩一玩就丟到一邊去落灰的玩物。母親打小從軍，從衛生員幹起，旁聽醫大課程，最終考取醫助，她存在於一個單純的世界，絕對想不到，世界上有小婷這樣的女人，存在價值就是被人玩一玩，以別人玩一玩端得一個飯碗。他突然覺得自己賤，剛才塞給司機十五元，把小婷送回去給人玩；他就不能當機立斷，帶著小婷去說跟王總實話：「我和小婷戀愛了」。這句實話一旦出來，兩人在一起，就是吃苦，清貧，住椰樹下的沙灘，看露天廣場的電影，不知下頓飯在何處，但那也就值得跟母親寫信了。小婷還小，才二十一，學一樣體面謀生本領，哪怕就是去給徐平開茶館的四川妹妹端盤子、洗盤子，他都會對她無比尊重。這樣一想，他猛地站住腳。那麼就是說，他現在是不尊重小婷的，愛她，但缺乏尊重。沒有尊重他能愛她多久？

一輛計程車停在路邊。一個青春之極聲音叫道：「你在發什麼愣呀？」他扭頭一看，剛才被他送走的小婷，回來了！「上車！」她從裡面把車門打開。

一眨眼，她又在他身邊了。兩人相顧，失而復得。司機問現在二位到底要去哪裡。他請司機先往前開。

他把嘴巴擱在她耳垂上：「你怎麼又回來了？」

「想到第一次……」

她也想到了第一次。連一閃念，兩人都同時發生，相互吻合。

她的嘴唇也吻著他的耳垂：「我已經回不去了。我怕回去。除非你送我去，然後跟他說，我們是來取東西的。取小婷的衣服和日用品。」

「不，我要跟他說，我要跟小婷結婚了。」

「如果他說，我不允許，怎麼辦？」

「我……就這樣，」他做了個抽耳光的動作，「先給他打老實，再跟他說，那你現在跟小婷結婚去，立刻去，否則我就帶她去領證。」

小婷說：「你還可以說，要不我們現在就跟你老婆打個電話。」

「對，這招更致命。跟他老婆說，你老公在海口，哪兒是經營什麼駐瓊辦事處，搞房地產？駐瓊就辦一件事，在床上辦！」

兩人開心裡笑起來，摟成一團。

司機又催問：「你們要去哪裡？」

小婷把社區的路名門號報給他。

車子兜了個圈，兩人都被甩向一邊，成了更加難解難分的一團。他心情大好，終於有了值當的內容，寫在給父母的信裡了。

接下去的車程，兩人就那樣無言相擁，他的體味和汗，在她身上，她的，也滲入了他。在路口，她抽出自己的身體，叫司機停車。她轉向他，眼睛看向他那邊的車窗外：「不行，今天不能說。」

他在她叫停車的剎那就明白了。

「為什麼？！」

「他說好要給我把房子買下來。」

「什麼房子？」

「就是六層那套。房東在賣。」

他不說話。

司機催：「這裡不好停車哦！」

她推開車門，下去了。又反身趴在車窗上，腮上，額頭上，脖子上，他的吻痕還在，就像蓋上了他的秘密印章。「好吧，那你先回去。」

她走了。他告訴司機去解放路。馬克堅住在那裡。他也不知道找馬克幹什麼，反正此刻他不想一個人呆著。此刻他怕獨自呆著的自己，似乎自己是危險的，不是發瘋，就是鬧事，不是讓別人出血，就是讓自己出血。小婷為了一套房子，今夜又可以委身。接下去還有多少個委身的夜晚？難道他今天帶她看到的夢幻美景，在她心裡已經破滅？因為那一場蛇災？他跟她說的那番話，他是當海誓山盟來說的。他真的一切就緒，立刻能跟她手輓手筆直、高大地站立在王總面前：「王總，我要跟小婷結婚。」小婷應該聽懂他的盟誓了，難道還不夠？還能回到王總的床上，寬衣解帶，為他以房子畫的大餅，與那軟肉男人共眠，在那具長乳房的男人面前，橫呈她那孩子般細弱的肉體，供他去玩兒？也許王總對小婷的玩兒興正高，遠未盡之，小婷一邊享用著不勞而獲的好飯食，好衣物，一邊把他小張當野漢子養下去，玩兒下去？是的，玩兒；他又怎樣證明他不是她的玩物？玩物製造玩物，犧牲品製造犧牲品，惡婆婆只能把受虐小媳婦製造成惡婆婆，這難道不是這世界的進行下去的邏輯？也許，從今天阿埠遭到的威脅小婷意識到，跟實力雄厚的男人過活，是明智女人的選擇。畢竟農家小女，祖祖輩輩對於飢飽、土地的擔憂和驚恐，都積澱在她身心裡。她克服不了她身上積澱的祖祖輩輩，無法背叛那幾十代農民的血脈密碼。

08

馬克不在家。他苦笑一下：馬克這時間在家，就不正常了。他蹓躂到川妹子的街邊食檔。騎樓下擺了八張桌，每張桌邊四個長板凳，食客坐得滿當當。一個中年女人小跑，勉強應付服務。他見一張桌坐了四個人，空出一條長板凳，他端過來，放到一邊，坐下來。中年女人毫無取悅顧客的意思，問他「要吃啥子」？是個川婆。他點了一個水芹黃椒炒香乾，一碗米飯。等菜送上來，他發現端菜的換成了女老闆。

「咋個是你哦？」她驚喜地招呼。她親得很，上來就坐在長板凳另一頭。上次在她家過了一夜，跟她還有「一床之恩」，只不過中間隔著徐平。「早曉得是你，我叫廚子用好油給你炒菜了！」

「哦，你這是壞油？」他指著那盤水芹豆乾。

「這是早上炸東西的油。」她壓低聲音，扮著鬼臉，她對店門裡面揚起嗓門：「琴嬸兒！拿兩瓶啤酒嘛！」

「酒不喝了，晚上還有事。」

「陪我喝！」

「還是讓徐平陪你喝吧，我真不喝。」

「他沒告訴你啊？」

「怎麼了？」

「他老婆娃娃來了。」

「哦。」海南人人玩兒。玩兒的同時，也不耽誤顧家。大部分的玩兒法，要是在祖國大陸玩兒，怕是玩兒不通的，也怕要玩出法外的。只有在海南，人人的玩兒興得到伸張，甚至尊重。玩兒要抓緊，要趁年華，哪裡有錯？

中年女人把兩瓶啤酒擱在長板凳中間。現在兩人坐姿很奇特，各騎板凳一頭。川妹介紹，這是老家來的親嬸嬸，現在她老家的七八個親戚都住在她那間房子裡。好處是她女兒有人耍了。他聽這個琴嬸兒叫老闆娘廣玉，過去聽徐建築師叫她小劉，那麼她大名應該叫劉廣玉。或者是劉光渝。川東妹兒，都愛在名字裡藏個「渝」，幾百裡外以渝州人驕傲。

他問：「你孩子他爸在哪兒？」

「癱了。」

他喝的一口啤酒，差點嗆著。她看出他嗆在一個大問號加驚嘆號上。

「我們全家在廣東打工的時候，他開鏟車，車翻了。醫了一年多，都站不起，公司就送他回老家去了。我開這個店的老本兒，就是那家公司賠的錢。幸虧是香港老闆，大陸老闆才不得賠錢呢。我帶女兒來海口，生意還可以，你看到的嘛，對不對？只要我還做得動，他在老家，就夠吃了。」她絲毫不覺得跟徐建築師是婚外情。能有王總、朱總養編外女人，也有光渝（廣玉）養編外男人，人家開個路邊排檔就不是「總」了？在海南，自我合理化、正義話都免了，大家都看得開。

吃完飯，他掏出錢，廣玉（光渝）一個很猛的動作，把他錢包推回。他說：「不是給你的，是給你孩子爸爸的。」

她一愣，眼睛頓時灌滿淚。他把二十塊錢放在長板凳上。劉廣玉（光渝）送了他一程，二人都沒話。分手時，她臉上還濕漉漉的。他走進一條巷子。在海口你不知怎樣就鑽進了一條從來沒涉足過的巷子。這是一條脂粉香艷的深巷，巷口就能看到粉紅的燈光，斜對門的兩家髮廊門可羅雀，粉色燈光下，姑娘們都是粉色，在相互做頭髮，黏眼睫毛。姑娘們都是粗陋的小婷，穿的少，露的多。露出的肢體都不那麼直，童年單一的食物，還不飽足，欠缺的營養讓那些肢體長彎了。想到小婷，不愧生在富裕之鄉的農家，魚肉偶然還是吃得起，細瘦一個人，筆直筆直，窈窕多姿。但這樣的女孩心都是窮的，因為她們承載的不是自己的記憶，更多的是那個飢荒、貧窮的群體記憶，所以她們求富若渴，再富都恐懼窮，於是都有一顆窮極的心。

九點多，他回到馬克家。這是一座老樓，一座中學的教學樓改成的宿舍。他抬頭看看三樓，馬克家的窗子亮著微弱的紅燈。馬大師在洗照片。工作中的馬克是壞脾氣的，絕不能打擾。他又在附近蹓躂一陣，買了一個大鳳梨。再次回到馬克家樓下，只見從樓梯間走出兩個人。還是黑影子，他就認出了馬克的黑影。馬克走路一個肩比另一個肩高許多，腿有點羅圈。

「老馬。」

「又借錢來啦？沒得借了，啊。」

他看出另一個黑影子屬於一個小小女性。走出黑暗，他才發現女人頭上臉上都是傷，潦草地纏著繃帶。「小雪，這是我朋友張明舶。打你的是不是這傢伙？」

女人從繃帶裡露出亮閃閃的目光，搖頭直樂。傷成這樣還能樂。又一個改行的農家女。

「老馬，你們這是上哪？」

「警察局。報案去。這小丫頭給她客人打了。」馬克把手裡一個大信封揚了揚：「剛拍了傷情照片，趕著沖洗出來。」剛才他屋裡開紅燈，是為了沖洗這套報警照。

繃帶的黏合處膠布開了，他瞥見女孩側面一片頭髮，被血趕了氈。馬克把信封遞給他，自己去給女孩收拾繃帶，一邊嘟噥：「我這包扎手藝實在不咋地……」

「去醫院啊。」他說。

「她不願意去！頭皮給打裂開了，不縫針能長上？報完了警，我就給她拖醫院去。」

女孩嘴裡發出哼哼，反對去醫院。張明舶見馬克把繃帶弄得一團糟，把信封往他手上一塞：「我來吧。我常看我媽包扎。」他知道，這又是馬克的一件慈善事業。似乎所有含冤抱屈受凌辱的弱勢人物，都會出現在馬克攝影的去途或歸途上。亦似乎她們都知道，她們的冤情只要馬克給看見，他就不會不管。馬克是所有此類青春零售販的親乾爹。假如小婷不是給王總批發了兩年的青春，今晚腦袋給打裂的也可能會是她。不過小婷這樣檔次的美人，輪不到她站到街上，無數王總就出手了。

女孩個頭矮，他侍弄繃帶要微微彎下腰。湊近了，能看見小姑娘腮幫上毛茸茸的，黃毛丫頭呢。

「就在前面那棵榕樹下，她一人躺那兒，我還當是個死人呢。」馬克說，一邊嘴角叼著煙。馬克常常拯救流氓欺負的犧牲品，他樣子比流氓還像流氓。

「我睡在樹下著了。」小姑娘說。

聽口音又是西南省份的人。「你是貴州人？」小張問。

「雲南。」

「雲南哪裡？」

女孩突然露出調皮：「不告訴你！」

馬克說：「小雪，你小張哥哥還是童男子，怎麼樣，給他破破處？」

在繃帶縫隙裡的明亮大眼睛撩了張明船一眼，眼皮立刻垂下。黃毛丫頭在她們看得中的男孩面前，會頓生羞恥心。

他重新裹好她的傷。他明白，這也是個零售青春的。從身材看，女孩大概十五六歲，也許十七八，營養不良的扁平身體，穿短褲的腿上全是疤瘌。山村裡苦，村裡出一個闖海女，接下去就跟拔山藥蛋似的，能拖來一大串村姑。每天都可能碰上欺凌，但各村的村姑還在程往這裡來。將來海南建成最現代化的特區，千萬得有良心，記上這些村姑一功。沒有這些年輕村姑，海南的開拓者們會無趣許多，也難以堅持開拓。

在警察局，叫季小雪的女孩跟警察說，她是雲南鎮雄縣人，今年十六歲。警察局值班室燈光，做了舊似的，黃而起毛，電力不足是原因之一。值班警察警帽壓得很低，在他對面看微微低頭的他，那雙眼睛完全在帽沿的陰影裡，在這點燈的室內，成了一小片夜色。似乎他不用眼睛，僅用那一小片夜色，也能看透這種村姑是幹什麼營生的，為什麼招惹了一頓揍。警察哼哼唧唧提問結束，敷衍地在記事簿上畫符。小姑娘說話清晰，思路明澈，但警察仍然哼哼唧唧地反復問某個枝節。小張聽明白了，這個叫季小雪的女孩兒前幾天給兩個男人按摩，今夜被電話約到其中一個男人家，上門服務。她一進門，發現兩個男人都在，服務結束，兩個男人不給錢，電話裡約她的那個男人說，上一次按摩，他丟了皮夾子，指控是季小紅偷的。季小雪反駁，堅持索要此次的服務費。錢沒討來，她剛走到巷子裡，就被人從身後用棍子打倒。她這頭臉，就是那場黑揍的後果。警察胡亂寫下大半張紙，合上簿子，又把手指蘸蘸唾沫，從一摞表格上揭下一張，遞給她。表格她也填不來，承認她自己只讀過二年級。馬克只好代勞填表。

馬克填著表格，一面說：「好像你們家鄉見過雪似的，取名字還帶個雪。」

小雪說：「我們家鄉不下雪的，就我媽生我那天，天上下起白粉粉，跟湯圓粉一樣，爸爸說，那是最小的雪花。就給我取個小雪的名字。」

張明舶想，倒是個聰明伶俐的小姑娘。

表格填完了，馬克很欣賞地打量著：「我他媽這麼帥一筆字，給你們填這種爛表格。你們吳局長明天上班，你告訴他，我這一筆字他可以留著，萬一落魄，能去拍賣會換錢花。」說完他把表格在桌上一拍。

值班警察的眼睛這才從帽檐下的夜色裡漏出，很明亮的一雙海南大眼。似乎是馬克跟局長的關係值得他露出眼睛來，正色瞧一眼這個鬍子拉碴的北方漢子。張明舶剛來島上就發現，海南人跟大陸人的長相差距很大，島上人民深眼窩，大眼睛的居多，就像這位警察小哥。

從警察局出來，馬克問小姑娘住在哪裡，回答是，住在長途汽車站樓頂平台上。馬克他也住過那裡，問女孩多少錢租一張席子，一條毛巾被，女孩回答兩塊五。馬克罵了一聲娘，說那地方也跟著漲價。

要分手了，馬克他拍拍女孩的肩膀：「走吧，你這副樣子，路上乖一點，別嚇唬好人家的男孩子，啊？」

女孩給他逗得咯咯直樂。小張也笑了。若不是家鄉太窮，她會在家鄉唱山歌，採茶花，給一個山裡的情哥哥去疼與愛。多可愛的小姑娘，給人踩在腳下踩成渣了，還那麼識逗易樂。而反過來看，那些把她踩成渣子的男人，實在是給這樣的小姑娘慣壞了，慣得不識好歹，暴殄天物。

馬克帶著小張，吃了一份牡蠣在煎蛋，喝了兩瓶啤酒。問起小張，今天是否「無事不登門」。

張明舶略微遲疑，說：「算了吧，不說了。看見剛才那個女孩，我想開了。」

馬克：「怎麼想開了？」

「十億中國人民，九億農民，四億五農家女，可能有兩億能到城裡來，就算裡面有幾百萬長得還順眼，她們得多便宜男人們呀？她們相互間多大的競爭啊？攀附上有錢有勢男人的是鳳毛麟角，千萬分之一，那千萬分之一是不會輕易犧牲自己的優越性、優越感的。」

「深刻呀，小張！」

「在見到你之前，我想放一個人的血。放不了仇敵的血，在街上碴一架，放誰的血都行，讓人家放我的血也行。所以我去找你，就是怕自己涉入血案。見到這個小姑娘，我想，拉倒吧。除非我自己成了值得她們攀附的人，做什麼也沒用。」

「沒錯，一個願打，一個願挨。救不過來。」

「那你還救？」

「碰到這種事兒，就不長記性。」馬克嘿嘿地笑起來。

兩人五分醉，心情大加改善。馬克聽小張講了海珠別墅的融資情況，眯眼譏笑，不斷晃腦袋，表示他對此事無望程度的理解。小張告訴他，假如別墅爛尾了，他自己的首付就沒了，還背一身債。那是他來海南積攢的所有身家。馬克想了一會，拿出一張名片，讓小張明天去找名片上的人，可能會得到貸款。攝影大師馬上申明：「我可不是幫你們朱總，那孫子死了我都不帶眨眼的。我是見不得你這麼個好小伙子給毀了。什麼叫假如爛尾了，你還嫌它現在不夠爛？它已經爛得血肉模糊了！你已經搭進去了！你的海南夢說不定就此破滅，撐不下去，你就渡海北歸回家去了。好人家的孩子，海南最留不住。你走了，我不就少了個好小伙子朋友嗎？那次你無償幫我扛攝影器材，忙累了兩三天，我就知道你是個值得交的小伙子。我肯定不願意你失敗，告退海南。所以，說到底啊，我也不是為幫你，是為幫我自己。」他又嘿嘿一笑。馬克喝酒之前稜角多，硌人，一喝酒，像個好脾氣老漢。

09

朱維埠再現身的時候，成了個老成的中年人。人也胖了點，從猴兒樣進化成人樣了。胖了的人總給人幾分誠篤的假象，所以他向小張誠懇為自己當時的消失道歉的時候，小張管住了自己的拳頭或巴掌。救阿埠的還是標總。一說到標總記吃不記打，標總就笑，說自己前世欠阿埠。其實也就是文革中標總落難時，流落到遠親家裡，遠親是阿埠的中學美術老師，聽了標總有關世界美術史的談論，阿埠被標總口才和學識折服，給了標總二十斤全國糧票。

標總問張明船這兩年如何過的，小張一言難盡地笑了。阿埠撂下的爛攤子，深度爛賬，遠比看上去更爛。原先以為，就是他看到的那幾筆高利貸，債主放蛇催債，小張借助馬克的金融界朋友，東西拼湊借貸，還能湊合還上利息。等到付了首付的買主們意識到事情不妙，合起伙來催交房，張明船才知道這片半截樓已是巨大的負資產。有的半截樓，還被阿埠賣了兩次，是存心還是犯暈，小張也不得而知。甚至連地皮產權，都不清不楚。有天來了一幫本地人，說誰批的這塊地皮？怎麼就蓋起樓來了？！阿埠連忙找出置地文件，上面明明蓋著大紅印章和某領導簽字。可對方說，蓋章簽字的這位領導，早就被抓起來，斃掉了。這個被燒成灰的死刑犯，當時沒資格處理這塊地。

標總問：「小張你和小婷，到底走到一起了？」

「嗯，那時候在一起。」小婷現在是他的淚點。他感到有流淚的危險，把頭擰向一邊，全力撐大眼框，讓眼珠自己把眼淚吞回去。

標總什麼悟性，馬上不問話了。

小婷，小婷。

「不怪小婷。她是在我走到絕境的時候，離開王總，跟我的。」小張怕標總誤會小婷，趕緊加了這一句：「後來又發生了一些事。她不得才又離開了我。」

朱維埠消失後，知道阿埠家地址的債主就找上門去。曾梅站在兩道鋼鐵柵欄門裡，展示了房產證，證書上只有曾梅一個名字。她向債主們澄清，她跟朱維埠從來沒結過婚，同居而已，再說，阿埠也沒饒過她，消失前還偷了她一筆現金。跟他們比，她是更為悲慘的阿埠的犧牲品；他們光是損耗了錢，她還損耗了好幾年的青春呢，等於是一小截年輕生命！他們只需跟他要錢，她曾梅除了要錢，還要跟阿埠要那一小截青春生命呢！可她跟誰要錢要命要青春去？！下面再來的債主，都不配聽曾梅這番雄辯了，他們只看見兩道防盜門內，坐著個披頭散髮的女人，兩眼發直地彈琵琶。甭管來人的問話多麼大聲，一定是被她的琵琶聲壓倒的。她彈得悲情、憤怒、瘋狂，人們不知她是否瘋了，但他們聽得都要瘋了。

他跟小婷正式同居是在九月，阿埠消失後的第二周。也就是說，小婷在阿埠消失後的第二周，也從王總身邊消失了。那時他還在應付公司收尾（或爛尾）的各種爛事。小婷在一個剛建成的酒店式公寓租了一間房，跟他開始了秘密同居。正是海南銀根緊縮時期，公寓入住率不到四成，租金折扣大，小婷當機立斷簽了一年合約。小婷從王總身邊消失前，悄默聲地往外搬東西，每天搬一點，效率和悄然，能跟一隻小老鼠媲美。當然，她也只能搬些衣服細軟。她在酒店拆包時，後悔得直跺腳：「我那個盒子忘了！」小張以為是首飾盒，結果她說是零食盒，裡面裝滿話梅和敲遍橄欖，是她專門讓同鄉的空姐從上海代買的。他好笑死了，勸她，那就再請空姐代買唄。她還是懊悔，說那個老鄉空姐笨，買十次，八次是錯的，好不容易買到了她最喜歡的口味。聽她這麼認真，他愛她愛得無語。小婷的鼠式搬家延續了一個星期，王總什麼察覺也沒有。小婷先把東西放在曾梅家，曾梅在一個深夜，開車把零零總總十幾個大包小包東西送到酒店。從後來王總突然出現在酒店的大堂，他們才意識到，王總的確養了條走狗，為他看著小婷。兩人入住新巢的第三天，大堂打電話上來，說有個客人要上去見小婷。問清了來人的特徵和年齡，兩人徹底傻眼。張明舶穿上衣服就要下樓，說早就該跟姓王的攤牌。小婷攔住他，說他不像去攤牌，像去殺人。

小婷認為由自己攤牌，事情會「軟著陸」。她出門後，張明舶覺得與其在房間裡乾著急，不如去樓下看看，萬一王總走狗多，演出王老虎搶新娘，什麼都遲了。他下到大堂，還沒走出電梯間，就聽見小婷寧靜果決的聲音：「……不需要，謝謝。」

她就在電梯間出口跟王總談判。王總的高級香煙被大堂的空調送進電梯間。

王總的聲音：「真不需要？」

他猜，大概是王總打算給小婷幾張鈔票，被小婷婉拒。

「我男朋友工資不低，這房就是他買的。」

好小婷，他小張剎那間被迫成了偽冒大款。

「好吧，那我就不跟你客氣了。」

小婷靜著。

「希望你以後不後悔。」

「我們年齡相當，自由戀愛，很快就要結婚，後悔什麼？」

現在輪上王總靜了。

小婷說：「那我上去了。」

「等等！……」王總不甘心：「以後，碰到過不去的坎，就給我一個電話。我是不會忘記你的，小婷。」

小婷大概有點感動，此刻的靜是一種感動的靜。

「今天晚上，一塊吃飯吧。」王總抓住小婷感動的稻草：「最後一次，也給我個機會，餞別一下。」

「心領了，謝謝。」

絕情的女孩，嗓音柴禾一樣。

「你爸媽那裡，我中秋節還派人送了點錢和一盒月餅。」

「謝謝，」小婷說，更加乾巴。然後一個停頓：「沒事了吧？那我上去了。」

他趕緊閃入電梯門框內，同時摁了一下上行鍵。此時聽見小婷聲音高起來：「幹什麼呀你？！」

一定是讓老流氓最後揩了一把油。他真想衝出去揍人，但背後的電梯門開了，他脊梁帶著他趔趄，進了電梯，還沒站穩，小婷一頭扎進來，似乎知道裡面的人是他，直接扎進他懷裡。門合攏前的一瞬，他從門縫裡看見一個男人跑過來。門縫內相擁的他倆，王總也一定驚鴻一瞥。兩人一直擁抱著，小婷輕輕哭起來。等他鬆開手，發現她絲綢襯衫的胸口皺了一團。小婷那似乎仍在發育期中的身體，胸部並不比王總高聳，卻還是讓那軟肉男最後犯了一次手欠。小婷是為此而委屈。

從那之後，他和小婷就過起了坐吃山空的好日子。他每天在家看報，找工作，出門，也就是面試，試工。他已經徹底停止去爛尾別墅區了。那裡會埋伏著討薪民工、高利貸債主、預付了首期的買家、蛇和田鼠。馬克接到拍攝的活兒，總會想著小張，讓他掙點兒口糧錢。有一次，他跟馬克去三亞出過一趟差，活兒是為一個姓黃的台灣老闆在海邊拍攝ＫＴＶ影片，馬克請他幫著打雜，兼作燈光師。台灣人帶了一對年輕的台灣男女，假扮戀愛對象，在碧水藍天之下，白沙之上，走走，站站，抱抱，一派台灣式淺薄甜膩，馬克一邊拍，一邊咬著槽牙，輕聲罵髒話。第二次出差，張明舶帶上了小婷。小婷離開王總，王總最動人的表現，就是把那輛三手貨、八二年產的豐田送給了她。所以路上小張開車，帶著不停吃零食、也不停哼歌的小婷，跟隨台灣人租的中巴，一路南下崖州。

途中停車休息，小婷請馬克給她照相。台灣人很有興趣地在一旁看，然後跟隨身帶來的那一對男女竊笑私語。張明舶不知小婷身上哪一點可笑，虎下臉來。馬克找個機會湊到小張身邊，對他說：「台灣人見過浙江王總。」

他明白了，下流男人之間是會互換情色情報的，相互炫耀艷遇艷福。再次出發時，他問小婷：「你認識那個台灣人嗎？」

「不認識啊。」

「他好像認識你。」

「真的？！不會啦。」

跟台灣人一行才交談過幾句，小婷就有點兒台灣腔了。他不悅，但人家模仿能力高，代入感強，你表達什麼不悅呢？他只好借題發揮，說她吃零食太厲害，不健康的習慣。她來了一句：「又不是吃你的！」

搶白得夠痛。他一直痛到三亞。在三亞海邊拍攝的時候，小婷跑到台灣人跟前，兩人對起話來。他一邊幫馬克架設攝影器材，一邊遠遠看這兩人的交流。看不出什麼苗頭來，他求助馬克，讓馬克找機會問問台灣黃老闆，在什麼場合下認識了小婷。馬克哼了一聲，能有什麼好場合嗎？小婷跟黃老闆結束對話，回到他身邊，悶悶的，他問，她搖頭。

當晚他們在三亞住一夜。晚飯是海邊排檔燒烤，台灣人給大家要了當地米酒。小婷一直悶悶的，望著浪潮上最後的夕照。小張怎麼問，她都是搖頭。馬克愛拚酒，台灣人酒性不佳，一會兒臉就紫了。

馬克嘿嘿笑著問：「黃老闆什麼時候見的小婷？」

「哪個小婷？」台灣人不像裝傻。

「這個小婷。」馬克指著呆望海天的女孩。

「哦，這個叫小婷啊。美女呀。我在王總電腦上，見過她的照片。」他的眼睛透露了，那是什麼樣的照片。

張明舶想，海峽兩岸，就這種軟肉男人不缺。

馬克偏要問到底：「什麼照片？」

「裸照啦。」

「什麼裸照？！」小婷尖叫：「泳裝照好不好？！」

「那種算泳裝啊？就是一根線連著三塊小布片啦！」台灣人醉笑，腦門子就沉到桌沿上了。

張明舶事後想不起自己怎麼跳起來的。下一個剎那，他手裡已經有了一把頭髮。台灣人頭頂的那片頭髮是有講究的，被兩個隱密而巧妙的夾子，夾在禿頂兩岸的真頭髮上，那彈丸似的頭頂被遮擋得非常藝術。現在秘密被拆穿：桌子一邊，是被一把抓的假髮，另一邊，是個一個軟殼蛋頭頂。年輕的台灣男女看看小張，又去看黃老闆，都笑起來。台灣姑娘為老闆求情：「哎呀，把人家的頭髮還給人家了啦。」

台灣老闆抓起桌上一盤剛上的烤章魚，朝著小張就擲鐵餅。被小婷搶白的痛一併發作起來，他兩手一撐，翻單槓一樣，腳已經登上桌子，人們還沒看清，他已經落腳在台灣老闆身上。下一個動作之後，台灣人就在地上了。習慣軟性台灣生活的台灣姑娘和小伙子，嚇得退得老遠。馬克個兒大，力也大，臂如猿，抱得小張動彈不了。

馬克勸阻道：「你敢打台灣同胞啊？！有關部門有懲罰條例哦……快給我住手！」

小婷在一邊給小張助威：「打呀！怎麼不打了？！台灣同胞就沒有流氓？！今天還想調

戲我呢！」

小張一聽，爆發力大增，立刻突破馬克的封鎖，再次撲向台灣同胞。馬克在海南常常處理肢體衝突，反應快，小張剛抵達攻擊位置，又被馬克束縛。

馬克說：「我操，都是這點兒貓尿（酒）鬧的！」

馬克的話聽上去糙，但一下就把錯歸咎到正確的方向上去了。酒擔當罪責，人們都無辜，全是酒使的壞。

馬克說：「小張，我替你跟黃老闆道個歉。」

黃老闆說：「算了。讓他走人。」他掏出堆皺巴巴鈔票，往桌上一拍。

馬克說：「黃老闆，他走了，我一個人幹不了，那我也得走了。」

黃老闆垂著頭。

馬克說：「以後工作期間不准喝那麼多酒。我也有過錯，縱著黃老闆和小張喝。」他端起盛米酒的大碗，往小張和黃老闆的玻璃杯裡各倒了半杯酒：「不過這杯得喝，喝了就把剛才的不愉快忘掉了。」他看小張和黃老闆都不動。小婷哼了一聲。他轉過臉：「小婷，你今天見證了，小張隨時為你流血犧牲，來，端起這一杯，敬你小張哥！」

被他這麼一說，小婷只得端杯子，遞到小張手裡，順手把他手裡的假髮奪過來。

「黃老闆，給不給我老馬一個面子？」

黃老闆一副窩囊透了的樣子，軟殼蛋頭頂泛起一層水光。現在把假髮蓋上去，一定是非常炎熱的。他一直在想，馬克要跟小張一塊走的利弊。假如馬克也撂下攤子，那麼他前期投資的一半，就算扔進大海了。小本經營，楚楚可憐的黃老闆，經不起如此折本。因此，當馬克放低了姿態，親手把酒，來到他面前，他不甘不願地接過了酒杯。

馬克豪邁地舉起大碗：「喝完這杯，明兒好好幹活，爭取早殺青！」

張明舶也是窩囊透了，但人在錢財下，不得不低頭。這幾個月，一直是住小婷的，吃小婷的，小婷前兩年批發給王總的青春，正被飛快消耗……他也豪邁地一拱手：「得，黃老闆，在此受張某一拜！」然後端起酒杯把酒喝下去。

放下杯子，他推說自己醉了，獨自向住處走去。他當了自己的叛徒，也叛賣了小婷，無顏以對自己和小婷。

記得那天小婷深夜才回到旅館房間。後來聽她說，馬克請客，帶著她和幾個台灣人去了舞廳，徹底讓海峽兩岸的同胞關係回暖。馬克在江湖上，讓多方服帖，就是這樣形成號召力的。第二天的拍攝，主要拍日出和日落，所以中午午休時間較長。午休時，馬克跟張明舶說：「別他媽的哭喪臉，我給他們拍這種糟粕，心裡也不爽著呢，跟給人操了似的。」

小張笑笑。

回到海口，小婷跟他續上了坐吃山空的好日子。小婷悄悄賣掉了那匹老馬，給自己買了一個據說成色很好的翡翠手鐲。她悄悄把手鐲連盒子一塊，裝在一個密封信封裡，讓大堂管收發的員工在她生日那天上午，送上來。開門收郵件的總是張明舶，他見信封上是小婷的幼兒園大班的字跡：「明舶祝小婷生日快樂！」哼哼地冷笑。生日前一夜，他訂了一個小蛋糕，一把鮮花，本來以為足夠慶祝，而小婷想要的，是豪華首飾。從小婷的角度，她玩個小戲法，是想給沉悶的日子搞點驚喜，但他覺得她在敲打他，惡心他。半年過去，小婷少了很多笑容，他少了很多話。他本來也不是話多的人，現在張嘴就是一兩個字，都是回答小婷的「餓不餓，想吃麵還是餛飩？」「麵。」「誰來的電話？」「馬克。」「別拿撲克算命了，算了幾個月了，算準過嗎？」碰到她抱怨玩撲克，他會一個字也不回，鼻子噴一下，像狗嗅到令它不爽的氣味。

現在他的呼叫器一叫，他就遭電擊，看呼叫器的動作越來越抽風[9]。小婷有時會拍拍自己胸口，眼睛向上一翻，表示他太嚇人。他會在她拍胸口的時候，橫她一眼。一間小房間，兩人的不可愛之處，都被放大。她不愛看他抓救命稻草一樣抓起呼叫器的樣子，假如空間大一點，她可以選擇不看。一次他呼叫器上出現了馬克的號碼，他立刻回電。馬克約他出去喝一杯。他失望，本以為有活兒。小婷在一邊看見了他的失望，說：「又是一場空歡喜。」

「我的空歡喜，你有什麼可幸災樂禍呢？」

「誰幸災樂禍了？」

「你的臉就是那四個字——幸災樂禍。」

「我說我出去找工作，你又不讓！」

「你能找什麼好工作？！中國城站台去？」

「站台怎麼了？」

他不說話了。被「站台怎麼了」這句話趕出來的話，只能是「那你還不如回王總那兒去呢。」

9　抽風：舉止不正常。

那天晚上，他一個人出去跟馬克吃飯喝酒。已經開始了，避開小婷的日子。第一次不帶小婷出門會朋友，他覺得輕鬆，一種不詳的輕鬆。馬克和他現在都在廣玉（後來她證實自己的名字是劉廣玉）的排檔吃喝。同是天涯淪落人，肥水不流外人田。廣玉做的是素菜生意，他們倆來了，她會偷偷給他們切一盤麻辣香腸。馬克告訴小張，台灣黃老闆又來了，但找的是省電視台一個攝影師，看來是記仇了。上次鬧的那一場畢竟覆水難收。張明舶愧疚得說不出話，馬克拍拍他的胳膊，說他一點兒不後悔，幹一回那樣的活，就感覺讓人上了一回，還是讓太監上了一回。他大笑，小張也跟著笑笑。

馬克下一步計劃，是要拍攝記錄海南各種開拓者的紀錄片和圖片，他希望小張不嫌棄工資菲薄，繼續給他打下手。小張滿口答應。「醜話說前頭，一小時可只有三塊錢哦！」馬克警告。三元他也不嫌棄。馬克接著說醜話：「一天最多只有四小時的工作，但走路時間很長，恐怕要走三四個小時哦！」他表示最不怕的就是走路，正愁著身上的肉在軟化呢。其實他知道，拍這種紀實攝影，馬克為的是自己的理想，現在是他自己貼錢，將來也不一定賺錢，而且他完全不必用助手，付給小張的工資無論多菲薄，都是老馬對小張的施捨。馬克的好心，小張默默領受。

第二天，他跟馬克到了十廟。馬克要拍攝一個山東人的故事。山東人農學院畢業後，來到海南。他不跟別人擠本來就貧瘠的招聘市場，而是另闢蹊徑，在十廟徵召了一些當地村子裡的女人替他養蟹。一兩年過去，他出產的蟹海南銷不完，就運過海峽去，供應廣東幾個市。這一年，他開始出口香港，澳門。拍攝中，老馬讓小張去小賣部替他買煙；馬克在工作時都是煙屁股接煙頭不間斷地抽煙。還沒走到小賣部，迎面來了個女孩，直呼他名字：「張明舶！」

聲音是有些熟的，但臉完全陌生。他懵懂地看著她笑。

「小張哥哥，不記得我了喲。」

聲音越來越熟。再仔細點兒打量，小姑娘的身材也眼熟。她穿著一條棉布裙子，直筒筒的裙裾，就像穿了個加長枕頭套。她身後出現兩個男青年，都是二十歲左右，以雲南話喊她：「小雪！」

小張頓然想起，這就是馬克拯救的那個季小雪。沒有繃帶捆綁的臉，竟然挺好看，臉盤子極小，鼻梁幾乎沒有，一眼看上去，臉上就一雙大眼。「季小雪，你怎麼在這兒？」

「我住在這裡啊。」她指了指一排簡易平房，「最後那個門，就是我家。」

枕頭席子在她右邊臉頰上留下浮雕，看來她剛起床。他告訴小姑娘，他跟馬克正在工作。

小姑娘的眼睛立刻歡笑：「我曉得，馬老師常來這裡照相。一會兒你們空了，來坐一下嘛。我炒菜給你們吃。」

他要了兩包煙，正要付錢，小雪湊上來跟小賣部窗口裡的人說：「還要一個椰蓉麵包。」還沒等小張反應過來，裡面遞出來一個包在塑膠袋裡的圓麵包。小雪說：「謝謝小張哥哥。我還沒吃早飯呢。」

「你這個小丫頭！我這是給馬老師買的煙……」

小姑娘說：「那你替我謝謝馬老師！」說著她咬了一大口麵包，又是笑。剛才喊她的兩個男青年過來，她把剩下的麵包掰成兩半，分給他們，一邊對小張說：「他們都沒得早飯吃的。」

回到馬克的工作現場，他把季小雪的花銷向雇主彙報。馬克不在意地說：「她見了我就要我給她買一根冰棍，要不然，就是一瓶汽水。」

晚上收工後，馬克帶著張明船，走到村口。一家食品店黑洞洞的，但不妨礙裡面所有人立刻認出是誰來了，異口同聲招呼：「馬老師來了。」

馬克買了一斤豬肉餡，一個雪裡蕻罐頭，兩卷掛麵。張明舶提醒他，說晚上要去季小雪家做客。馬克笑笑，告訴他，季小雪家裡連一根蔥都沒有，晚上她出去站台，全靠客人請她吃。要是不進城上班，她就挨戶到村民家去要吃的。村民的女人每晚都在門口做飯，無論烤魚烤蝦，還是烤海蠣子，他們都喜歡給小雪嘗鮮。

果然，到了季小雪家，只見四面牆下就一張舊床墊，一床竹席，兩個帶草席的枕頭，中間都讓汗和頭油漚黑了。季小雪在化妝，眼睛畫得跟卡通人一樣。她的大眼一見有肉吃，頓時笑彎，還露出一顆小虎牙。馬克問她，是否知道晚上做什麼飯。她下巴一挑，叫馬老師別操心了。小姑娘哼著歌，在門外忙，屋裡能聽見油鍋響。馬克和張明舶坐在床墊上，喝著冰啤酒。一會兒功夫，季小雪端著一鍋麵條進來。麵條已經衝過冷水，雪菜肉沫做的滷也拌進去了。

馬克吃了一口麵，誇獎她廚藝不賴，不過是個貪污的小廚娘——一斤肉炒出就這一點兒？季小雪笑著辯解，她只貪污了一小坨肉，等晚上小李小孫回來，加兩個番茄，給他們做個臊子麵。馬克跟張明舶解釋，小李和小孫是她雲南老鄉，在海口認識的。兩個人在建築工地上班，銀根緊縮，工地都停工，他們到處找臨工打，打不到臨工的時候，就到季小雪這裡混幾頓。在季小雪這裡混飯的人，最多的時候有六七個。一旦按摩院的客人帶小雪出檯，報酬給得多，她還請他們下館子。小姑娘此刻驕傲地一挺脖子，說那些老鄉哥哥把上次欺負她的兩個男人打慘了。

晚飯後，馬克開車回城，送季小雪去上班，又送小張回酒店。他停下車，扭頭看看迎上來開車門的門童：「住這種地方，燒錢呀？」

小張下車，回身回答馬克：「小婷說，沒人把門的地方她不住，怕王總騷擾。」

「那個王總，一扭頭就去找比小婷還年輕的妹妹了！」

「真的？！」

「什麼真的假的，所有的『總』都這麼回事兒。歲數越大，玩兒的妹妹就越年輕。要不他們賺錢幹嘛？」

回到房間裡發現，小婷不在家。一般這種時候，她會在泡澡，一邊放錄影帶，看港劇。空調關了，室內潮熱蒸人，越發顯得空間窄小。他快速翻看信件，看有沒有他面試過的公司寄來的通知。沒有。很多天的沒有，讓他心裡的焦躁過度到灰冷。海南似乎大勢已去，徐平建築師跟他這麼說。他打開窗戶，外面下起了小雨。他有點著急了，小婷不知去了哪兒，會不會淋雨。他伏在窗口，發現自己在想念小婷。他忽然害怕，假如有一天，他幹完廉價勞動回到這裡，小婷不見了，像從王總身邊消失一樣，也從他身邊消失了，從此再也見不到小婷。他是否活得下去？活不下去的。這答案讓他瘋了一樣，轉身就去拉開衣櫥。小婷所有的衣服安然懸掛，絲絲縷縷是小婷的幽香。他把臉貼在微涼的絲綢面料上，杭州來的姑娘，絲綢一樣。不知過了多久，他發現自己跪在地上，臉頰貼著那羅裙的底邊。他情願做小婷的奴。不，他現在情願做的，是一片泥土，讓小婷深深扎根進去，讓每一條根刺入他，刺入是疼痛的，是撕裂的，但也是難以拔起的……就那樣，她深植他這片本無價值的泥土中，而她卻會開花，任世人驚艷。他知道，並不是所有人都像他一樣，認為小婷的絕代，因為，小婷還沒真正綻放。

他慢慢站起，愛讓他眩暈、無力。他拿了一把傘，先到停車場的自家停車位，發現三手貨老豐田安然趴窩，他心也趴回窩裡。小雨如絲，他拎著閉攏的傘，滿街夢遊，尋找小婷。街兩邊的店門還開著，開拓者對海南的貢獻之一，是電力供應穩定多了，很少再看見店家門口轟鳴的土法發電機，鬧得一條街不得安生。每家小店堂，基本都是空蕩，開拓者撤走不少，剩下的人誰消費得起呢？海南店主們似乎不急，不愁，閒著也是閒著，做生意全當乘涼，兩三個店主隔著距離大聲扯閒篇。他們是否知道小婷的去向？

他不願意打傘，怕傘遮隱他的視野，因而錯過小婷。襯衫冰冷地貼在背上和肩膀，雨水浸泡著他。小婷要讓他實習一次失戀？街上的人，女人，姑娘，連一個略微與小婷相像的都沒有，個個身形都粗粗的，髒髒的。於是，市容粗曠了些，醜陋了些。

尋找無果，他回到酒店。大堂鋪了一條綠色地毯，供雨地裡踏濕的腳行走。他可以做這條髒地毯，讓小婷去踩，踩過之後，那雙玉足可以乾爽舒適。他病了，得了小婷病。預科的失戀也這麼可怕，真實的若發生，他一定倖存不下去的。他走到房間門口，聽到港劇的打鬥聲。他從來討厭的「嘿！哈！」一聲音，此刻這麼救命！他掏出鑰匙，正要插入門鎖，門從裡面打開。小婷一張哭臉：「我以為你走了呢！」

他在門口就抱起她。把她抱到床邊，輕輕放下。濕透的衣服，像是一層皮肉，那麼難剝。然後就濕漉漉地進行起來，小婷輕聲說：門！門……是的，他知道，門沒有關嚴，這層樓只入住了五六戶，屬於他們的這一頭走廊，一個個門黑暗著，地板上的灰塵保潔也裝瞎，久了，灰塵變成羽絨狀，隨氣流蕩漾，就像寂寞本身長出的絨毛。小婷告訴他，她回來後，每一次電梯停在這一層，她都去開門。她當時租房圖便宜，這間離電梯最近的房，價錢最低廉，所以他們每夜的夢，都伴隨電梯上行下行的聲響。

兩人身上的雨水熱了，混流進汗水。他摸摸小婷圓圓的腦門，一層熱汗。小婷行此事非常投入，悶聲享受，事後像大病初愈。這是他最憐愛她的時候。她微睜病後的眼睛，目光若明若熄，也許她的神志渙散到了根本看不見他，卻是全副身心與他交融。

他們一起沖涼。她告訴他，她出門也為了尋找他。過去他出去幹活兒，都是晚飯前歸家，這天晚上她等到九點，實在等得心慌。淋浴間豪華的巨大蓮蓬頭，噴出溫熱的雨，他撫摸著她絲綢的脊背，告訴她，這次他跟馬克去的是十廟，路途遠，拍攝結束，又到一個小姑娘家去吃晚飯，聊天，耽擱了些時間。熱雨在她的臉上暢流，她皺起鼻子：「小姑娘?!」他笑，解釋說，那是馬克搭救過的一個雲南姑娘，才十六。她是在發現他最喜愛的那雙皮鞋不見了，才真正慌了的，決定出去找他。但她不知道他白天在哪裡幹活兒，又記不得馬克家的住址，人從旱季走進雨天，渾身透濕的倉皇歸來，一進家就挑了一盤最血腥的打鬥片看……聽她唧唧噥噥的訴說，他又一次享受她，也讓她享受他。他是她的泥土，她也是他的泥土，任相互的根須深深刺入對方，撕裂對方，往深處刺探，進一步撕裂，深部無底，他們在那不及底的深度痙攣，震顫。世上沒有比這更好的時光了。

這夜是真好，他們都捨不得過完，子夜當早晨，出門逛街，遛馬路，吃排檔，胳膊和胳膊，分分鐘交纏。坐在清補涼排檔的凳子上，她用左手握勺子，生怕右臂丟失了他的左臂。人間男女能愛成這樣嗎？雖然這以後還會鬥嘴，還會賭氣，還會發生失戀預科，他們才不管呢，仍是不留餘地去愛。這一刻，一定是蝕入他們生命的，是永恆。

10

一幢幢爛尾樓盤開始生草，長苔，讓鳥做了窩，被田鼠兔子打了洞。有的封了頂的，便搬進了住戶。那些精明能幹的當地人或外來者，看到了商機，好歹給這些房殼子裝上門戶，如骷髏眼眶般的空窗，也釘上了透明塑膠布，好歹能稍微遮風擋雨，強似住沙灘椰樹蔭下。他們這些人成了爛尾樓的非法房主，把房租低價租給堅持下來的開拓者。爛尾樓成了海南地標。張明舶有次開著小婷的車，去了一趟海珠別墅。他看到半截樓的牆體上，搭上了油毛氈，半截子門戶圍上了柵欄。他透過柵欄，看著裡面住的住戶是七八頭豬。這裡已經被村民當成養豬場。半截樓都是現成上好的豬宅，半截牆根對於豬們的身高而言，正合適，還綽綽有餘。另一座半截樓被改造成羊圈，圈了幾十隻山羊，豬羊鄰裡和睦，各抄各的語言，羊叫豬答，倒是比先前多了些活力。他又是悲涼又是好笑，開拓者的廢墟，村民們一樣也不浪費，剩下的半袋一袋的水泥，碎磚碎石料，都廢物利用上了。他各處兜轉一圈，就是不敢接近樣板房。等到午睡時分，他走過去。樣板房上下三層樓，住著七八家，都是預付了買房首款的主兒。原先前後院奼紫嫣紅的假花全被拔除了，現在鬥艷爭麗的是各家的褲頭、襪子、毛巾、枕套。住戶之一的女主人正在晾衣服，居然一眼認出了戴著墨鏡、棒球帽壓低的張明舶，劈頭就喊：「哎，你站住！你是海珠地產公司的吧？」他連忙否認，慌不擇路往路邊走。那女人已經回過頭叫人了：「哎，海珠公司的人來了！欠我們錢的人來了！」

等他跑到停車的地方，一大幫人已經追出樣板房，手裡拿著各種武器：掃把、鐵木棒、雞毛撣，大概瞅見什麼抄什麼。他開鎖鑽進車門，三手貨老豐田 動慢，那些人跑得夠快，有兩個已經超到豐田前面，企圖用木棒和鐵 攔路。他猛打方向盤，老車拐彎還算利索，貼著路中間那個人的肩膀擦過。從後視鏡看，一個下巴堅挺的男人鑽入停在路邊的一輛夏利，開足馬力追上來。那是一輛新夏利，通紅的車身在太陽下十分耀眼。夏利死咬著他，一直追到城內。到了城內好辦些，他對路特別熟，跟馬克拍攝都是靠騎自行車和步行，心裡有盤海口沙盤了。他連闖兩個紅燈，總算甩掉了紅夏利。

他跟小婷暗示過，他們也可以去改造一個爛尾樓套房，一個月可以省下一大筆房租。小婷說任何不安全的地方，她都會犯失眠症。他笑嘻嘻地講起馬克說的話：王總一扭頭就找了個比小婷年輕得多的姑娘。小婷笑笑，不語。他覺得她的笑有內涵，逼問她，咯吱她，最後她拿出呼叫器。十分鐘前，王總還留了言，「想念我的小婷婷」。他說王總發相思短信不耽誤他扭頭去找更年輕的妹妹。小婷不高興了，說難道她是個不值得想念的妹妹？！王總為她害相思病，難道不是天經地義？他笑笑。她說他笑得不懷好意。他說他不想爭吵，不笑怎麼辦？她說她寧願爭吵也不想看他這樣笑。那好吧，他告訴她，明明不愛那個一身軟肉的男人，還希望自己成為他相思病的病因，有意思嗎？有意義嗎？她問他，什麼是他看中的意義，男女相愛，本來也沒什麼意義，散了，彼此都帶走對方一小部分，就是意義。

他跳起來：「哦，還帶走彼此一小部分？！他帶走的是你的那一小部分？！」更難聽的話，他希望她能聽出來：你難道還帶了一小部分的軟肉王總跟我過到現在？！我可是赤條條一個處男之身來到你身邊的！

「你就是嫉妒！」

「把姓王的拉到街上，我跟他並排站著，讓大街上的人評評，我犯得著嫉妒他嗎？」

「哼，在海南，帥換飯吃嗎？」

「我知道了，靚臉蛋能換飯吃。不過，你的臉換不了飯吃；是除了你臉蛋之外的其他地方給你換來的飯！」

小婷啞了，這個惡毒的男人是她的小張哥嗎？

他還沒完：「你嫌我掙不來錢，不過我掙的每一分錢都乾淨，不像你們這種女人！」

「那你別住這種女人的房子！你滾！」

他一定要滾得高傲，貴氣。他走到衣櫥前，胸口鼓起的氣，使他呼吸急促。去他的高傲貴氣。他甩開櫥門，大掃蕩掃出自己的衣服，橫豎也沒幾件。他衝鋒隊一樣衝進浴室，抓起一塊浴巾，把可憐的家當包起來，打了個結，一個逃荒人形象立刻完成。小婷嗚嗚地哭，其實已經在認錯，求饒，但他的掃蕩正趨於高潮，必須把自己從這裡掃蕩出去，滾蛋要圓滿，每一個動作都將讓她在悔恨中回放。一個住女人的、吃女人的男人，最痛之處，就是被女人點穿了這一點。他拎著浴巾包裹向電梯疾走，小婷的嚎啕在寂靜得長毛的走廊裡回蕩。走廊那一頭的一扇門開了，出來一個七八歲孩子，手裡拿著半根雪糕，似乎非常好奇，原來這走廊還有其他活人呢。

他衝進電梯，看著指示燈，其實他是在等著什麼。總是在電梯門合攏時，神跡出現。小婷兩次從電梯正合攏的門扇間躍然而入。電梯是他的福地，是他爆發愛的神跡之地。他伸手摁住開門鍵，持續讓電梯張開懷抱，等著，等著……此刻這個福地是他作弊作出的，但他不在意。養植的靈芝不如野生的靈驗，但總好過烏有。靈芝，白娘子拚死盜取而來，為她的愛人起死回生。西子湖畔古時的神跡，會發生在他的今生嗎？……什麼也沒發生，他鬆開手指，電梯開始下沉。沉到了一樓，他接著摁下行鍵，他巴望沉到地底下，沉到最深的黑暗裡……地下一層、二層，電梯落到了底，門似乎要向他揭示一個秘密所在那樣，緩慢打開，露出粗糲的水泥鋼筋內瓤——這座樓急於出售出租，居然連地下二層都來不及裝修，一股冰冷的生石灰氣撲面刺鼻……租售價錢都十分貴族化的房產，居然敗絮其中，所有的靚麗雍容只有地皮那麼淺薄。就像所有在此地零售或批發美色青春的女人，所有光鮮靚麗只有表皮那麼一層，皮下，都是虛榮、貪婪，以及對於做衣食無憂的寄生蟲的渴望。小婷無非是一條被人餵成了蛾子的寄生蟲，餵養者一不當心，讓她飛走了。他在地獄般的地下二層站了不知多久，直到內心原先的淒美化為憤怒，他怒不可遏：她居然暗示他吃軟飯，居然就讓他受著奇恥大辱地走了；那句話出了她的口，就把他的退路切斷了，難道她就這樣讓他毫無退路地走了？！

他抱著浴巾包裹，在街上盲目地逃荒。不知不覺出了城，進入了燈光晦暗的荒地。逃荒還是入荒，都無所謂了。悲極生怒，怒極生木，他木然的軀體只出於本能，在行動，這個行動，就是遠離，遠離傷害他的人，遠離傷害他的那個錦繡其表、敗絮其中的酒店公寓。走著走著，一棟黑烏烏的輪廓，出現在馬路邊。那都是開拓者們留下的廢墟。世界上多少著名的廢墟啊，人們萬裡迢迢去瞻仰，憑弔，懷古。海南此刻也遍地廢墟，區別在於，世界其他廢墟是都曾經的文明繁華，而這裡不奢談文明，還沒來得及進入人氣，直接成了廢墟。沒人會來瞻仰憑弔，抒思古之懷。今夜，一個愛情逃荒者來此一游，摸黑憑弔。他走近黑色輪廓，仔細看，輪廓不完全一抹黑，有些鬼火般的人間煙火就在其中。還有一支口琴在哪裡吹奏，哆哆嗦嗦的，讓人毛骨悚然。他試探著向鬼火靠近。面前，是一口窗了。所謂燈火，其實就是一朵燭光。他在暗處，燭光下的人影鬼影，卻在明處。他與他們，隔著一張薄薄的透明塑膠布。裡面的談話聲似乎是快樂的，他意識到，此刻快樂離他多麼遠。他轉過身，閉了一會眼睛，再睜開，已經是一雙夜光眼，能看到鬼樓的入口，也看清了鬼樓的結構。這是建成了大半的高層，竣工後應該是十二層。扁平樓體，一排排朝外的公共長走廊懸在樓外，空中棧道一般。他拍了拍塑膠布窗子，裡面的歡聲笑語戛然而止，蠟燭霎時熄滅。海南的人怕賊，賊也怕人，人與賊的區別是條虛線，人被當賊、賊被當人的誤會經常發生。在裡面偷得一個棲身空間的人，自然也怕被當賊活捉。他朝裡面喊：「夥計，借個火唄！」

裡面有人樂了。天涯若比鄰。

燭光再次燃起，人影鬼影再次活絡。一個影子湊到了塑膠布那一邊，問道：「你是不是要點煙？」一個湖北男性。

「不好意思啊，我蠟燭用完了，沒來得及買。」

「你也住這樓？」

「啊。」

「住幾樓？」

他順口編：「四樓。」

另一個男性說：「不能吧？四樓樓梯塌了一大截，你咋上去的？」這是東北人。

露馬腳了。「那就是三樓，我也搞不清，今天才搬來。」

塑膠布窗子很好用，掀開一角就是開窗。裡面的手遞出來小半截蠟燭。海南的開拓者們惺惺惜惺惺，一旦求助，很少落空。

他點燃蠟燭，試探著往樓裡走。一步步踏上毛糙粗糲的裸體預製板台階，他來到二樓。

二樓似乎住了不少人，公共空間牽拉著晾衣繩，上面晾滿衣服。到處是垃圾氣味。他的燭光照到公共空間的牆邊，一溜兒購物塑膠袋，全都裝滿垃圾，呼入口鼻和肺部的都是腐爛發霉的蔬菜味和發臭的魚雜碎味。有的垃圾袋被什麼動物咬破，垃圾四散在周圍。可想而知此地老鼠的數量和個頭。他小心翼翼往三樓走，樓梯上也擺滿垃圾袋，散撒著爛菜葉爛菜幫，這樓簡直就是個巨大的垃圾桶。等他上了三樓，空氣質量更差，摻入了人類糞便氣味。可能整個樓的上部全被樓下的住戶當作廁所用了。所以這座鬼樓，下半截是垃圾筒，上半截是茅房。他從三樓退回，順著二樓走廊往前走。他看到一個門洞大開，裡面似乎沒人。他走進去，一個女人的聲音問：「誰？！」

他趕緊退出來。

那門裡的一個男人說：「走錯門了。」

他靈機一動，問道：「王力群住著嗎？」

王力群是王總的大號。

男人說：「這裡沒有姓王的。」

「老王說他住這裡。」

「不認識。」

他問：「對不起，真是找錯門了。太黑了。」

女人說：「沒事兒。」

他又抱著浴巾包裹走回城裡。子夜時分，街邊的排檔還紅火，他要了一瓶啤酒，一口就咂一點兒，泡蘑菇，想混到天亮再說。不知幾點，他被人推醒，說店家要收攤子了。他看看天色，大概四點鐘光景。真就成了逃荒者。他想到，此時也是「零售青春販」收攤子的時間，便晃悠到藍蘭家門口。他看見室內亮著幽暗的燈光，敲了敲門。是藍蘭自己開的門，見了他驚喜異常，馬上就把他讓進去。很巧，最後一個客人正在往手腕上戴手錶，瞥了張明船一眼，向藍蘭淫笑：「生意真好啊，悠著點兒！」也是個北方人。

藍蘭回答：「少廢話，這是我弟弟！」

他困得站不穩，一屁股坐在床上。藍蘭急叫：「起來！坐椅子上去！」

他又栽到床邊的椅子上，坐在一堆爛七八糟的女人衣服上。藍蘭送客到門口，二人小聲告別。看來是熟客。一般四五十歲的男人，喜歡藍蘭這樣要哪有哪，身上實惠的女人。她回到屋裡，對他笑道：「這會子跑到街上找魂啊？」

他可不是沒了魂。

藍蘭拎起暖壺，到了半盆熱水，又從塑膠水桶裡倒些冷水進去。然後她拿了一個小瓶，倒了幾滴藥水進去，端起盆，進入了床後的簾子裡。她在自我消毒。消了毒，再現身的藍蘭，身上是條白色睡裙了。她從盆裡擰出一個毛巾把子，把床上草席使勁擦拭一番。他想，那消在盆裡的毒不又抹了一席子？正想著，藍蘭從床下拖出個體操墊子，往上面扔了一塊床單，利索地鋪平。床單顯出那種剛被洗曬過的棉布特有的僵硬，他想應該不會有毒。

藍蘭說：「你睡地下。」他一個側滾翻，就躺在了墊子上。藍蘭又說他出去上一趟廁所。沒有枕頭，他的臉直接貼在床單上，乾爽的棉布果然散髮著洗衣粉和陽光的香味，無毒的。在沉睡的邊沿上，他感覺身上被蓋了條毛巾，他惡心得一個激靈，但實在無力掙扎了。

早上八點多，他醒來，發現蓋在身上的毛巾是自己裹衣服的包裹皮。他看著熟睡藍蘭，窗簾縫透進來的晨光照著她粉紅的腮。一條粗壯的腿從睡裙下露出，光線昏暗，他看不清，曾經被拖得血肉模糊的傷處，可留下了難看的疤痕？他又迷瞪一會，再睜開眼，窗外光線越來越亮，藍蘭翻了個身，整條腿露出來。他看見一些形狀怪異的淺粉色疤痕在她膝部，皮下組織似乎昨天才長結實。他突然好想親一下那些疤痕。那年為了救他，這個山民的女兒，顯出罕見的倔強敦厚性格，死心眼地被他拖了那麼遠，爹娘給的那層真皮，留在了停車場粗糲不堪地面上。趁著藍蘭熟睡，他悄然離開了。

11

第二天，他跟馬克又到了十廟。十廟不僅有養蟹的山東老闆，還有一個斷腿的退役老兵，都是值得他拍攝記錄的故事。老兵是甘肅人，姓劉，叫什麼誰也不感興趣，都叫他劉老兵。劉老兵辦了一個露天卡拉ＯＫ，生意做在交流道下面。卡拉ＯＫ提供啤酒和簡單的燒烤食品，開大卡車的司機和當地村民可以在那裡娛樂，改善夜生活。老兵每天單腿騎車，一隻腳踏得輪盤飛轉，車速驚人，一上村裡的大路，他就叫喊：「都讓開啊，不然老子撞到不負責啊！」他騎車到漁民靠岸的小碼頭上，採購艙底的小魚小蟹，付最低價錢，再由他的女朋友醃製，晚上放在燒烤爐上。他的卡拉ＯＫ五點鐘開放，六點鐘漸入佳境，加長卡車耍著大龍停靠路邊，村民們大板凳小板凳一望無邊，夕陽下非常壯觀。這天傍晚拍攝的時候，獨腿老兵金雞獨立，一條老山前線的破軍褲，寬大褲腿在風裡飄抖。老兵一手拿麥克，一手撐拐杖，破口大唱，所有在卡車駕駛艙裡的司機掌聲雷動。他的第一首歌總是《再見吧媽媽》，獻給為國捐肢的自己。他唱得豪邁，一條左嗓子高低不懼，能上能下，高八度低八度隨意跳，所有人都不敢笑。馬克告訴張明舶：「每天開場都是他的首唱。聽了幾次，我耳朵都走調了。」

劉老兵也是個開拓者。海南最早一批落戶的人，就包括從老山前線下來的退役官兵。

這天季小雪身上有情況，不能去城裡夜總會站台，帶著她的雲南老鄉，小孫和小李，一塊到劉老兵的卡拉OK聽歌唱歌。老馬跟小張咬耳朵，小雪剛做了墮胎，在休「產假」，因此不能進城上班。小張問懷的是誰的孩子，馬克說，小孫的。小孫是兩個雲南老鄉裡稍微高大俊氣的那個，也略微傻一點兒。小李細眉細眼，不常開口，但眉眼一動，就是主意。他的主意常常由小孫實施，比如他眼睛朝村裡的鴨群一斜，一會兒，小孫就抱著一隻掐死的鴨子回來了。鴨子熬了一鍋湯，給月子人季小雪進補。

劉老兵唱完了首唱，看見了季小雪，起哄讓季小姐來一支。目前還都是免費選歌，等於熱身，要等太陽落進南渡江水，夜生活才真正開始。

季小雪平時很大方，從來不知忸怩為何物，這一晚無論如何不肯上台，被小孫使勁推了一把。小雪沒防備這一推，面朝土地軟軟地跌到地上。劉老兵一看，駕著雙拐又跳又蹦地跑過來，突如其來地出拳，把小孫傻了。

季小雪爬起來，哼哼唧唧地哭，小孫反倒把過錯歸於劉老兵，拔出拳頭就上。

劉老兵蹦跳著躲過：「再來啊！你四條腿，鬥不過我三條腿！」

小孫說他跟小雪鬧著玩，只怪他手沒輕重，要劉老兵管什麼閒事。

老兵不依：「吃軟飯的東西，再敢欺負季小姐，我打得你蹲著離開十廟！」

小孫起初是怕老兵的，但「吃軟飯」三個字讓他勇敢起來，球員頂球一樣，把老兵頂倒了。小孫在老兵倒地的時候，偷看小李一眼，看小李對他的反攻是否讚許。老兵一條腿和兩隻手撐地，但一時手腳配合不上，站不起來。小李趕緊上去拉，但老兵的女友攔住他說：「不要拉他，他會發脾氣！」

馬克準備好攝影機，對準在地上手腳運力的劉老兵。老兵「嘿」的一聲，居然凌空躍起，三條肢體不知怎麼攢足了這把爆發力。老兵正要飆向小孫，小李對他說：「老哥你現在幫小雪，他倆人私底下的時候，你咋幫呢？小雪不更要吃他的虧了？」

老兵愣了；是這個道理。

小李又說：「兩口子的事，勸不得，不然他倆一塊恨你。」

老兵徹底收起架勢。成熟的男人自然明白這點。小李對小孫擺擺頭，小孫走過來，給老兵作揖，陪笑，說自己打殘廢人，缺陰德，自有老天報應，希望老兵大哥大人不記小人過，得饒人處且饒人。小李非常有眼力價，在小孫說這番請罪的話時，他已經到老兵的兵嫂那裡，買了兩瓶啤酒，倒出三大杯，三個男人喝下和解酒。

天色暗了，此刻成群到來的是真正的顧客。大卡車司機也下車加入進來。歌手水準漸漸提高，老馬和小張一個舉攝影機，一個舉著燈光，鑽在人群裡拍攝。

等這天的工作完成，馬克回到車上，覺得他那個裝攝像機和照相機的大包分量不對。打開車上的燈，發現那個萊卡一三五照相機沒了。小張認為，一定是在兩人忙著拍攝的時候被竊的。馬克提醒他，拍攝的時候，多餘的攝影零件已經被裝回攝影包裡，放進車子裡鎖上了。小張想起了，他上午還用過相機，拍攝馬克工作時的狀態，然後把它放回去的時候，有點偷懶，就放在了攝影包外面的夾層裡。可是夾層裡現在是空的，連鏡頭一塊丟了。

「小李他們偷的。」馬克斷言。「那場打鬥是調虎離山計，季小雪做了配合。那小丫頭一貫愛出風頭，不用人慫恿，都會自己跳到台子上搶話筒。」他笑笑：「我這個大人，被那幫孩子設計進去了。」

張明舶心裡想，馬克對這幫準人渣太寬容了。這些底層的開拓者，在生活危機出現時，不擇手段。假如當時沒有藍蘭拚死阻擋，他也就淪落為這種人渣，跟那幾個同伴一道，在「嚴打」中被斃了。闖海南的人有意無意模糊是非界限，而海南本地人，也把開拓者們的道德疑點與個性解放、人性釋放看成一回事，加以寬容，甚至姑息。但小張認為，偷竊一部價值上千元的照相機，畢竟是犯罪事件。他建議老馬跟派出所報案。

馬克笑笑，開始了他的判斷推理。季小雪做了墮胎之後，在兩周之內不可能去上班，當她為自己請兩周病假時，雇主就說：那你乾脆別來了。這一來，指望她吃飯的那幫從停工的建築工地失業的雲南小哥們就會餓肚子，他們偷了這部相機，賣出去便可以支付兩周飯錢。老馬下面的對付方法，是跟報社和全城所有寄賣行打招呼，只要有人登報出售或寄賣同樣牌子和型號的相機，就向他通報，抓獲會很省事。這樣就不用驚動警方。警方出動，這幫失業小青年和小雪妹妹都會在坐牢之後，被逐出島去。

晚上，小張在馬克家裡打地鋪，湊合了一夜。第二天一早，張明舶被雨聲吵醒，坐在草席上，想著小婷此刻是睡是醒。沒有她的夜晚，一半的他總是醒著，沒有她的白天，一半的他總是睡著，因為只有半睡才有夢境。雖然跟馬克一塊工作是有趣的，也開眼界，但那一半睡著的、夢著的他，昏昏沉沉，提不起勁，拖不動腳，常常不知自己在幹什麼。假如他知道自己在幹什麼，那個相機就不會丟了。他應該把相機放回攝影包裡面，而不是夾層。也許這不該歸罪自己。被盜賊惦記上的東西，遲早會丟。

馬克從裡面房間出來，告訴他，天氣預報今天的雨要下到下午，拍攝不成，兩人休假。然後，他拿出兩百五十元，有點羞澀地告訴小張，這是海南開拓者有難同當的時日，希望他不嫌少，繼續幫他完成拍攝計劃。張明舶知道，馬克是專門為接濟他，而設立了這個助理職位，他感激都來不及，何談嫌少。他收起錢，嘴笨得要死，自尊也嬌得要死，死活說不出心裡那番感激。

他爬起來，匆匆收起臥具，就到門邊換鞋，打算告別了。大概聽到小張告別的聲音，馬克的老婆從裡間跑出來，火熱地留小張吃北京豆汁，她頭天做了一大罐。小張婉拒：「謝嫂子了，改天吧，一會兒還有事。」他繫上鞋帶，開門離開，心裡愁：這麼大的雨，怎麼走？等他下到二樓，馬克老婆從三樓扔下一把傘來，聲音也火熱：「這孩子，傘也不拿！雨這麼大，不要淋死了嗎？」

他的手在褲兜裡攥著那一疊鈔票，在一樓的樓洞裡等雨過去。雨終於小了，他打傘來到路邊。街道上積滿雨水，一輛三輪摩破浪而來，不能停在水深的路邊，他只好蹚水過去，鑽進摩的到塑膠棚子，褲腿濕到大腿。司機問他去哪，酒店公寓的路名路牌脫口而出。到了酒店公寓，他下車，走進大堂。值班的門崗也姓張，五十歲左右，湖南人，據說是公寓一個股東的丈人。門崗盯著他看。他笑笑，問門崗有什麼事沒有。門崗不好意思了，說因為好幾天前，見他拎個毛巾大包裹急匆匆走了，此後好幾天沒見到他，是不是去哪出了趟差。他答非所問：這兩天是否收到張明船的信件。門崗說應該都送到510去了。他笑笑，再無話說。

他來到大堂的廁所裡，用手捧起水漱口。抬頭看見鏡子裡的男人，鬍子一毫米，眼睛下面一道暗暈，透著荒涼、荒唐。他捧了水往自己臉上澆，然後用力搓，要搓掉那張跟小婷說惡毒話的臉，那讓小婷又驚恐又憎惡又捨不得的臉。那張臉一直被他戴到現在，沒有洗過，沒有被鏡子映照過，現在看，尤其霉氣匪氣。廁所門開了，進來的張門崗。

「小張先生，」張門崗這麼稱呼他，「你愛人一直沒下過樓。昨天兩個女人來找她，說是約好去喝老爸茶，她接了電話，說不想去了，不太舒服，那兩個女人說要上去看看，她也不讓……」

張明船知道，其中一個女人必是曾梅。

「你們小兩口是不是吵架了？」

樓上三十多戶人家，家家日子的好歹，就是這些服務人員的談資。

他笑笑，不答話。盡最大努力，流露最少信息。

「小兩口吵到老兩口，還是要吵的，沒人跟你吵，才沒意思了。」張門崗笑得很慈祥。

他想，張門崗夠深刻的。還有追人追到廁所裡進忠言的。話說回來，是忠言，不必挑地方進。他怕張門崗還有忠言，道了聲謝，快快離開了。不過聽張門崗說，小婷一直沒下過樓，也不願出去吃飯，他有些擔憂，卻也有點兒高興：那一場大鬧是雙刃，傷的不是他一個；茶飯不思，似睡似醒的，也不止他一人。撕裂之痛，你小婷也嘗嘗吧。

電梯載他上行，他的目光追在樓層數上。到了。一腳踏出去，又縮回，小婷這兩天最難受的肯定是聽電梯上下的聲音。一旦電梯停在這一層，她都會屏息期待。此刻，電梯停在五層，小婷翹首……她在翹首以待嗎？她沒有給他的呼叫器留過任何信息。當然他也沒給她隻字片語。那天夜裡，他衝鋒隊一樣，絕塵而去，此刻回來，有什麼藉口？藉口可以是，來拿信件；小婷知道他在等各種公司、單位招聘信息，以及面試的結果。拿了信件會發生什麼呢？小婷會撲上來？兩人和稀泥又和到了床上？床是個壞東西，一上去就是一團稀泥，是非膠著，啥也說不清了。但他多想那張床上的小婷。越是想，越不能。「吃軟飯」是最醜的事，最刻毒的罵人話，連小孫那種準人渣都受不了。他口袋裡有了二百多元錢，可以供兩人吃一個月的簡單飯菜。但小婷闖蕩市面，不是為了一口簡單飯菜的；好飯好菜好衣服寵著她上去，下不來了。他看著自己的手指遲疑地摁在關門鍵上，果決地鬆開，摁了一下地下二層。電梯撒了氣一樣，怨怨艾艾地下行。到最底層了，他走出來。在最底層躲過雨天，躲過張門崗的忠告規勸，躲過自己對小婷及那張床的熱望煎熬，也等他自己想好下一步。想好了下一步，他再次走入電梯。

從大堂經過時，張門崗一臉提問，但他揮手作別，打發了他的好奇。讓他去以為小張先生回過了家，跟小張太太膠漆一番，一切歸好。雨過去了，他走到上午十一點的陽光裡。沒有比透雨之後的陽光更爽的事物。他為自己自豪，沒有屈服與渴望。不然，現在的他不是在陽光下，而是在床上的稀泥裡。

自從他的第六輛自行車遭竊，他就無心在這種偷與被偷的角色互換中流連了。好在這個城不大，摩的幾腳油門都能抵達。陽光下，摩的都歡暢了，一個小哥笑嘻嘻把車騎到他面前。他跳上車。十一點多的太陽還不燙，雨後的風清爽，他多日來的霉氣心情，一下子被抖出來晾曬，通透多了。那個下半截垃圾筒、上半截茅坑的爛尾樓給了他　迪，他來到西城外一座出租的爛尾樓前。一樓的入口處灌了雨水，他踮腳著腳走尖進去，敲開走廊口端的一扇門，門上貼著「房屋招租處」。門內還是昨天傍晚的光線。一個嗓門穿過昏暗問：「租房嗎？」

這裡居然大模大樣經營起房屋出租生意來。負責租房生意的是一個山西人，前後鼻音不分，介紹了這個爛尾寫字樓的狀況。聽了小張的租房要求，山西人帶著他看房。這棟建到五層的十層寫字樓朝東，據說本來的設計相當摩登，資金鍊斷了後，十層縮成了五層。樓梯照樣是毛糙粗糲的預製板，但總算沒有垃圾和人糞，並從巨大的裸窗投入明亮的陽光。山西人領著他來到三樓拐角一個房間，走進去。這房間把著西和南兩個方向，朝向是好的。朝西一方，居然有一扇落地窗，夜裡要是拐錯方向，一腳踏出去，就直接上馬路了。大屋套著一間小房，之間的牆壁是三合板。山西人介紹，假如臥室和客廳一塊租呢，月租金二百五，單租一間，就是一百五。一間未建成的辦公室大而無當，因而被隔成兩間，門戶大張著嘴，沒框沒門，袒露著水泥毛坯。窗戶是塑膠簾子，風一吹呼啦啦響。這個鳩佔鵲巢的山西二房東對此房的唯一投資，就是在大屋裡增添了三合板隔扇，以及在窗戶上釘上了幾塊塑膠布。他告訴二房東，他兩間一塊租，不過二百五有點貴。山西人往下降了十塊。他的手在褲兜裡，那一疊鈔票加上自己原有的一點錢，總共不到三百。他說他最多出到兩百，山西人扭頭走了。他也只能作罷。等他從樓梯上下來，走過那個租房處，山西人叫住他，說最低二百三。他笑笑，腳步不停，直接走出積著雨水的門洞。山西人追出來，一臉割肉的疼痛，說張明舶看著像個正派人，二百就二百。兩人在馬路上成交後，回到了房屋招租處。山西人從他的人造革皮包裡拿出印泥和表格，讓他出示身份證件，填寫呼叫器號和單位電話。招租處連桌子也沒有，怕夜裡有人偷。唯一的辦公傢具，是一把折疊椅，山西人下班時，大概把它放在自行車貨架上帶走。他蹲下身，在椅座上填寫自己的身份證號，呼叫器號，以及馬克家的電話號碼，又摁了手印。他把一個月押金交到山西人手裡，滿心成就感地走出來。

他首先來到劉廣玉的排檔。廣玉還沒上班，她的琴嬸兒打著大哈欠在服務三個客人，見他來了，未完成的哈欠化為疲憊一笑。中午這裡生意淡，蒼蠅也閒閒的，爬爬桌面，又飛起，不知下一步往哪落。他要了一碗米粉，一邊打量街上漸漸稠起來的人群。坐機關、坐辦公室的人們出來了，開始為午餐覓食。等他的米粉端上來，廣玉出現在拐彎處。她在看拐角那家店鋪掛出的減價衣服。遠看這個宜賓女子，還是有幾分姿色的，至少是白淨高挑的。難怪徐建築師跟他做了一兩年編外夫妻。廣玉翻看了架子上所有的衣服，一件也沒買，很盡興很滿足的離開了。她走到跟前，張明舶看到她兩個眼睛微微浮腫，也許睡得太多了。不知為什麼，微腫的眼皮讓她添了幾分體己感，彷彿把他拉近了她的睡眠。這一想，他心跳起來。一個缺乏家庭溫情的年輕男人，總在女人身上搜尋體己之處，私密的溫暖。廣玉看到他，從微腫的眼皮下綻放出一個笑容。半高跟的透明塑膠拖鞋，咯噔噔一路小跑，胸脯微顫。她沒有直接跑向他的餐桌，而是跑進店裡，一會兒出來，頭髮綰起了，別了一個珠母髮夾，為他綰的頭髮，一點兒小小取悅。她還給他還帶來一碟小菜，泡菜炒乾蝦。好像她預知他會來。

「咋樣嘛？」她兩手撐著桌面問候。緊身T恤，淡黃色，粉紅褲子，乳白膚色，整個人跟一塊奶油點心似的。

他說：「跟老馬在工作。」

「馬老師說了。」她好像不打算坐下來。

他說到剛租了房，打算添置幾件東西。她趕緊叫他別亂花錢，徐平走時，留了些東西，他可以先用起來。他問徐建築師回來咋辦。她眼圈一紅。小張也知道，到處是爛尾樓的海南，最留不住的，就是徐建築師這樣胸懷廣闊藍圖的人。加上徐太太和徐公子受不了海南的草創感，壯志未酬的許建築師只好北渡歸去。建築師跟廣玉說，歸去是暫時的，等海南建築項目復活，他再回來。但廣玉知道他不會回來了，他們的編外夫妻，就這點緣分。萬一他回來，再把東西還給他也不遲，這是廣玉的意思。

兩人說好，下午就去搬徐建築師留在海口的傢具。廣玉有兩個朋友開小卡車，每天為她送食材，他們可以給小張運送傢具。張明舶說他還要去買點日用品和床上用品。廣玉告訴他，去中山路那家處理品店。小張笑，說自己就是要去這家折扣店。說著掏出十塊錢，準備買單。廣玉一把把鈔票抓起，另一隻手握著他的手，把鈔票塞進他手心，好大的勁兒，不容反抗。

「老馬把你的情況都跟我講了。」她說。「以後我這兒就是你家飯堂，我給你做什麼，你吃什麼，不准假眉假事客氣。」

「那不行……」

「老徐才來那半年，也是在我這吃。老徐吃得，你咋就吃不得？」

「你一個人，還要顧老家那口子……」

「顧得到！操啥子心嘛？」她白他一眼。

他笑了。這是個能幹女人，從小吃苦，吃苦當吃飯。他離開廣玉的排檔，去中山路那家折扣店。這個店在開創者人群裡很出名，總能買到便宜床單，毛巾。他一路在想廣玉。聽徐建築師說，廣玉跟著丈夫私奔的時候，才十七歲。那時他們就知道奔沿海，丈夫開鏟車，廣玉做餐館雜工，背著才出生的女兒洗盤子，一洗十多個鐘頭，慢慢偷了些廚房經驗，學了點經營經驗，就有了自立門戶做餐館的念頭。

可小婷是不能活成廣玉的。

當天下午，廣玉和她十六歲的侄兒來到樓殼子裡。廣玉站在「落地窗」前看了看，又無言地走動一圈，眼睛哀哀的。他問她的想法，她苦笑說，還能有啥想法？這裡怎麼都不算個家，最多算個窩。她在寬大荒蕪的走廊上支起兩塊木板，侄兒用鉚釘固定住。她告訴小張，現在公共走廊盡量多佔，以後搬進來的人多了，佔領公共走廊就不容易了。兩塊預木板之間，是他的廚房，將來放個煤油爐，燒點簡單飯菜是不成問題的。她手指點了點他的太陽穴，不要瓜頭瓜腦的，把錢都花到餐館裡，要學會過日子訕。第二天，張明舶和馬克出去拍攝，回到樓殼子裡，發現他的窩有了門，他不在家的時候，廣玉請了個給她裝修餐館工匠，裝上了一個從破房子上拆下的老木頭門。先前的水泥門框不太正，工匠裝門也不太在行，湊合裝上去門和框都有點扯，磨擦較勁，關門要發點脾氣，摔打推搡，才能關嚴實。一旦關嚴了，是很難打開的，加上裡面裝個粗大的門閂，夜裡阻擋盜匪不成問題。裝上門之後，把徐建築師留下的辦公桌和單人床，以及一個小書櫃都搬了進來，立刻讓太骨感的樓殼子裡，有了點血肉肌膚。第二天從工作場地回來，發現窩裡又有改善，落地窗裝了半截鐵欄桿，在塑膠窗玻璃內，哪怕他夜裡夢遊，也不會一腳踏出去，空降到馬路上了。「窗玻璃」也不僅僅是一層透明塑膠布了；塑膠布內，掛起厚絨布，看起來是哪個倒閉劇院的遺物。那是為了擋住下午西曬的毒陽光。廣玉說，等他侄兒偷到舊窗子，再來給他裝上，窩就會朝著家的方向更邁進一步。他問哪裡能偷到窗子？廣玉笑著嗔他，告訴了他，她侄兒就那點小財路就斷了。

晚上他把馬克請到窩裡，慶祝他的喬遷之喜。老馬看了一眼，叫他等著，他馬上回來。馬克回來時，讓小張去樓下幫著搬東西。他從家裡搬來兩把藤編單人沙發，說是被馬大嫂淘汰的。他還帶來一塊草編地毯，作為遮蓋銼刀般的預製板地面之用。一切佈置好之後，兩人相對一笑：堅硬的窩，又軟化了一點兒。

老馬說：「雖然不能把窩改善成家，但窩的檔次可以不斷提高。」

小張說：「家也好，窩也好，都是你給我的。」

兩人在藤編沙發上坐下來，點上兩支蠟燭，湊合此時變成了一種追求，開括者的情調和時尚無意間出現了。小張惆悵地想，這個環境是完全可以養小婷的。他腦子裡的切換畫面是，小婷穿著寬鬆的亞麻袍子，披著她的直長髮，頭戴一個野花的花環，赤腳在草地毯上悠蕩，多好，別是一種情調，會很美的。

「這窩硬件差不多了，就差軟件了。」馬克笑道。

他知道老馬是指小婷這個軟件。

張明舶不想談小婷，轉移話題：「相機的事，寄賣行有消息了嗎？」

「還沒有。」老馬笑笑，搖搖頭：「這幫小子，比我想的狡猾。大概會在私底下處理，三文不值二文就賣掉。」

小張不語，心裡起了個念頭。

「明天是十廟項目的最後一天，可能工作時間會長一點，」老馬臨走時說。

那一夜他睡得很實。

12

劉老兵的家在十廟最東邊。一幢村民建的出租房，老兵佔了三間，但不在一處。他女朋友有兩個十多歲的兒子，住在那一排房的另一頭。因為拍攝養蟹人的活動必須趕早，而劉老兵的工作和生活，多數發生在傍晚，所以張明舶利用中午那段時間，到劉老兵家串門。表面是串門兒。老兵坐在樹下的竹床上抽煙，見小張走過來，跳下竹床就進了屋。小張想，這老兵難道躲他？他到了門口，叫了幾聲「劉老兵！」，女人出來笑著答道：「死東西在給你切雞呢。」

老兵再出現的時候，手裡端了一大盤雞肉，麵上紅紅綠綠撒著香菜末和紅辣椒。小張忙說：「這麼客氣幹嘛？我吃過了！」

「你以為專為你殺的？養的雞多，昨晚病了兩隻，趁早殺了。」

「什麼病？」

「哎呀，毒不死你的！我們昨晚吃了一隻，現在不還沒死嗎？」

小張乾笑。

他端了雞氣沖沖往回走：「不吃拉倒！」

小張忙說：「吃吃吃！」

其實也就兩面之交，老兵一點兒虛的不來，就像朋友了很多年。他自己夾起一塊雞胸，放在嘴裡咬：「這個婆娘，沒一點好，就是做吃的不錯，從來不給我下毒。」

婆娘在屋裡笑罵：「你命硬，毒不死！」

老兵嘿嘿直樂。

小張啃了兩段雞脖子，吃美了，又拿起一隻雞腿。

劉老兵說：「找我啥事兒？」他腦子清楚得很：這種拍片子的城裡人，沒事會到他的寒捨串門兒？

小張要請老兵幫個忙，到季小雪的兩個朋友那裡去問問，有沒有相機出手。老兵問誰想買。他小張想買，不過如果他們知道實情，會抬價。假如老兵說他自己想買，價錢會公道許多。

劉老兵悶頭想了一會，說：「你沒說實話。」

張明舶吃了一驚，這個殘疾老兵真是料事如神。他只好把馬克丟失相機的事敘述一遍。

「我就知道你沒說實話。以後要我幫忙，直說實話。講假話，算啥朋友？」

小張趕緊解釋，因為他怕錯怪了小孫、小李，更怕錯怪了季小雪，所以想用買相機的藉口，摸一摸他們的底。尤其季小雪，也許她並不知道，小李小孫是借著她玩偷竊勾當，小姑娘還天真著呢。

「天真個屁！跟這幾個痞子混，現在也成女痞子了。」

女人在屋裡喊：「人家不肯給你弄，你就說人家女痞子！」

「死婆娘？擱著你一身賊肉，我外頭花錢搞她？！那胸脯平的——摸它還不如摸我自己呢！」

「哼，你眼睛看那小丫頭，饞餱餱的……」

「還不讓我眼睛饞了？她內褲都不穿，怪我眼睛饞？！」

「一百〇一歲的馮阿婆，要是不穿內褲，你會眼睛饞？」說完，女人咯咯咯地笑。

劉老兵也笑了：「客人走了，看我不撕爛你！」

這一對男女，真夠火辣。他們對話和親熱的方式，讓小張不好意思。他只能假裝沒聽明白。

當天晚上拍攝結束，劉老兵叫馬克和小張等著，他丟下生意，騎車去了十廟最西邊。一小時左右，他回來了，脖子上挎著相機。

馬克驚喜，連聲道謝。老兵說，他還是給了盜賊孩子們一百元，孩子們吃了上頓沒下頓，怪可憐。馬克馬上掏出自己的鈔票，要奉還老兵。老兵受辱似的虎起臉，表示如果大攝影師這麼見外，那相機他就自己留著了。

馬克陪笑：「這是我吃飯的傢伙。」

「吃飯的傢伙，不好好看著，讓小毛賊得手？要是我鎮不住他們，你一百塊就要得回來了？五百都不見得拿得回來！」

馬克連稱是是是。

老兵又說：「你也別白受我的好處。把照的那些畫片（錄影片），好好給人放放，給我劉老兵打打廣告，讓國家人民知道，我為國家丟了一條腿，不過我可沒吃國家、穿國家、享受國家的，我憑自己剩下的三條腿，刨食吃，掙錢養活老家一幫殘疾老兵！」

馬克連說對對對。

張明舶告訴老兵，馬克從來不用話敷衍任何人。至於這套紀錄片，馬克的計劃很宏大，不僅要在國內電視台播放，也要以它們參加國際上的影展，全世界的人都會知道劉老兵。送他們上車的時候，老兵還是虎著臉，他一生聽到的好聽話太多，遇到的失望、幻滅也太多。

馬克開車的時候，收到呼叫器訊息。他讓小張念給他聽。短信是馬大嫂發來的，請小張一道回家宵夜，為慶祝他們在十廟的拍攝圓滿收尾。到了馬家，張明舶抱著一大箱山東人送贈送的螃蟹，剛進門就全身凍結——小婷坐在餐桌邊上，臉正對著他。

馬克背著攝影包走在他身後，嘿嘿一笑：「喲，我家來了個陌生妹妹，小張膽兒小，都不敢進門了。」

小婷走過來，要接手裝螃蟹的紙箱。小張一讓身，不讓她接。箱子足有二十斤重。

「小張，你認識這個妹妹嗎？」

小婷回頭對老馬笑一下，眼淚充滿眼眶。本來就瓜子臉，現在瘦一圈，成葵花籽臉了。海口送電又不穩了，馬家燈光一明一暗，但張明舶還是看見了小婷的臉色。沒有脂粉的覆蓋，那是個預科黃臉婆。她的黃瘦是來控訴他的。

他笑笑說：「哭什麼，我不挺好的？」

這一說，小婷更委屈，眼淚下起雷陣雨，似乎在說，你好，我不好啊！

小婷是通過曾梅找到老馬家的。朱維埠跟馬克是老仇人，也是老相識，老馬的活動曾梅都瞭解，於是她把小婷送到馬家來，提前守候馬克和小張。馬大嫂拉著小婷到一邊，低聲說著什麼。過一會，馬大嫂來到小張身邊，舉起巴掌，高抬輕落，同時轉向小婷：「行了，啊，我打他了！看他下次還敢往外邊跑不？！」她轉向小張：「你還跑不跑了？氣性怪大的，啊？誰家兩口子不吵？一吵就往出跑，算什麼男子漢？！」

他只能笑。

「你問老馬，我倆吵的時候，他敢跑不？」

「我不跑，我滾。」馬克笑道。

小婷笑了，像溶解一樣的笑。

宵夜是炒疙瘩。老馬媳婦道是地北方人，炒疙瘩用的是羊肉。張明舶知道小婷怕羶，給她碗裡加了一大把香菜，仍然擔心地看著她吃。但小婷吃得挺香，桌子下面把手擱在他膝蓋上。他的左手握住她的手，她瞥他一眼，羞得睫毛直顫。兩人又回到最初偷吃甜頭的時候。

不久兩人來到馬路上等著招計程車。他倆的緣分起於電梯，續於計程車。一輛摩的開過來，他恨不得把小婷抱上車。摩的司機問他們去哪裡。他給出西門外的地址。小婷吃驚地看著他，他笑笑。他為窩準備了一個五節電的巨大電筒，上樓梯時打開。小婷還是不敢上，問他這是哪裡。他回答說是他倆的窩。他把電筒交到小婷手裡，讓她照著樓梯。他把她抱起，春風得意的步速，一口氣上到四樓。小婷丟了不少體重，現在在他懷裡，似乎不比剛才抱到老馬家那一箱螃蟹重多少。他從襯衫口袋摸出鑰匙，要小婷開門。鎖開了，門卻推不開，他放下小婷，往後撤一步，肩頭撞上去，整個樓似乎跟著一晃悠，老木頭門「啊呀」一聲，開了。開門的氣流使窗子上的塑膠布嘩啦啦一陣響。夜晚也被吹進來，海口特有的氣味。他感到小婷的緊張，沒說出口的話他也懂：這裡也能住人？確實像什麼鳥獸的窩。

他發現草編地毯中央放了個方形桌子，只能是廣玉送來的。她跟他要了一把鑰匙，說一旦侄子找到什麼東西，修修補補之後，就會送到他這裡，投入使用。

燭火燃起來。三根蠟燭在不同的位置放光，窩的簡陋、粗劣、非人性，就被掩藏在燭光後面。他拉著她的手，來到隔間內。在單人床上方，吊了一頂潔白的圓形紗帳，此刻在蠟燭光暈中，顯得妙曼如夢。她感覺好些了，手在他的手裡，消退了一些抵抗。他告訴她，夜裡要起夜，不必到走廊盡頭的廁所，就用塑膠桶裡當馬桶，他早晨去倒。儘管二房東還算仁義，把此樓原先就裝好的廁所接通了管道，但衛生極差，氣味糟透。小婷人一軟，倒在帳子裡。

新被單是涼滑的，新棉布的氣味抵消了不少窩的非人性。他們終於游過茫茫的迷失，此刻進入彼此身體港灣，安全了。他們竟是這麼勞累，居然要不動彼此的身體。進門時他還那麼迫不及待，可這一會覺得這樣擁對方於懷就很好，就如願以償……小婷剎那間就睡著了。他相信，那些她聽著電梯上行下行的夜，她守得精疲力竭。

早晨跟鳥鳴一塊來到。看一眼手錶，才五點多。小婷還在沉睡。毛茸茸的晨光，罩著她毛茸茸的小腦袋，這個還在抽條的女孩，誰能相信，在情愛、愛情中已經九死一生？他從來沒有這麼為她痛過，他的臉抵住她的頸窩，眼淚一會兒就在那裡積成了水窪。

窩是他倆的，你看小婷的睡相，也是終於落進自家窩裡那種鬆弛。他輕輕撩開帳紗，站在帳子外，看這睡美人，更是霧裡看花。他想將來和小婷住進了真正的公寓，或者更好，住進了自己的別墅，都不會忘記這麼個窩，說不定會很懷念這個窩。

這一天是完成工作後的假期，而小婷把它變成了節日。他想唱。但他想讓她足睡，他這個貧窮男人什麼好東西也不能給她，唯一能給的只有睡眠。他躡手躡腳提著塑膠便桶，來到門口。他站在門前琢磨，怎樣才能無聲地開門。他提起門栓，一點點往裡拉，門和框一夜間長成一體了似的，怎麼也拉不開。他停下來，聽了聽臥室，還在睡眠深處。他猛地一拉門把，門轟然打開。小婷發出嬌聲抗議，他墊著腳尖跑回臥室門口，見小婷翻了個身，又睡著了。他拎著便桶出門，又反身把門從外面鎖上，這個窮窩，什麼都不值一文，誰想偷儘管偷走，唯有小婷是無價的。

走廊盡頭門對門兩間廁所。這個樓的樓民再草創，廁所是有的上的，儘管四個預製板茅坑，卻只有一個水管，水龍頭下放著一個塑膠盆，上了大號小號，自己服務自己。每層樓的住戶挨個值日，進行總體打掃。他沖洗了自己的塑膠便桶，把它拎回到窩門口的廚房內，但願不會被鄰居順走。

不久他就走在早市的人群裡。剛出艙的魚，在最柔嫩的陽光中銀器一樣閃亮。他買了一條一斤三兩的鯧魚，買了一團姜、一把蔥，又買了一瓶油，一小罐鹽。這就成了，午飯將很鮮美，很私密。剛剛回歸的小婷，那麼柔弱細瘦，他可不許任何人用目光享用她，任何帶慾望的目光落在她身上，都會消耗她。他在早餐排檔上買了兩杯咖啡，兩個可頌麵包。

等他回到窩門口時，走廊另一頭飄起油煙，雞蛋煎得吱喳響。這個樓殼子一點不吸音，所有聲響都在堅硬的四維空間碰撞，回蕩，又在回蕩中被擴大，於是聲響變成吵鬧。他開了鎖，想把開門的野蠻力氣降到最低。但這扇該死的門就吃野蠻，每次進門都等於破門而入。小婷在床上哼了一聲，又是嬌怨。他走進客廳，看著窩在早晨的模樣。還行嗎？還配裝進個小婷嗎？他企圖用小婷的眼光掃視整個環境，以小婷標準挑剔每一件物事——都是被人遺留、淘汰、拋棄之物，而對比參數是那個豪華的酒店公寓，他有點兒洩氣。假如預先得知小婷會找到老馬家去，他應該更多地投入這個窩的擺設。哪怕跟老馬預支一筆工錢，再添置一點東西也好。比如買一塊亞麻抽紗台布，就能遮蓋那油漆幾乎剝落盡的方桌。幾乎露出木頭裸肉的桌面，真是他落魄潦倒的寫照。

他又去看了一眼小婷。她睡得深沉香甜，多少夜在半醒半睡中聆聽電梯或行或止，透支了她小半生的睡眠，此刻她在惡補。

小婷在下午一點多醒來。她一點聲響也沒有，躺在床上，看著雪白的帳頂。他有預感似的，來到臥室門口，向裡窺測。她仰面躺著，呆望著帳頂，似乎在回憶，自己怎麼來到了這個紗罩裡。他走到門外，進入廚房，點起煤油爐。廣玉拿來的舊鍋外圍漆黑並坑窪不平，慢說小婷，連他自己都覺得，這鍋可以給沿街討飯的人去用。這幾天實在忙，沒有審視每一件廣玉拿來的東西。現在也只好用這隻討飯的鍋子，來給小婷作午飯了。鍋裡燒開水，他把魚放進去燙。這是他母親烹飪方式，開水燜魚。他把魚端下來，用鐵勺燒上菜油，油沸騰了，他揭開鍋蓋，撈出燙熟的魚，在魚身上撒滿蔥姜，再用熱油澆淋。熱油落在帶湯水的魚身上，一蓬滾燙的小噴泉乍然迸發，幾滴熱油落在他胸口，疼得他險些扔掉半勺滾油。正在手忙腳亂的危機中，小婷來到他身後，說：「喲，你還會做菜呢？」

他不敢搭腔，把魚處理完畢，又把那個醜陋骯髒的討飯鍋藏到隔板下，才回頭。她穿著他的背心，長及大腿，領口跌在兩個小小凸起之間，但她對自己的暴露，表現得完全無辜。她看他用筷子修整著魚的躺姿，兩手飛快地編著辮子。他說這是他母親的秘方，今天豁出去洩密了。

兩人對視一笑。姑娘睡足的臉蛋，立刻圓潤豐滿，那對黑而大眼珠，又充滿了汁水。他叫她擺碗筷。她跟在他身後，吸著鼻子；滿樓道都是鮮魚的鮮香。等他們回到窩裡，小婷的辮子已經盤在腦頂，像個黎族姑娘。

午飯是鮮魚和可頌麵包，中西胡亂搭配。他說這一條魚才兩塊多，自己開伙多經濟實惠。她看他一頭一身汗，拿出自己的手絹給他擦。擦到熱油燙傷的地方，他絲絲地抽氣。她說燙傷不算代價嗎？他笑笑，知道自己並沒有說服她。他的話更深藏一層意思：在這個窩裡，勤儉持家，用生活技巧戰勝艱難，總能過度到好日子裡。

飯吃了一半，小婷的額髮全被汗水黏在臉上，手裡狂搖她隨身帶的絲綢小折扇。她苦著臉：「才幾點，這裡就要熱死人了？」

他沒搭話。才一點多，等到了下午四點，水泥預製板飽和地吸收了一天的陽光和濕氣，那才是最熱的時候。這種樓殼子下午就是個烘箱，樓裡居民是烘箱裡的螞蟻。並且連電扇都沒法裝，因為壓根就沒電源。最涼快的樓層應該是一樓，但又是蚊蠅橫行，盜匪也容易得手。

午飯過後，小婷站在「落地窗」前看外面的風景，一遍搖扇子，搖得手都要折了。他看出她在焦急地等著他，等他做什麼？一塊回到她的公寓？在空調地涼爽中看電視，聽歌，做愛……？

他到一樓去打水。每天樓上的自來水在午後就成了童子尿，由涓細到滴答。樓後面有個粗大的水管，供周圍街巷的住戶們飲用。水龍頭旁圍著一大群男女，誰會擠，誰能用胳膊肘開路，把對手殺下去，就能先打到水。

他喊了一聲：「排隊好不好？」

沒人理他。幾個小孩擠在水管邊，只要打水的人出現剎那空檔，他們就往水管下站一剎那，直到下面一個人把他們推開。他們嘻嘻哈哈，也算是沖涼戲水了。

他好不容易接了大半桶水，拎回四樓，把午餐的碗盤將就洗過。進窩裡一看，小婷躺在草編地毯上，似乎在硬挺著，熬過這難熬的暑熱。他在她身邊蹲下。她眼睛從預製板天花板慢慢移到他臉上，眼神毫無變化，把他的臉也看成水泥天花板的一部分。

「要不要去海邊玩兒？」

「……嗯。」

她伸出一隻手，他把她從地毯上拉起來。小婷用冷水洗了臉，用他的牙刷草草刷了刷牙。她拿起自己昨夜穿來的裙子和襯衫，愣怔地看著：那麼細緻的面料，那麼精美的繡花，好像是前世留下的遺物。他還想像過，穿著飄逸的亞麻袍子、頭戴野花花環、半人半仙的小婷，窩跟仙是毫不沾邊的；跟窩配套的時尚，應該就是小婷此刻穿在身上的他那件洗糟了的汗背心。

他們走到樓下，那個招租的山西人，看了一眼身穿絲綢戴寬邊草帽的小婷，頓起疑惑，似乎小婷跑錯了地方。這樣的女孩，絕對不屬於這個樓的社會層次，樓中社會成員都是企圖生存下去的人，對於他們，活著就是成就。

到了沙灘上，小婷又成了原樣的小婷，扯著嗓子歡叫，無緣無故地笑，在海水的進退中跳前跳後，一會兒衣服全濕透了。他叫她把外衣脫下，只穿內衣下水，這樣回程還有衣服穿。小婷脫下絲綢襯衫和裙子，穿著內衣跳進水裡。他找了一塊鵝卵石，把衣服裙子壓住，讓海風吹乾水跡。等他跳下水，小婷已經游到一百公尺之外。他奮起直追，快要追上時，她回過身，咯咯笑，一面扔過一件肉粉物件打在他頭上。他抓起來一看，是她的胸罩。接著他又被一個柔軟物件打中，但緊跟著一個浪頭打來，把那物件打出了兩公尺多遠。小婷驚叫：

「快去搶救！」

他問搶救什麼。

「我的內褲！」

她在水裡脫掉了胸罩和內褲，用來做武器。

他追上她，抱著她往水淺處走。她溜光的身子如同一條海鰻，似乎隨時會游走。她叫他不要走到太淺的地方去。他聽懂了她的意思，她的海鰻肉體已有暗示。從昨夜延遲至此時的激情活動，她想在此地進行。海水溫柔起來，如同一床流動的、以浪花為飾紋的被子，他們在「被子」下面進行被子下特有的遊戲。不遠處，另一對男女也在海水之下玩兒同樣地遊戲，他們看著他們，他們也看回去，心領神會。這就是海南，天體之島，天性之島，天人合一。這裡的人們對人性之長短，慾望之好賴，都不加以裁判，都懷有共謀之意，都給予透徹的諒解。難道這不是他們投奔海南的目的之一？他們把自己流放到這孤懸海外的島嶼上，流放到正統、教條、成見之外，難道不想窺探一番何為原罪？正為此，他們對於這份狂放的自由，誰又捨得作廢？

太陽即將落到海水之下，他坐在沙灘上，她橫臥在他的大腿上。她就是他的家，他的窩。她在場的地方，就是他的歸宿。她喃喃道，不回去了，這裡多好。是的，這裡沒有社會，沒有人等，沒人問你：「你是做什麼工作的？有什麼工作經驗？」也沒人向你伸著手掌：「學歷證書。身份證。結婚證。」他和她，可以是亞當和夏娃。可以是羅密歐與茱麗葉。

小婷說那邊能租到折疊躺椅和毯子呢。他問她怎麼知道的。她當作沒聽見。想必是曾經跟王總到此一遊（也許多遊），享受同樣的天體海浴。想想王總那一身軟肉的天體，乳房一定比小婷的大，那可不怎麼受看。

「咱們去租椅子？」

「你去。我在這兒等著。」她閉上眼睛，懶得像條蟲。可他不放心她這條美麗的蟲，要她和他一塊去。她的身體擰了擰，表示動不了。他把她拉起來，她閉著眼抿嘴笑，軟得渾身沒一塊骨頭。他蹲在地上，把她擱在自己背上，背起她。

租躺椅的漢子說，生意太好，都租完了。

她伏在他肩頭，對漢子說：「大哥，行行好，我受傷了耶。」漢子能做她父親，被叫成大哥，還做了天底下最嬌滴滴的妹妹的大哥。

男人眼神都化了，遲疑著說：「那……我再去想想辦法。」

小婷在他脖子後面輕輕啃一口。你看，我的話奏效吧？他癢癢得哆嗦，小婷一開口，男人就去想辦法。她是讓男人們想辦法的女人。男人果然有辦法了，從櫃台下拿出一條淡藍色的厚海綿墊和一條藍白條毛巾被。男人說：「這是我們老闆給自己留的，不過他不常來。你們先用，明天找人清洗一下就好了。」

他們在沙灘上過了天堂的一夜。

上午的椰樹，撒下頗大的蔭蔽，他們仍在續著夜裡的夢。小婷的腦袋鑽在他胳膊下。潮水一呼一吸，一聲聲輕嘆。他在想，白天有多少俗物要進行，下一步的工作，下一月的房租，下一頓飯……小婷一睜開眼，就要面臨抉擇，住窩，還是住公寓。搬家到窩裡，她那麼多高檔衣服怎麼辦？連個櫃櫥都沒有，風雨來了，隨風飄蕩嗎？海灘的夜若是無盡，該多好。

小婷醒了，臉要哭了，哼唧著說她憋了一夜。他說如此自由的地方，什麼都不用憋，吻不用憋，愛不用憋，幹嘛憋著尿？小婷領悟，用那條毛巾毯當披風，遮掩著她的天體。她奔跑到淺水裡，背朝人世間，面向大海，站著就方便了。她跑回到他身邊，可喘出一口長氣。他笑她，一夜間學會做男生了？她羞紅臉，腳尖踢他的腿。該他了。他毛巾毯也不披，昂首闊步跨進海水，挺胸凸肚，給大海添了一股小小的暖流。小婷叫了一聲：嘔！

他退著走回，仍然背朝海岸。小婷說周圍有人看呢。他說臉不給他們看就成了，全人類的屁股都是一個樣。兩人抱成一團，笑成一團。笑得汗出來了，太陽已經爬高。他們在毛巾毯下穿上衣服。趕海的人帶著漁獲走過，要回家烹小鮮去了。白晝玩海灘的人陸陸續續出現。也該是他們離開的時間了。歸還了租來的東西，兩人相擁，不知何去何從。

在一個咖啡攤子上吃了早餐，他清了清喉嚨。小婷害怕地看他一眼，重大話題要來了。

「我去給你搬東西。」

「搬到哪裡？」

「我那兒。」

她是一張那麼為難的臉。沒有問號在他的簡短句子裡。不是在徵求她的意見。他兜裡一共不到一百塊錢，就要供養這個習慣了好飯好衣好住處的女子。他拉起她的手，她都為他愁，眼睛在說：你養活得了我嗎？他的手用力，眼睛也在用力，似乎說：勇敢點，我們這麼年輕呢。她想抽回手，他不放。

「我會讓你很驕傲地生活。」他用力看著她。

她垂下眼皮。她過去的日子什麼都有，除了驕傲。她跟他在一起，什麼也不圖，除了愛。她可以做個窮男人驕傲的愛人。做個貧窮但驕傲的女人。她抬起眼皮，眼光裡有了力量。

接下去好辦了。他們一塊去酒店公寓，退房子，搬東西。跟公寓的簽約是一年，提前退房是要受罰的哦，租售處的人警告她。她點點頭，罰吧。她驕傲地轉過臉，他驕傲地一笑，為她的力量和膽量。退了房子，那一房間東西可真夠他們搬的。那輛三手貨老豐田，來回運送，跑了十來趟。小婷在這幾個月給公寓添置的各種小東西堆成山，她見到好玩的擺設，沒什麼大用的小椅子、小凳子，鍋碗瓢盆，都會買回來。

當晚兩人累得相顧無言。他笑起來，小婷她當時怎麼從王總那裡耗子搬家的？看來決心有了什麼都辦得到。晚上外面遠比室內亮，靠蠟燭的光，歸置不了家當，只能等天明再說。他們相擁著，來到夜市，找了個清補涼攤子坐下。他跟她道謝，非常鄭重地謝謝她；她救了他。此刻馬克來了呼叫器短信，要他明天一早六點在樓殼子前等他。他跟小婷笑笑，意思是，有活兒幹，就有飯吃。海南島是個餓不死人的好地方，急了上樹，也能摘下個把木瓜，椰子，砍一串香蕉。歷代流放到島上的古人，沒聽說餓死了誰。靠山吃山，靠海吃海，這島嶼兩邊都靠得著。

13

馬克告訴小張，需要補一些十廟的鏡頭。他們坐在老馬的破吉普上，沿著水邊向目的地進發。破吉普敞開車棚，聽任風吹的呼呼響，更顯得破。老馬問起小婷，小張笑笑，說都挺好的，停止了公寓燒錢，兩個家合成了一個窩。窩裡蜜呢，老馬笑。是的，他們的蜜月又續上了，樓殼子裡的房殼子，就是他們的密窩。

程的早，路上車稀人少，到達十廟時，七點還差幾分。正是養蟹人最忙的時候。十幾個當地女子套著大膠皮手套，在給螃蟹捆扎、打包。一個女人從小卡車上卸下乾冰，另外幾個女人往螃蟹箱子裡添加。山東人指揮著一支娘子軍，紀律嚴明，所有動作都見效，但也不妨礙她們不停地打趣，笑鬧。

他負責場記，馬克拍了兩小時，直到蟹場早上的工作結束。山東人老鄭留他們吃早飯，他們就著鮮味逼人的醬油米酒泡蟹，各自喝下兩碗清粥，出了兩身透汗。之後他們謝別了老鄭，坐到敞篷破吉普上。小張看著若有所思的老馬，心裡急著回城，跟小婷一塊歸置剛搬到一塊兒的家。老馬卻開口了。

「小張，我想拍一點季小雪和她那兩個老鄉的鏡頭。拍下海南的勝利者，比如老鄭，劉老兵，也要拍失敗者。哪怕是暫時的失敗。小雪和小孫他們，失業不能怪他們，但學好或學壞，就是他們的自由選擇了。假如他們繼續偷東西，慫恿小雪出檯賣身，很可能會成為這波闖海浪潮的沉渣。我想用長焦距，遠處抓拍他們的日常生活。你可以幫我當導演。」

「怎麼導？」

「你就說，我托你給小季送照片。」老馬從攝影包裡拿出兩張放大的彩色照片，一張是季小雪單人照，一張是小孫、小李和小雪的合影。影像中他們都那麼年輕，單純，笑得燦爛如花。看這樣的笑臉，誰會想到他沒有下一頓飯吃？馬克先指導張明舶，找藉口誘導幾個年輕人挑水、劈柴、洗衣服、做飯，總之，讓他們把日常生活的所有瑣事幹一遍，供他藏在樹上的長焦鏡頭拍攝下來。

「這不難。」

老馬笑了，說：「肯定不如調教小婷難。小婷你都給調教到窩裡去了。」

到了季小雪的房門前，張明舶先觀察了一下。門口左邊有一口土灶，能燒柴，也能燒煤餅。靠牆壘著幾塊煤餅，說不定也是他們從村裡偷的。他注意到村民們多是少這種用煤粉自製的煤餅。門的右邊放著一口水缸，一隻木頭水桶，一條海南式的挑水木棍。這些物事若在城裡，一夜間就會失蹤；城裡帶鎖的東西（比如自行車）都鎖不住。村民們到底質樸善良，只有被小孫他們偷。門角落裡，扔著幾條沾血的草紙，血早已乾透發黑。再走近點，他看見一群螞蟻和蒼蠅在血草紙上忙。小雪墮胎的秘密昭示全村，也揭秘給螞蟻和蒼蠅。

他掀開鍋蓋看看，裡面有幾根乾掉的麵條。他又揭開水缸蓋，水只夠淹沒缸底。房檐下，馬蜂築了個巢，幾隻馬蜂鬧哄哄進出。馬蜂都出巢了，小季還在睡。

他敲了敲門。沒動靜。再敲，敲出動靜了。

小孫的嗓音很不耐煩：「誰啊？」

「我。張明舶。」

裡面有人小聲議論。左不過是一番雲南話都議論：「張明舶是哪個？」「就是那個小張嘛！」「小張……？」「老馬的助手……」「他來做哪樣？」「我咋曉得？！」

門總算開了。開門的是小李。近子午的強光下，他的小臉盤皺成一團。三個人無分性別，都住到了一起。大概省了一間房的租金。

「請進……」

進門一看，靠牆一張光板子床墊，上面躺著小季，床墊上原先鋪的草席，被扯下扔在水泥地板上，成了兩個男孩的床。門後面，幾個啤酒瓶，橫七豎八躺著，躺得跟這屋的人一樣。光板子床墊上，血跡斑斑。季小雪似乎並不知道自己術後在流血，棉布直筒裙簡直就是沙場裹傷布，一塌糊塗。小張心想，老馬的長焦鏡頭不帶穿透力，射進這門內，否則，門內的景觀足夠觸目驚心：不僅是失敗者，更是傷殘的失敗者。他拿出那兩張照片，季小雪頓時醒透了，從他手裡搶過照片，又倒回床墊子上，一邊看照片，一邊高興地兩隻光腳丫對拍，裙裾下飛出一條血淋淋的草紙，被她一腳踢到小李身上。小李上去就給她一腳，踢在她肩膀上。

小張一把揪住小李：「你怎麼踢她？！」

「踢少了！」他企圖掙扎出小張的抓握，但失敗了，口氣軟了一點：「這麼髒的東西，碰到哪個，哪個晦氣！」

「年紀不大，老迷信腦瓜！」他使勁一推，小李向後趔趄好幾步，沒有後牆，他就出屋了。他指著小孫：「你也不是個東西，把人家女孩子搞成這樣，還吃她，喝她，欺負她！」

小孫垂著頭，笑笑，似乎說，我一個失業者，吃誰，喝誰，欺負誰去？

他吼叫道：「你倆都給老子挑水去！燒一大鍋熱水，先讓小雪洗洗身子！過成一窩豬了都！比豬還邋遢！」

小孫和小李只好捱出門去。小張也跟著出來，厭煩地看著兩人拔鞋跟，扣紐扣。他能想像，若不是來了個他這個不速之客，他倆連鞋跟都不拔，紐扣也不扣。此刻，馬克藏在暗處的攝影機開始運行了。小李說，他要回去拿草帽，太陽曬死人的。張明舶對小孫說：「你自己欺負季小雪就罷了，還帶個人欺負他！他媽的你還算男人不？」

小孫頭也抬不起來，嘟噥說：「我跟小雪，沒有小李不行。」

「怎麼不行？」

「……他幫我找工……」

此刻，小李出來了，自己頭上一頂草帽，又把一頂破門笠往小孫頭上一摁。他拿起木棍，小孫拎起木桶，兩人垂頭喪氣地慢慢離開。高到樹梢的太陽，把本來不高大的兩個曬得更矮。小季走出門來，看一眼小張，眼睛彎彎地笑了。這時，任誰都不會想到，她是個不幸的受人欺負的孤苦小姑娘。她一看到那一堆血草紙，馬上撿起它們，塞到灶堂裡，划了根火柴，點起火來。然後她順手往灶裡又扔了兩根乾樹棍，揭開缸蓋，用一隻葫蘆瓢舀起一瓢水，倒進鍋裡，開始用竹刷把刷鍋，然後又用鐵勺把水舀出去。一看她就是在家裡很頂事兒的小姑娘。小姑娘假如不是沒鼻梁，應該算得上標緻。她那雙大眼睛，睫毛特長，中間又沒有鼻梁相隔，讓人懷疑她左眼能看見右眼，但組合到她臉上不難看。

季小雪又往鍋裡添了點水，坐在小凳上，給灶加了塊煤餅，然後拉起風箱來。她一面拉風箱，一面小聲唱歌，筒狀裙被拉風箱的動作褪到腿根，好像忘記了旁邊還有個客人。歌唱到一半，她似乎忽然意識到，此地非無人之境，歌戛然而止，朝小張又是那麼彎彎眼地一笑。小張自己都覺得自己多餘，進到屋裡，小雪叫他：「明哥哥！」他一回頭，不得了，小姑娘筒裙裡沒有內褲！太觸目驚心了，他趕緊背過身，聽見自己的心臟跳得吵人。小姑娘卻一臉無邪，問他要聽哪支歌。他愣怔在那裡，心想這個小姑娘是真無邪還是假裝的。若是假裝，那就太天才了，裝得比真的還真。一會兒，他聽見兩個男孩抬著一桶水回來了。三個人在門口聊了幾句淡話，一面就聽見水桶裡的水被注入了水缸和鍋裡。他還在為剛才瞥見的裙子下的一眼心驚肉跳，季小雪推門進來，手裡拿著哪個破鬥笠。他正想出去，小雪對他使了個眼色，他明白，她在制止他出去。然後將門笠往牆上的釘子上掛，一面大起嗓門說：「咋掛不上去來？明哥哥幫我一下嘛！」這顯然叫給門外的人聽的。

張明舶走到小季身邊，接過門笠，小季卻伏在他耳邊說：「他們要整你。」

他一愣，扭頭看著她。

「他們要我脫你衣服。」

他大吃一驚，正要叫喊，小姑娘食指豎起，擱在嘴唇上，使勁眨眼搖頭。

「然後他們進來，說你打了炮，要你給錢。」

這三個年輕人玩兒起拆白黨[10]來了！他急轉身去拽門，發現門從外面被鎖了。他一個箭步衝向窗口。正要開窗，聽見馬克的嗓音叫喊：「你們在幹什麼？！」拆白黨們不知黃雀在後。看來老馬把他們的拆白黨行動全都攝了像。

「小張在裡頭……」這是小孫的嗓音。

「他在整季小雪！」

10　拆白黨：原為上海俚語，泛指糾黨行騙的青少年。

現在他就是出去，也說不清了。關起門來，一男一女，女的裙子裡就是個光咚咚，你說什麼也沒發生，跳到黃河裡也洗不清。你說，小姑娘才進來三分鐘。他們會說，三分鐘打一炮的多的是。你說，我衣服都沒脫呢。他們會說，衣服妨礙什麼？還會說，就算伸手在裙子裡摸幾下，也不能白給你摸，不給錢你今天休想走！

馬克已經從他隱藏的地方走到這個房子前面，嗓音十分嚴厲：「把門給我打開！」門打開了。屋裡一男一女，男的站在窗前，女的坐在床墊上。

小孫說：「他把我女朋友搞了！」

「我搞你大爺！……」張明船說。

「你們玩兒的這套，海南痞子都玩兒膩了，不玩兒了，明白不？」

「反正你們今天不要想走。我們到村治安組去，讓治安組長了斷。」說話的還是小孫。

小李是隻狽，狼在前台唱戲，台本早就給他編好了。

「小雪，」老馬像個老父親，走到季小雪跟前：「他們講的話我不信。我就信小雪說的。」

季小雪不言語，耷拉著腦袋。

張明船看見小李眼睛特別狠，盯著季小雪。

馬克說：「小雪，記得老馬叔怎麼到警察局幫你報案的吧？」

季小雪抬起頭，目光正撞在小李狠狠的目光上。

「現在你跟老馬叔說，他們在外面把門鎖上，你和小張在裡面，都做什麼了？」

小姑娘眼淚掉在她烏糟糟的裙子上。

馬克從攝影包裡掏出一張照片，竟然是小婷的照片。張明船想起了，那是馬克帶他和小婷到三亞，路上給小婷照的。

「她漂亮嗎？」老馬問小姑娘。

小姑娘掃一眼照片上的美人，心服口服，點點頭。

老馬又說：「這就是你明哥哥的愛人。你明哥哥非常非常愛她。她也非常非常愛你明哥哥。他們走到一塊兒，非常非常不容易。你想，你明哥哥會在外面幹對不起她的事兒嗎？」小姑娘一愣，搖搖頭。「因為你明哥哥就是把一輩子的愛，都給這個姑娘，他還嫌不夠呢。」小姑娘又是一愣，重重地點頭。「假如因為你撒了謊，讓明哥哥的這個愛人離開了他，你心裡落忍嗎？」小姑娘搖搖頭。「那好，老馬叔再問你，他們把門鎖上之後，你明哥哥幹了啥？」

小姑娘使勁搖搖頭。

「啥也沒幹？」

「他使勁拽門，拽不開，又想去開窗子，窗子也在外頭給拴起來了。」

「什麼時候栓的？」

「早就拴起了。」

「你們早就知道我們要來？」

小姑娘沉默了。大概意識到自己說漏了嘴。

「那好，我們現在去村治安組。你剛才怎麼說的，到那還怎麼說。行不行？」

小姑娘搖頭，眼淚急落。馬克問她是不願去，還是去了不願說。她使勁地、不停地搖頭，眼淚搖得亂飛，如同狂風吹一樹雨珠。

馬克笑笑，跟張明舶說：「那我們走。」

小孫上來阻攔：「哎，沒說清楚呢……」

馬克看他一眼，又看著小張。張明舶手心裡躥突躥突地跳了好久，就像傷口在夜裡長肉那種竄跳，似疼似癢。這一瞬，他突然明白傷口在跳什麼。那是恥辱給他的傷。他就用那隻手握成拳，簡直是以光速揮出。再來定睛看，小孫已經倒地，鼻子和嘴唇都不見了，下半個臉都蓋在血裡。

等到兩人都上了車，張明舶的手還麻著。幾個指關節砸在小孫那錯亂的一口牙上，現在才開始感覺那擊打的力度。馬克不急著開車，似乎在等他把氣喘勻。一路上，兩人都懶得說話。跟那三個年輕人的交鋒令他們作嘔。噁心原來具有如此的消耗力，能把人累成這樣。快到樓殼子的拐口了，老馬把車停在路邊。這時人們在下班，電動自行車和自行車稠密滾動。老馬停下的車，引起他們的不滿，叫罵聲鵲起。

「你是不是在想，我們脫身了，他們一定會報復季小雪。」老馬說。

「那個小丫頭，糟踐了。」

「你有沒有想，拉小雪一把，救她於苦海？」

張明舶不語。心亂，話肯定更亂。

馬克拍拍他的肩膀，塞給他一百元錢。他用眼神謝了老馬，拉開車門，下車去。

往窩裡走的路上，他想著老馬的話。馬克誰都救，但他這次把小姑娘留在苦海裡，抽身離去。那個從外面拴住的窗戶，是為誰下的套？他們下套不止套他小張一人，這個拆白黨的活動已成常態，在他小張之前，之後，都會有人入套。季小雪還在流血，術後一直難以復原，他們還拿她當香餌。馬克的攝象機裡，意外地捕捉到這個低劣人等闖海南的生活方式。多麼不堪。老馬的話還要這麼聽：下海南的大潮，泥沙俱下，沉渣泛濫，千萬個季小雪被夾帶其中，她們無奈，也自願，其他人，只能讓他們自相殘殺，自生自滅。他走到樓殼子門前，灌入門內的污水，總算退乾淨了。連污水都會自行進退，自有它的走向。救季小雪，必須她願意被救。就像小婷，只能在她願意了結曖昧生活的時候，在她有力量自尊自立的時候，才能拉她一把。季小雪得救與否，出苦海與否，只能取決於她自身。她不是溺海者，而是苦海的一部分。

他上到四樓。此刻整個樓殼子，四樓的火候最好，把空氣也烘烤得冒煙。小婷總能聽見他歸家的聲音，穿著他那件爛背心，跳到家門口。他吃驚地看著她渾身如水洗的大汗卻興致盎然，堵住他進門的路，還叫他背轉身。好了，她一雙手又黏又髒的手上來了，蒙住他的雙眼。她說：「走——走——走！」

他便走——走——走。

她魔術師一樣「達拉」一聲，眼前不再是窩，是個家了。一排透明的塑膠軟衣櫥，裡面整齊地掛滿她的衣服裙子——她這天的新添置。藤編沙發上，墊著紅色扎染坐墊——那是從公寓搬來的。預製板牆的縫隙裡，插入鐵釘，掛上了大幅風景照片，還有好幾張馬克照的那張以小婷為模特的三亞海邊大圖片，不規則地貼了滿牆。從公寓搬過來的玻璃拉門小書架，擺放了瓷碗磁盤和各色玻璃杯，打眼一看，頗具玲瑯視覺效果。原本他不以為然的小擺設，現在擺在各處，消除了不少毛坯感。最重要的是，這裡已經不是一個單身王老五隻有最基本硬件的夜棲之處，而是處處透著女人的參與，女人的投入，投入進來的從長計議的心意。小婷不僅心意投入進來，資金也投入進來了；在拉開的窗簾後面，出現了一個真正的落地窗鋼框。

「才一天功夫，窗子就裝上了？不可能啊！」他不可思議地看著她。

「他們在這兒連著幹了九個小時！我逼著他們今天必須完工！明天他們還要來，裝玻璃！」

一個女人只要有心跟你過，奇跡就出現了。原來小婷是能幹的，缺的是那顆死心塌地跟你過的心。她的能幹過去荒廢著，一直到她死了心要把這窮日子好好過起來。他看著彷彿從汗水裡撈出來的小婷，說：「咱今天出去吃好的！」

小婷還沒完，讓他繼續參觀。臥室裡拉了塊簾子，掀開簾子，裡面是一個橢圓形大塑膠盆，一個塑膠便桶，「浴室，」小婷伸手指點，「馬桶間。」她一本正經，簡直是售房處的促銷小姐。

他拎起兩個水桶，衝到樓下。正是打水最擁擠的時刻，人群蒸騰著體嗅，人和人裸露的肌膚相擦，汗水已經發酵，衝得他腦子發脹。若不是為了小婷能馬上洗一個澡，他會立刻掉頭離開。

他拎著兩桶水上樓，平常是要在二樓站一下的，此刻他一口氣來到自家門口。小婷進到浴室裡洗澡，他用桶裡剩的小半桶水擦身，熱昏的感覺有所消退。換上乾淨的T恤，他聽見呼叫器在叫。是小婷的呼叫器。他順手拿起來，見小螢幕上一行英文：What are you doing now? 他不知道小婷在學英文。他馬上放下呼叫器，同時為自己的行為不安，羞臊。兩人無論怎樣相愛，總要允許彼此保留一些小秘密。比如他對廣玉的那點莫名的心動，對藍蘭那去除不掉的依賴，都是很難對小婷解釋，甚至很難對他自己解釋。似乎藍蘭是他最後的生存退路，他最後的避難所，他最後的對比參數——連藍蘭都能活下去，還有什麼活不了的？藍蘭不僅活下來，活下去，活得健康樂呵，並且還能搭救別人，救她那些貴州大山裡的親人，連七尺男兒張明舶，不也一次次被她呵護，營救？她那陋巷裡的屋，在他走投無路，無家可歸時，總是個投奔處。那個體操軟墊，就是永遠為他預備在那裡，是他漂流中的一葉小舟，一座小島。這些都是他的小秘密，不需要對小婷解密。小婷把自己曾經熟識的那種生存方式徹底毀壞，不留退路，死心塌地地來跟他過這份半野蠻生活，就是最堅固的現實。所謂半野蠻，就是尚待挖掘的潛力，就是有待開發的空間，小婷看到了這份潛力和空間，這是她放棄已知生活的原因。半野蠻也是未知。明天他將去那裡掙生計，完全是未知。就像他上島之前，對於他能做什麼，能實現什麼，能否成功，會否慘敗，全然是未知，然而未知本身不就是魅力？未知正是不安分者如他，如小婷所受蠱惑吸引之處。未知可以是挖掘不盡的一座寶礦，未知也可以是曠世愛情，就像他和小婷正經歷的。所有來海南的人，都帶有冒險家的美德和毛病：勇敢，好奇，不守規矩，不擇手段。正如美國開發西部的先驅者，他們中的成功者，沒有任何人的第一桶金是完全乾淨的。所有的開拓者都必須輕裝，只能攜帶有限的行李，有限的道德成規，有限的行為準則，來到被開拓之地，所有的道德行為成規，都是過分的行裝，過分地笨重和僵硬，限制行動的力度和效率。

出浴後的小婷，清新悅目，身帶一股小婷特有的體香。他不敢多看，多聞，生怕引起下一步行動，生怕情多累美人。小婷已經累了一整天。

他們在天將暗時來到街上。此地此時，從不缺少海風。帶著鮮味的風時而粗猛，時而柔細，十分爽身，爽神，兩人不時對視，露出些許錯愕，世界怎有這樣深邃的幸福。他們來到廣玉的攤位。廣玉見到他們的第一剎那，是驚艷的，然後人就僵在那兒。他懂的。廣玉對他也不是空白心思的。他們入座，遠處近處都有音樂，海風摻入音樂，旋律吹拂，風可聆聽。廣玉從店門裡再出來，扎著小圍裙，腰身絕細，一手拿著菜單。在扎圍裙的分秒裡，她已經換好了心境和狀態，把內心那一點點酸留在了店裡一個無人角落。她笑盈盈的，那笑容親，但並不專屬，毫無藏掖。

「妹子頭次來，我請客哦！」廣玉說，這裡卻藏掖了點什麼：近期她都給小張提供免費餐飲，廣玉請小張的客已經請了一個多月，可現在聽上去，似乎是她今晚特殊惠顧小婷的。

「我請客！」小婷說。

「你敢！」廣玉瞪她一眼。

「我剛掙了一筆錢，你們兩個女人，就給我留點面子吧。」他說這話時嚴肅的，正經的，所以兩人知道，他是要這個面子要定了，於是也都不爭了。

廣玉看了小婷一眼：「海南來了個電視劇攝制組哎，妹子是組裡的？」

張明舶知道，這是廣玉為恭維小婷付出的努力。小婷當然能跟任何電視劇組的女演員比美，但小張覺得長了張可以憑其混飯的臉，而不憑其混飯，更高級一點。小婷很識捧，馬上就說廣玉也很漂亮。他笑笑，想說的話沒說出來：來闖海南的，都是漂亮姑娘，因為一般漂亮姑娘都不太安分。

回家的路上，小婷悶悶的。問他，她說沒事。但他知道她有事。第二天，他才知道她頭晚上的事是什麼。她一大早起來，也把他轟起來，說上午工人要來裝落地窗玻璃。他走到客廳，見她在看呼叫器。他無話找話，說這麼一早就有人呼了。她看他一眼，不說話，繼續看呼叫器。哪兒有那麼多可看？顯然拿呼叫器當屏障，把他隔開。

「哎，還有兩雞蛋，我給你做煎蛋？」

「不餓。」

「不餓也得吃早飯呀。」

「你吃吧。」

「工人幾點來？」

「七點半。」

他的話題透支了，淡巴巴地說了句：「一早就有那麼多短信要看啊？」

「你以為呢？只准那麼多人給你發短信？」

「哪有那麼多人給我發短信？」

「那個玉啊。」

他不言語了。夜裡她悄悄起來，從他褲兜裡摸出他的呼叫器。她倒是不客氣，自己邀請自己，進入了他的小秘密中去，隨便翻檢，審查。原來不是她昨夜壓制著鬧事的衝動，是她需要夜裡起來，查看了他的小秘密，證據在握之後，再鬧。其實廣玉在短信裡也沒寫過什麼過分的話，最常說的話是：今天晚等你來吃飯。或者，今晚等了一晚，怎麼沒來？但他不想辯解什麼，又沒什麼可辯解的，過一陣她自己就能從彆扭裡出來。到他煎好雞蛋，放在桌上，又倒了兩杯涼開水，小婷還是半陰不陽。他叫她來吃，她無聲無息。小婷的蔫鬧是很磨人的。

她晃悠到桌邊，斜著臉看他：「哎，我沒搬過來之前，她在這住過幾夜？」

「什麼？！」火氣一下竄上頭，他厲害起來。

「我能理解……」她那纏人的手臂上來，要摟他的肩膀，但被他一把打開。

小婷眼睛裡慢慢鼓起淚。她受氣樣子是招人憐的。他的厲害一瀉到地，咕噥說：「我不喜歡你這樣，沒事找事。」

她抹一把淚，走到那個玻璃拉門的小書架前，拉開玻璃門，拿了一件小東西過來，往他面前的桌面上一放。他一看，是一根髮夾，帶個綠色的塑膠小蝴蝶結。

「我從來不用這麼俗的東西。」小婷說。

他不記廣玉是否用過這種俗東西。對於廣玉，他從不仔細看，看了也記不得。小婷在收拾家的時候，就發現了這個髮夾。應該讚美她的涵養，昨天她並沒有鬧，向他展示她裝飾的新家時，那種狂喜是真實的。

「我昨天晚上進她店裡去上廁所，看到水池上就有這麼個髮夾。」

這是她昨天夜裡回來的路上憋悶的原因。也應該讚美她的涵養，證據都拿住了，還忍著不明鬧，夜裡在呼叫器上順藤摸瓜。

「廣玉是來好幾次，都是來幫我的忙，搬東西送來。這個門就是她幫我裝的。每次她來都不是一個人，都是帶她的親戚來的，你不信，可以私下問她的侄子。那是個老實孩子。」

他說話的時候，她一直盯著他，一絲謊意都別想逃過那明鏡般的眼睛。

她轉開了目光說：「那這是怎麼回事？」她嫌棄的手指向那個綠蝴蝶結一晃，那手勢可以用去撣掉一粒老鼠屎，或一隻蚊子屍體。

「你可以跟我去當面問問她。」

她橫他一眼：這麼賤的事，別拉上高貴的她。

走廊上有人走來，腳步踢踢踏踏。她說：「工人來了。」她跑過去，打開門。兩個男人出現在門口，一個二十來歲，一個三十歲光景。小婷管年長的那位叫宋師傅。在外人面前她很顧自家體面，對兩個工人介紹：「這是我愛人張明舶。今天沒上班，在家恭候二位師傅。」

他上前與二位師傅握手，說師傅辛苦。雖然是這個半野蠻居處的當家的，風度和派頭還是盡量拿足，也讓師傅們知道，欠薪那樣的事，是絕對不會發生的。小婷笑笑說：「今天老公在家，我出去買點菜。中午給師傅做個冷麵。」

小婷走後，他到走廊盡頭的廁所蹲了一會兒坑，一個鄰居進來，蹲在坑上抽煙，看報，一邊強弩，一邊用弩扁了的嗓音問他是否新來的。一口北京話。他說是的。北京人問，他們租房多少錢，他說兩百，北京人詫異，說怎麼這麼多錢？他說兩間呢。北京人說，那也叫兩間？隨便隔的，要是隔出八間來，你照著八間給錢？等茅坑蹲完，兩人已經相互交了底。北京人姓程，名字叫文豈，準確說是京郊通縣人，所以北京話更京味兒。程文豈河北師範大學美術系畢業，跟女朋友來海南，是為了跟老婆拉開時間和空間距離，最終達到跟老婆離婚的目的。剛來的時候，程在職專教美術，後來發現女朋友有外遇，他暗算了外遇一次，把外遇差點打殘，女朋友去職專告狀，他被炒了。現在他打零工，女朋友、老婆，兩頭不是人，雞飛蛋打。小張告訴他，他給一個攝影大師當助手。程文豈問大師叫什麼名，回答是：馬克堅。程文豈說：知道馬大師！同時又伸出手要再握一次。小張急匆匆走了，他可不要握那剛擦過屁股的手。

早晨水壓較大，廁所裡可以接到水。他回到屋裡，取了塑膠水桶，又回到廁所，見水池邊扔著程文豈剛看過的報紙，被撕下一塊擦屁股，但大部分還能看。他撿起報紙。報紙是好東西，能看，能當解手紙，也能包東西用。他回到屋裡，兩個師傅嚴肅認真地在幹活，裁玻璃，安裝玻璃，一句閒話沒有。他坐在一邊看報，忽然想到，一會兒他們幹完活，是要付工錢的。於是他假裝隨口搭腔：「二位師傅，這麼幹一天，能掙點兒錢不？」

年輕師傅說：「我們是掙月薪的。」

年長的宋師傅看他一眼。小張覺得這一眼看得有道理。

「就是說，你們是有單位的？」

「是……」

宋師傅此時又看了年輕師傅一眼。小張又覺得，這一眼簡直是潛台詞。

「哪個單位呢？」

宋師傅回答：「新港裝飾裝潢公司。」

張明舶：「新港？」

「對，新舊的新，港口的港，聽說過沒？」宋師傅抄江浙口音的普通話，相貌文靜，上島前大概是從文的。

張明舶覺得這個公司的名字耳熟。他退到藤沙發邊，坐下來，拿起報紙。眼睛順著一行行鉛印字走，卻讀不出意義來。他腦子裡一個個的公司名字，如同電影末尾的演職員表，徐徐上升，消失，不斷上升，不斷消失，不斷重現……王總手下的五六個公司，有一個叫「星港」。他跟宋師傅說：「能給我一張名片嗎？我正在分期付款買預售屋，明年可能需要裝修，到時我會聯繫二位。」

年輕師傅說：「我們不做主，是王總拍我們來幹活的。」

宋師傅說：「對不起，沒帶名片。要裝修，你可以請吳小姐（吳玉婷，小婷）聯繫我們公司。她有聯繫方式。」

好了，調查圓滿結束。

他心裡油然一陣苦楚，為什麼他昨天還感到的深邃幸福，竟然如此殘缺？為什麼他要麼他在暗處，從別的男人那裡偷竊幸福，要麼他在明處，幸福由別人在暗地截流？這個世界，就容不得單純從一的亞當和夏娃？容不得這樓殼子裡獨屬他和小婷的樂園？他在那種挨了一悶棍的震顫中，不知怎麼就來到了臥室，不知為什麼撩開浴室的簾子。天藍色塑膠浴盆裡的水，是小婷昨晚洗澡的，水面浮著一層若隱若現的灰白浮沫，似乎牛奶燒開後，結起的一層奶皮。每個人每天洗澡，都會脫一層薄翳，有人說那是蛻下得死皮。最外層皮膚，每天死一層，沾水它便如灰白微小的浮萍，不沾水，它便像細小的鱗屑，脫落在衣服上，床單上，空氣裡。粉塵也有芸芸眾生的人體貢獻。人的實體和外界的界線，其實隔著這樣一層若實若虛的層膜。那麼，水上漂浮的，便是一層死去的、非固體的小婷。在這盆中，如蛇的小婷，蛻下那被王總眼睛觀賞過的，王總的指爪觸碰過的那一層薄膜，煥然一新移步出浴，來到他身邊，與他共雲雨，同床共眠。王總會闖入小婷的夢嗎？就是和他張明船睡得你中有我、我中有你的小婷……？

他顫慄了一下。端起那盆帶有一層死去的小婷的水，倒入一個塑膠桶，然後提著出門。二房東在廁所門口貼了告示，告誡所有住戶，所有用過的洗衣水，洗澡洗臉洗腳水，都不要浪費，倒入廁所裡的大桶，每次解了手，用塑膠水瓢在大桶裡舀水衝廁。

小婷把菜買回來，在廚房忙中飯。也許她出門更重要的任務，是去給王總打個電話，告知他派遣來的兩個幫手已經順利到達，正在幹活，謝謝啦。那邊也許會說，光用嘴謝嗎？這邊扭扭身體，那你要我拿什麼謝呀？那邊說：你懂的。這邊罵人了：討——厭！

哪個女人使出這麼個罵法的時候，男人都會賤索索地一笑，立刻就得了應允狀，上手的上手，上嘴的上嘴，接下去女人的所有推擋，都是進一步邀請。也許小婷不至於賤到此地步，只是利用王總的不死之心，為自己省些力氣，省些錢財。這種好看的姑娘，在中國城之類的夜總會，一顰一笑都是價目，一夜之間，你那爪子連邊兒都沾不上她，她就讓你成百上千地掏腰包了。厲害的漂亮女孩，就是讓你永遠希望不絕，永遠讓你感到她近在咫尺，唾手可得，而她卻永遠是磨道上蒙了眼的驢鼻子前懸吊的香豆餅。但願小婷足夠厲害，足夠精明，現在正使喚驢王總拉磨，自己只做那塊哄他原地轉圈的香豆餅。

當夜他狂折騰她，把她折騰得哭中帶笑，笑中哭求，身體夠不著那極樂之地似的，拚命去夠，細細的身子在床板上繃成一張弓，弓一次次拉滿，最後斷了弦一樣崩塌。她是直接進入深睡的。頭天夜裡，她在他呼叫器上查崗，睡眠已經大大虧空，現在呼吸幽深帶響，冒出奶聲奶氣的鼾聲。此刻打仗了她都不會醒來。他輕輕下床，床板咯吱吱叫，她的鼾聲沒有出現一點間斷。她的呼叫器放在自己那邊的枕頭邊。他摸索繞行，來到床的那一面。此刻的夜色並不濃黑，能看到她白晰的臉蛋，幾乎微帶螢光，放射進黑暗。他將她的呼叫器偷到手，走到客廳，擰開袖珍手電。他的查崗開始了。

應該承認，她比他警惕高，防範意識強，也更注重細節，呼叫器上的大部分短信已經被她刪除。他查看到今天上午八點到十點那段時間，躲在暗地的王總是否有信息來，毫無蛛絲馬跡。連那些英文短信也都不見了。給她發英文短信的人也是可疑分子嗎？也是暗地裡截流小婷的心和身的人嗎？也是讓他被迫與其共享她的可愛，她的美麗，她孩子般柔弱細瘦的身體的人嗎？假如此人不是嫌疑之一，她為何那麼警覺，乾淨地刪去了那些英文短信？「What are you doing now？（你在幹什麼呢？）」那是他作為小婷的野漢子時，小婷每次偷空給他打電話，頭一句總要說的話——「哎，幹嘛呢？」他和她都想同步獲悉他／她的狀態，他／她的動態。隔空的同步，是因為不能同一空間，在彼此的空間裡，對方不在場，需要這種隔空的同步，去給予對方一點在場感。小婷現在與他共享空間裡，也存在這另一個需要隔空同步以虛擬在場的人嗎？他張明舶的另一個隱藏的對手？為什麼用英文呢？難道他是個外國人？來海南開發的不止五湖四海的本國同胞，也有外國友人，在夜總會、餐館、騎樓老街、地質公園，你能時常碰到美國人，英國人，澳洲人，反正那些有殖民者遺傳基因的人，他們對任何地方的開發，都會躍躍欲試，每個有待開發的地方，都是他們的機會之地，冒險之地，艷遇之地，暴發或毀滅之地，因此這個島嶼上，生、死、性、財富、破產、輸贏，所有這些，都離得那麼近，近的可以在同一天或同一夜發生。這對於不安分的、同樣想追求未知的外國人，也是一帖神藥，注入身心，能激發太多被常規和成見催眠的細胞，人被已知生活，被慣性和惰性養成的平和中，潛伏著暴烈的不滿和求變激情，而海南正是求變之人的用武之地。一個人至少需要五輩子來經遇海南所潛藏的各種機遇，各種艷遇，因此黃頭髮、紅頭髮，白皮膚、黑皮膚的人隔著大洋聞風起舞，陸續地來了。他們中的哪一雙藍眼睛或綠眼睛或栗色眼睛，注意到了小婷？那個總像是有一點落寞失群的女孩。他基本可以確定，那個發英文短信的黃頭髮或紅頭髮，亦或捲頭髮或直頭髮，一定是個獵艷嫌疑人。獵艷小婷的男人，都要有些耐心，她慢性子。小婷唯有對他張明舶，一點耐心都沒有，沒等她自已被獵，已經反獵物為獵手，以她從來沒發生過第二次的箭步，衝鋒進入正在關門的電梯，接下去，那天堂般的啞然對視！

他把呼叫器原樣放回。這一通偵查令他自己感到非常無趣。什麼結果也沒有得到，反而加寬了兩人間的嫌隙。疑心是二人世界的毒，一旦進入了他們精神和肉體，無邪無辜的感情就不復存在。兩人都將在明處，也同時在暗處，以特務式的眼光，盯梢彼此的眉梢眼角，每一點細小變化，以警察的聽覺，跟蹤彼此不在場時的行蹤，以間諜的細緻入微，分析對方每一個舉動表情，得出陰暗的詮釋。他多麼憎恨這種毒！他多麼希望自己能盡快給小婷予機會，讓她給自己洗白，為她自己辯護，最後在他的嚴苛法庭上，得出她無罪無辜的裁定。

他躺在小婷身邊，聽著她深沉均勻的呼吸。不像是心裡有愧，或者內心防線密布的人的睡眠。倒是像寧靜的海進退的潮汐；夜裡的海，在明月清風中，帶白浪的舌，一下一下舔著沙灘。那正是海的睡眠，海下面，大地之心，毫無愧疚，全是真相和自在。小婷也是一個小小的海，血液的浪花，一下一下舔著岸，她的岸，他的岸，也許那小小的海底，那顆心，也毫無愧疚，純粹自在。

14

頭一眼看到那輛紅色夏利[11]，他認為是自己多心。它停在他站立的方位五公尺之遙的位置。迎面來的太陽照在它的擋風玻璃上，他看不清駕駛者的模樣。記得從海珠別墅裡追他的那輛紅夏利，車主是一個三十來歲的男人，大蛤蟆鏡下，一個岩石般陡峭的下巴。他試著向前快步走，紅夏利沒有跟上來。他鬆了口氣，相信確實是他多心。等他來到離店門口一百來公尺的時候，見紅夏利停泊的地方，正是店門口。程文豈站在跟車窗邊，跟司機說話，搖頭聳肩。此地外國動作流行很快，通縣人做起來蠻洋氣。他躲進一家雜貨店觀察情形。有人投資程文豈，讓他租下這間店面房，要開個時裝店。店名起好了，叫「南風一號」，中國時尚的颱風、颶風、春風，都是由南面颳來。店面正在裝修，當上了程總的程文豈也算關照鄰

11　夏利：中國十分暢銷的房車。

居，聘用張明舶參加裝修隊伍。張明舶在樓殼子裡的擺設，讓程總相信小張是個品味不錯的人。其實那是小婷的品味。程老闆不太好意思地開價，計時工資不高，兩塊五一小時，但給小張百分之十的乾股。等商店發達了，發展成連鎖，乾股就有油水了。程總宏大的藍圖，他跟小婷和張明舶談了，那口沫四濺的激情，能比肩張明舶的前老闆朱維埠。小張答應下來，不是想造成一個早出晚歸的上班族的印象，也告別一下小婷。做一個無所事事的居家男人，不是他磨死小婷，就是小婷磨死他。

他看到紅夏利車門開了，下來一個男人，同樣的大蛤蟆鏡，小半個側影，下巴更像懸崖峭壁，人沒進門，下巴先進。他被程老闆請進店內，什麼意思呢？過一會兒，程老闆又送大下巴出來，送他上了車，再目送紅夏利駛上馬路。

程老闆抱著胳膊，在店門口看馬路上的上班族車流滾滾，正要進店門，瞥見從左面走來的小張。

「哎，剛才有個人來找你，說是你的同學！」程老闆說。

「哦，他叫什麼？」

「沒說。就說他跟你在師範學院，不同年級。算起來是你學長！」

他心裡咯噔一下：連他張明舶畢業於那個不見經傳的師範學院旅，追蹤者都搞清了。

「他剛才進到店裡來了？」

「你咋知道的？」

「我看見了。」

「那他是你同學嗎？」

他笑笑，反問：「他到店裡來幹什麼？」

程總說：「上廁所。我不能讓人尿褲子上啊！」

這個店面房大約兩百平方公尺，沒有窗，後面有個隔間，供值班人住，也供傭員換衣服，稍事休息。隔間旁邊有個小廁所，一個馬桶，一個淋浴器。岩石下巴是不是想摸清這個店面房與外界的所有通道，以便甕中捉鱉時，甕沒有漏洞？

「你把我住址告訴他了嗎？」樓殼子可是他最後的藏身之地。

「我像那麼缺心眼兒的人嗎？我說我不知道你住哪兒，是一個朋友介紹的，上我這兒打臨工的。」程總臉上有討賞的微笑。

他咕噥一句「謝謝」，進了店門。裝修的工人們都還沒來，程老闆的規定是早晨九點開始打卡，因為大部分海南人都起不早。小張起早上班是想趁涼快步行，一來省車費，二來為健身。

程文豈跟著進來，詭笑道：「他跟我玩兒詐，假裝你學長？那這孫子是誰？」

「你說他是誰？」

他要到後面的小隔間裡換做工的衣服。

「是你的債主。你欠他錢。」程總說，「下海南的人，一半兒是欠債的，另一半兒是追債的。」

「我不欠任何人錢。」他向程總轉過理直氣壯的臉。

「那你就是他女人的外遇。」程文豈接著逗他。

「你見過小婷。我有小婷，還跟哪個女人外遇去。」

程文豈壞笑。也許他在小婷那裡打聽了他們的過往，小婷跟他說了什麼，讓他對張明船如何當小婷的外遇，最後奪得正式男友寶座的艷史有所瞭解。來海南，不搞點外遇，圖什麼呢？這是程文豈的信念。

工人們陸續到了。程文豈交代了一下工作，就又出門去了，其餘留給小張工頭做。程文豈收了幾個繪畫學生，私下授課，堤內堤外收成都要。程總前腳出門，後腳又急匆匆跑回來，對小張說：「那大下巴又來了！」

紅夏利車主殺了個回馬槍。

他趕緊跨進廁所。廁所有一扇小窗，能作為撤退通道。他剛想開窗，糊窗紙的破洞忽然一黑，一定是外面貼上來一隻眼睛，從外往裡窺探呢。幸虧他身手好，動作快，已經蹲在窗下，避過窗外眼睛的探照。等那破洞又透入光線，他知道那隻眼離開了。他扶著牆慢慢往起爬，從破洞看出去，見兩個女人站在窗外，都拿著棒子。窗外是條巷子，寬窄可勉強過一輛車。撤退的通道被封鎖了。他認出拿大棒的一個女人，就是那天在樣板樓院子晾曬衣服那位。看來紅夏利車主在海口商業區無意間碰到來此店上班的張明船，然後組織了一群跟阿埠簽了買房合約、並付了首款的人，（他們多半散落在海口和府城），在這天集結起來，撒開捕獲他小張的網。

他此刻退到更衣間裡。可這裡沒門沒窗，更沒地洞，十公尺小空間，無論如何藏不了他的一八二公分之軀。此刻聽見店堂裡吵鬧起來，三個工人和程總在阻擋一彪人馬。看來防線正在被突破，吵鬧聲漸漸近了。他看見牆上還掛著一頂安全帽，屬於一個遲到的工人。他抓起安全帽，往頭上一扣，至少在木棒夯到腦瓜上，不至於馬上開瓢。他再次衝入廁所，外面是倆女人，容易對付些。他先鎖上廁所門，再摘下馬桶坐墊，一步跳上馬桶，推開窗子。兩女人頓時圍上來，一邊哇啦啦地叫。他用馬桶坐墊左右劈砍，女人們不敢接近窗口，一左一右站著防守。他一條腿先邁出去，但另一條腿和身體頓時卡殼。木棒上來，打得他腿骨邦邦作響。那一彪人馬已經到了廁所門外，門本來老舊，被推得直閃，每閃一次，門栓就鬆動一點。他就像情急之間的偷情野漢子，忽然就縮身有術了，大半個身體不知怎麼一來，從窗口出溜出去，降落在廁所窗外的巷子裡。他先出來的一條腿似乎已被女人們的木棒打碎，疼痛鑽心。他蹦跳著，將馬桶座墊拆成兩塊，用座墊圈和馬桶蓋左右開弓，打掉了一條木棒，他搶上一步撿起木棒，扔到五十公尺外。失去木棒的女人，便是他突圍的撕裂口。

他把座墊向另一個女人砸去，只聽「哎喲」一聲，他顧不上看他投擲的環數，一條腿竄跳，跑出巷子。

等他跑到巷子斜對面的菜市場口內，看見一個女人扶著另一個頭部流血的女人步出巷口。看來他投擲馬桶蓋的準頭極高。

菜市場到處可藏身。但身後沒有追兵，看來對方已放棄追剿。他從菜市場的另一個出口出去。傷腿只能輕輕點地，但點地同時使另一條腿彈越出去，於是他整個人像斜身躍進的大袋鼠。他看見一個藥房的招牌，毫不減速地拐進去，撕開塑膠珠子的門簾，豁然出現在店堂內。藥房的女職員正喝早茶，被他嚇了一大跳。大概逃竄的驚慌和挨打的疼痛都掛了相。或者他剛才突圍和撕開珠簾的一系列過猛行動，動勢仍然留在他身上，她把他當成打劫商店的匪徒了。他指點著櫃台裡的跌打損傷膏時，女營業員小心翼翼地指著他肩膀，他扭臉一看，那裡掛著一個基本完整的大蜘蛛網，網著幾隻蚊子和一隻蒼蠅的死屍。

他走出藥店，摘下頭上的安全帽，沿著人行道機警前行。現在他發現，長這麼大的個子是個劣勢，在海南人一般身高的水平線之上做浮標或燈塔，大老遠就能給人當靶子。所以他盡量把頭垂得低一點，脊背也盡量駝一點，加上腿瘸，此刻小婷若出現，不敢認親的。

不久，他發現自己瘸到了曾梅和阿埠家（也是王總和小婷曾經家）的社區門口。他捋直自己脊背和脖子，走到在登記處，在訪客單上填寫了曾梅的名字和門牌號。填單時，他佯裝漫不經意，向門崗打問，王總是否還住在此社區。門崗問那個王總，這裡面老總太多，王總就有好幾個。他說出浙江王總的樓號。門崗說那個王總在別處買了別墅，搬走了。他想捉雙的陰謀破產。他變得連他自己都惡心。瘸了還不忘捉雙。既然已填寫好訪客單，他只能走進社區。噴泉池依然乾枯，照樣做垃圾池扔滿飲料盒、冰棍紙、果皮。一抬頭，忽見十幾個女人在池邊學劍，一個白衣仙髯的老者在領舞。學劍女子的最前排，有個微胖的少婦，正是曾梅。他站在一邊，看女人們專心的眼都發直，一個兩腿相擰的動作對於她們似乎有點難度，都站不穩，曾梅差一點摔倒。就在這一瞬間，她看見了他，趔趄著就咧開嘴笑了。

「哎，小張！」曾梅出列，向他跑過來。

他笑笑：「梅姐。」

「他聯繫你了？」

小張問：「誰？」

她跟他擠擠眼，笑笑，回頭看看學伴兒們，小聲說：「她們聽不見。」更壓低一個調，身子也更湊近一點：「我跟阿埠說了，小婷跟你搬走了，現在我也不知道小張和小婷在哪兒住。看來阿埠就是個猴兒，還是把你找到了。」

他不動聲色。聽起來是阿埠重返人間了。曾梅向老者告假，然後回來對小張說：「跟我回去。」

跟著曾梅往家走的路上，他一語不發，專心一意使自己步態周正。但曾梅還是發現他一條跛腿，關懷問道：「摔著啦？」他索性開演苦肉計，說自己找不到工作，又不能不養活小婷和他自己，只能參加搬運工行列，扛包時從腳手架上摔下來了，暫時是五等殘廢的腿。曾梅表情淒苦，但不敢再接著關懷，眼下的海南，到處是失業待業者，一關懷誰就涉及錢。他問曾梅，阿埠現在藏在哪兒。曾梅狡猾一笑。

在電梯裡，她說：「誰都不知道，他眼下就藏在自己家呢。燈下黑。那天夜裡一點多了，他用鑰匙開門，把我差點嚇瘋了！」

曾梅打開第一道防盜門，又打開第二道防盜門。小張注意到，所有的鎖都換成了標總的世界著名的昂貴的防盜鎖。要是裡面發生火災，是來不及打開這麼複雜的重重門鎖，衝出火海的。最後是開木頭門，裝的是對號鎖，曾梅提醒他一句：「不好意思……」他趕緊轉身去。就算消防員第一時間趕到，裡面的人給煙薰暈，對不上號，也別想進入這固若金湯的房屋救火。對於阿埠，債主比火災恐怖多了。終於，重重門鎖都打開了，曾梅領著小張進門，趕緊反身把一重重鎖再鎖上。裡面藏的猴兒哥阿埠，簡直就是個大金娃娃。

兩人進了書房。阿埠從書桌下冒出來。猴瘦毛長的阿埠，居然百感交集地衝到小張面前，緊緊將他擁抱。誰對阿埠都沒法長期記仇。你看他那雙眼睛裡的淚水，沒有真情，肯定是擠不出來的。

曾梅見阿埠流淚，她一低頭出去了。阿埠一張黑黃臉，皮糙肉老，可見躲債的日子有多麼倉皇。他兩手扳住小張的寬肩搖了又搖，拍打了又拍打，此處無聲勝有聲。

「活下來真不容易啊，」阿埠慨嘆出這一句。

小張也不問朱總，燈下黑之前他逃去了哪裡，在何處當楊白勞[12]。他知道對於阿埠是問不出實話的。

「小婷跟你在一起了？」

他點頭。本來是想來抓她和王總現行的。海南真是時時出神跡，你懷著陰險卑劣的動機來了，張開在那裡等你的，卻是一個真情實感的懷抱。假如仿冒，也是水貨裡的A貨，一比一仿冒的真情實感。

「小婷就是為你這樣的小伙子生的！你倆才是古典意義的才子佳人！我聽曾梅說了小婷棄富投貧的經過，很受感動啊！曾梅跟上我的時候，我不也是個窮光蛋嘛？」

小張笑笑。你我不同，你是個花言巧語的窮光蛋。看來猴兒哥出逃，保住了這套房子。有房子，自然就穩得住女人。曾梅單獨穩駐在猴兒哥的房契上，相互應該是絕對信任。

阿埠見小張走路跛腿，問他怎麼了。小張沒好氣地說，阿埠跑路，他小張成了頂缸的，一早上被人盯上，兩個老娘們用棒槌把他腿當衣服捶，要不是他從小營養好，鈣質足，骨頭結實，這會兒腿早給打酥了。

「快，脫下褲子，我看看！」

「有什麼好看的，你又不是骨科醫生！」他為幹活方便穿了條舊運動褲，褲腿帶彈力，一擼就擼到膝蓋上。小腿上一大塊青紫。阿埠在一邊抽冷氣，搓這兩隻多毛的猴兒手。碰到危機，阿埠只有搓手、抽氣兒的份兒。他拿出跌打膏藥，進到客人廁所，把膏藥貼在疼得厲害的兩處。

等他回到書房，阿埠已經忘了剛才探傷的事，熱烈地談起他跟標總如何恢復聯繫的過程。標總一再受他殘害之後，退出了房地產開發行業，現在專注於製造各種高精尖門鎖。這個創意起源於一個犯人。兩年前，標總聽說海南有一個溜門撬鎖的輕刑犯人，多次越獄逃跑，每次都逃跑成功，但運氣不好，又每次都被緝拿歸案，刑期從三年加到無期。但他的開

12 楊白勞：中國歌劇《白毛女》的角色，為了躲債而出逃。

鎖天才一再被證實。無論多複雜的鎖，經過他研究，鼓搗，都能打開。標總找到這個犯人，發現他只是個二十幾歲的小伙子。小伙子還知道胡迪尼，他說假如胡迪尼最後那場魔術，他若在場，肯定能解開水中那把鎖，讓曠世的魔術大師多創幾十年奇跡。標總為這個天才溜門撬鎖者多方活動，把他的刑期從無期減下來，小伙子剛剛被釋放，標總就把他招聘到公司，擔任門鎖製造工程師，領的薪水比他溜門撬鎖得來的錢要高得多。

「我給標總打電話，提建議，應該用這個小伙子的經歷在國際市場打廣告，拍攝影視短片，肯定會轟動！」

「標總採納你的建議了嗎？」

「你知道標總這個人呀，贊成和反對，一般都不馬上表示。」

「標總知道你在哪兒嗎？」

阿埠笑笑。

「他不知道你回到家了？」

「越少人知道，越安全。」

那麼，是什麼讓朱維埠獨獨信賴這個曾被他害慘、甚至至今還在被追剿的前手下呢？說起受害，他小張倒是該站到今天追殺他的那個人群裡；他的買房首款也砸到阿埠這個無底洞裡，響兒都沒聽見一聲。難道該屬於他小張的那半截樓不也被豬和羊侵佔，跟今天追殺他小張的所有阿埠的受害者一樣，下場荒誕、悲慘？他看著阿埠激情地講述著標總的門鎖生意的偉大願景，心裡想，不如把這猴兒哥告發給那幫受害者，他張明舶就不用到處躲藏，居無定所，連好不容易找到的兩塊五一小時苦力錢都掙不上。再一想，阿埠他連標總都不信賴，是什麼讓他把燈下黑的藏身之地暴露給了他張明舶呢？是他對小張真的那麼信任，還是實在孤家寡人，無人可用了？

「咱們的海珠別墅項目，法人現在是你，對吧？」

「嗯。」他眼睛逼視阿埠，都是你阿埠害得我成了負資產法人。所以今天才被打瘸了腿。

「那名義上說，那塊地就是你的了。海南的房地產，要不了多久，肯定會起死回生。」

「現在那塊地不管是誰的，都沒人要。將來起死回生了，還不知道冒出多少個地主呢。」

「產權不清的事，海南多得是。最後總是後台硬的贏官司。咱們標總是有大背景的人。」

「到現在我也不知道標總到底啥背景。」

「嗨，都讓你知道了，還能是啥大背景。」阿埠笑笑。

他討厭阿埠這萬惡的笑。都求到他小張這種無業流民頭上了，他還笑得出這種高明人的笑。他料定阿埠有重大的事求他。果然，阿埠走到門口，耳朵貼在門縫上，聽了聽。確定曾梅沒在客廳，他轉過身，打開抽屜上的鎖，從裡面拿出一個信封，耳語道：「這裡面有一筆……，」他拇指與食指、中指捻弄：「你幫我把它匯給一個人。」

「匯給誰？」

「一個女的。」他回頭看一眼關閉的門。「這事絕對不能讓曾梅知道。」

他接過信封，打開，裡邊有兩摞用猴皮筋扎著的鈔票，一摞大，一摞小。

「一共一萬五。」阿埠說。

他從信封裡拿出鈔票，扯下猴皮筋。

「一萬五，沒錯的。」阿埠顯然怕他點鈔。

幫阿埠做事，什麼手續都不能少，一切要當面點清。阿埠趕緊站起，把門栓插上。「快點兒數！」

他不管阿埠的焦慮，開始點數鈔票。數出十張十元鈔，他就十張摞齊，攤在書桌一角。他平時沒什麼鈔可點，所以現在動作緩慢笨拙，急得阿埠眼珠子暴突。一會兒，書桌上攤滿了鈔票，假如曾梅此刻硬闖進來，收攏都來不及。他一邊點鈔，阿埠一邊擦腦門上的汗。點鈔結束，號稱一萬五千的款項，其實是一萬四千九百九十，差十元。阿埠黃黑的臉，鼻子下滿是汗珠，粒粒如豆：「不會錯的呀，我數過好幾遍！」

「那好，再來一遍。」他是「你急我不急」的態度，誰求誰啊？他拿起第一摞鈔票，表示再當一次點鈔機。阿埠真急了，把一摞摞鈔票收撲克一樣飛快收起，只管往信封裡塞。

「你要我命啊！」阿埠眼睛朝門的方向一翻。

「在銀行，你也得當面點清，要不人家過後不認。」

「我認、認！」

「剛才可是當你面點的，少十塊。」

「行，有多少算多少！」

「那就匯一萬四千九百九十？」

「行！」

「不好看吧？對方該琢磨了，這數是個啥意思？」

阿埠想了想，認為小張說的有道理。他說：「你先把信封收起來！」往哪兒收呢？他一早出來是打零工的，連皮包都帶一個。阿埠撩開他的T恤，指著他這一天還沒裝入任何食物的肚皮：「就擱這兒。」

張明舶把信封插在褲腰裡。阿埠審視著他，不滿意，但又無奈：「待會兒走的時候，吸著點兒氣，見曾梅的時候，側著點兒身。」

「你這到底是給誰的錢呀？」

「在這兒別說那個字兒，啊！」

「什麼字兒？」

阿埠伸出右手，拇指與食指、中指，捻弄得又快又靈巧，模擬點鈔。

「你總得告訴我，這個，」他學著阿埠的模擬點鈔：「到底是給誰的……」

阿埠把手指擱在嘴唇上，嘴唇抿成一條縫，眼色嚴陣地盯他一眼，打開門出去了。五分鐘之後，阿埠回來了，手裡拿著兩張五元鈔票。他是跟曾梅要錢去了。曾梅把阿埠的財權剝奪得很徹底。

阿埠不言語地在一張紙上寫下一個地址，小張只看到「安徽……阜陽」。阿埠把紙條折起，親手塞在小張褲兜裡：「馬上去郵局，把這個——」手指又是模擬點鈔，「立刻匯出。」

「你不跟我講清楚，完了我又栽一次，算誰的？」

「你就不能信我？」

這回小張老老實實地說：「不能。」

「一個女人，難！需要這個，」他的手指頭又開始捻動。

「我還難呢。」

「我知道，我對不住你。不過君子報恩，十年不晚！」小張想，這人真能給自己寬限，十年！十年，五個小婷也餓死了，不餓死也跑了。阿埠似乎看出他腦子裡走著的句子，堅定地說：「一旦我這條鹹魚翻過身來，頭一個就報答你！你看，我就一直念著你忠誠老實，哥有難處，頭一個就想到讓你幫忙！我對自己親弟兄都沒這麼信任。」

他看著猴兒哥，眼睛裡是老老實實另一句話：你別又抬舉我，讓我再當一回受害人。

阿埠的手指又開始模擬點鈔：「這上面的事，不信任的人，敢請來幫忙？所以我就叫曾梅找你。除了你，我誰都不敢信。」

他依然直視阿埠：除了我，所有被你害的人都想殺了你。我也未必不想。

「見死不救，可不像咱那仗義的小張兄弟啊。」

他從T恤下抽出信封，往桌上一扔，響聲就像抽一大嘴巴：「對不起，我幫不了你這不清不楚的忙。」

「哎喲！」他趕緊拉開抽屜，把信封扒拉進去。下一秒鐘，他已經又出了書房。猴兒哥動作快得小張眼暈。他聽見大門被一重重打開，再從外面被一重重鎖上。阿埠回到書房，笑笑：「我把曾梅給支走了。讓她給咱冰椰汁來喝。你想知道那個女人是誰，是吧？放心，不是我這次跑路在外面臨時找的露水伴侶……」

小張知道自己臉上一絲表情也沒有，眼睛一動不動，目光凍上了。

阿埠沉痛地說：「她是我老婆。在農村呢。曾梅不知道我結過婚。我兒子今年都十歲了。」

小張越不說話，越沒表情，阿埠越是坦白從寬：「我上大學之前，家裡就給說了這個媳婦兒。大學二年級，我回家完了婚，她就懷上了兒子。畢業後，我留校教書，犯了個小案子。我這人就招女人，有什麼辦法，尤其男人長年不在家的女人……」

他還是毫無表情地接受他的坦白。阿埠挺能給自己減刑，「破壞軍婚」給減成小案子了。那個在無知覺中被阿埠戴上第二頂綠帽子的受害者（軍人本來戴一頂帽子，也是綠色），若知道他單方面給自己減刑，一定不答應。

「到海南來，多少也是為了躲這事兒。我們村的人都知道了，媳婦兒抬不起頭來。可是誰想到呢，在渡海的船上，我就遇上了曾梅。曾梅挺主動，你想，我碰上主動的女人，還能正經得了？頭一回跟曾梅撒了謊，以後這幾年，就弄得我自己特被動。我也想跟我媳婦兒提出離婚，不過一想到人家在我有案子的時候，都不嫌棄我。狠不下心來呀。這不，兒子過十歲生日，給他攢下這麼點兒錢。孩子長這麼大，我都沒管過，也沒見過幾面，做我媳婦兒，遭罪啊！」

小張知道，他不再是毫無表情，眼睛肯定是解凍了，此刻正泛著同情的波光。阿埠的淚，撲簌簌流到黑黃的臉頰上。然後，他又拿出一百五十元，作為匯費和小張的車馬費。

阿埠用一個黑黃的拳頭，抹掉淚水，乾咳兩聲，把一個男兒當著另一個男兒懺悔、掉淚的難堪和弱勢地位，混過去了。「所以，請老弟一定幫哥這個忙！」他大咧咧拍一下比他高大半頭的老弟的肩膀；朱總又回來了：「等著標總接受了我的深刻檢討，容許我回去發揮我的銷售才幹，我一定說服他，把你調來。我們仨，又是一個金三角。你看你多老實，沒給你匯費，你也不跟我要，你打算自己貼嗎？我就知道你是個寧願天下負你，你不負天下的厚道之輩。」阿埠的本事在於，他給人灌米缸時，他對自己的真誠絕對相信，因而你也跟著他相信他是真誠的。「一旦咱標總的門鎖做大，我們還是Sacred Trinity，神聖三人幫！」他一雙眼睛又接通了電路，小張暗淡的前景頓時生光。

阿埠把自己煽乎熱了，忘乎所以，拉著小張來到陽台上。他憑欄遠望，上午的海面，點點白帆，鷗擊長空，任海風吹拂著兩千年和他不得已留長的頭髮。他擺開茶具，燒上小水壺，看著大海說：「美國人老說，百萬級的景觀，指的就是這樣的豪景。因為壯闊的景觀，久而久之，能改變一個人的胸懷和情懷。一個人的格局，跟他常常觀看的景觀有關。望著大洋，抒情壯志，人的內心格局，潛移默化拓寬。征蓬出漢塞，歸雁入胡天。大漠孤煙直，長河落日圓。王維要是沒看過那樣壯闊的景色，斷然寫不出這樣的句子。」小水壺輕酣，他看海看迷了：「將來咱們老了，能不憶海南？這個地方英雄狗熊並存，但海南都不偏袒，不歧視，英雄可以一夜成狗熊，狗熊也可以一夜成英雄，各顯神通，誰都不礙誰的事。海南就這點好，容得活魚成龍，也容得死魚復活，還容得鹹魚翻身！」

一重重高檔門鎖又響了，曾梅回來了。女人的嗓音爆起：「阿埠你瘋啦？！我在樓底下都看見你了！」話音未落，女人的胳膊已經上來，拖住阿埠輕盈的身體就往後扯，扯筋客廳裡：「才藏那麼幾天，屁股就癢癢了！」

阿埠問：「冰椰汁買回來了？」

「買個屁！」曾梅怒吼：「我剛走到樓下，一回頭，就看見你個猴兒頭！你要長得像一般人，還不那麼好認，偏偏長了你這副誰見誰難忘的樣子！你要是讓債主抓去抵債，一不小心讓亂棍打死，那也就算了，這套房子也要賠進去的！沒有你阿埠，我能過，沒了這套房，我就跳海去！」

這就是女人的價值觀。男人本身沒價值，男人創造出來的價值，就是他們的全部價值，創造出的現成實體價值只要在那兒，男人在不在那兒，無所謂。曾梅的一番話，讓張明舶心涼，似乎她不光在說她自己，而是在替小婷和所有類似女人作代言。他聽阿埠的話，吸著肚子，把腰帶裡藏掖的那個鼓囊囊的信封，吸進兩排肋巴間由於吸氣和飢餓而塌陷出的深谷，並半側著身，從正在為女性代言的曾梅身邊走過。有曾梅以及她為之代言的同類女性——自視頗高，認為自己配當男人們的名花，被供養的曾梅們，小婷們，以及他在樓下噴泉池邊遇見的閒來無事、學書學劍的女子們，還怕世上不相對應地造出足夠的剋星——王總們，朱總們，程文豈們？慢說他小張目前走麥城，就是他正逢其時，過五關斬六將，也不一定能以一己之身，得到小婷從一完整的身心。因為小婷假如完全坦誠直露，就是又一個曾梅；曾梅那一番話才是率真流露，標出了她們真正的底限。

15

他揣著阿埠寄給他不幸的女人和孩子的錢，哪兒也不敢耽擱，直接去了郵局。他貼了跌打損傷膏藥的腿，減輕了些許疼痛。但他越想越覺得虧；這幾棒子，本該打在阿埠腿上。不過阿埠那身子骨可經不住這麼幾棒子，一定是要骨碎的。他突然惱自己，阿埠那害蟲，骨頭碎了裂了，十二分活該，你替他操的什麼心？！兩個女人打來的是幸虧棒子，要是子彈呢？要是砍刀斧頭呢，擋的也是小張的肉身，那就不是跌打膏藥能救的了。他怎麼沒早想到，跟阿埠要點傷殘補助費，精神損失費？

此刻街上人不多。他現在就怕人不多。他縮著脖子，弓腰駝背，給自己縮減身高，生怕自己高出海南人群的半個頭，老遠就能進入追殺者的目光準星。他走一段，就躲進一店家，觀察身前身後，是否有人尾隨。他突然想到，假如追殺者耐心沉著，在城裡各處佈置埋伏，只要他一落入他們的埋伏圈，他就立刻供出朱維埠的藏身之處。他也許會考慮，是否加入他們討還首款的圍攻。他可以參加到追討者的外圍，幫著造造勢，吼兩嗓子，不必露頭，等著人們去威逼阿埠，折磨阿埠，讓阿埠不得不把現在和曾梅享用的觀海公寓抵押給大家。那就成了。那份作為抵押的房產中，就會有他張明舶的一小份兒。為什麼不？朱維埠的財產早已是上千萬負數，實際上阿埠就是站在幾十個債主共同擁有的觀海陽台上，望洋抒情。這麼多買房戶，包括他自己，都擁有那陽台的一個百分比。他們這個討債正義之師在負擔著阿埠和曾梅好日子，讓他倆寄生在大家的虧空上，苦難上，在那觀景的陽台上小布茶道，微調琴弦，他倆的舒爽和眼福，是大家在支付。也許他小張首付的錢，就夠買下那個廚房；他喜歡那個小廚房，銀灰色的灶台，白色櫥櫃，深灰色地磚，帶隱約深紅的花紋，格調不差……再看看現在他和小婷，在什麼樣的環境裡炊事，煎烤任何東西的同時，先煎烤自己！也許他的錢夠買下阿埠家那個客衛。他在客衛裡貼膏藥時，注意到廁所儘管狹小，但五臟俱全，放著一架小鴨洗衣機，馬桶雪白，淋浴器錚亮，洗臉台上的鏡子寬大明亮……看看小婷在什麼樣的浴室裡洗浴、如廁吧！任何像小婷這樣的姑娘，都配有個潔白的馬桶，都配站在出水量充足的蓮蓬頭下唱歌（人都有一站在淋浴下就想唱歌的毛病），更配擁有供她擺置五彩指甲油、變色或不變色的各種品牌唇膏、粉底粉餅胭脂。雖然小婷和曾梅都屬於被供養的花類女子，但曾梅卻通過阿埠，竊走了屬於小婷的那一小部分。也許他交的首付太少，那公寓裡的一個壁櫥就足夠抵扣了。那也不要緊，小婷多麼希望她那些霓裳羽衣能有個體面的貯藏處；她每次拉開塑膠櫥櫃的拉鍊時，都嘆口氣。他知道，嘆氣是嘆給他聽的。這樣一想，他不再害怕埋伏和突襲，索性挺直腰桿，伸長脖子，假如附近有追債人，應該能很快捉拿他歸案。那麼，離他索回阿埠公寓裡的半個陽台，或一個廚房，或一個廁所，亦或一個壁櫥，就不遠了。遺憾的是，今早追殺他張明舶的人，此刻已鳥獸散。世間發生的事件，為什麼次序總是倒錯的呢？

郵局人很多，但有些人進來，不是有郵遞業務，只為了站到那個吊頂電風扇下，借一點兒涼風。海南盛世時，人們往外島外匯款，現在匯款處沒什麼業務，大多數人擠在那裡等長途。他照著阿埠寫的地址，填寫匯款單。女人叫杜沫羽，不像農村媳婦的名字。也許是小學校老師給取的名。也許她是最後一批知青？或者她與知青有某種關聯？這個叫杜沫羽的女人是站在曾梅們、小婷們對面的，跟廣玉和曾經的藍蘭為一類，自認命裡無人供養，一天不為自己掙飯，就是一天的飢荒。他們可以愛一個男人，只因為他招她們愛，假如真愛上了，那就是自己有口飯，絕不讓男人喝稀粥。可世上男人賤呀，不讓他們供著養的女人，他們愛不上，疼不來。沒有一個如花似玉且毫無用場的女人比對著，怎麼能比出他們的偉岸，他們的強悍，怎麼能讓他們逗著玩兒，觀賞收藏？沒有那些如花女人的示弱，他們如何雄起？一個如花的女人，假如自己不拿自己當花，當一棵實用的草，花期枉度，結出餵養生靈的穗籽，點燃一顆薪火從而燎原，或去溫暖一條火炕上的親人，那便是瀆職，是自廢武功，是自我犧牲其優越性。任何為花的功效，都百倍於為草，那麼花不做、做草的女人，自己減掉多少分？於是，明明是草，也都夢想為花，做名花，被人供養，如曾梅，更別說自信生而為花的女人，如小婷。

輪到他到櫃台上了。郵電局職員點鈔，他不敢錯眼地盯著。職員拿出一張十元，擱在一邊，說：「多十塊。我再點一遍。」第二遍點完，還是多出十元錢。看來在阿埠家他點鈔點錯了。他收起那張十元鈔和匯費剩下的零錢，加在一起一共三十元落袋。今天比昨天，他富了一點兒，富了三十元。

他花了五元錢，給小婷買了一大把花。一個沒人買花的漂亮姑娘是失落的。他又花了兩元錢買了黃瓜和切麵。晚餐就是黃瓜絲拌涼麵。正在落市，黃瓜看上去八十歲了，蔫出皺紋來，不過等於白撿，兩毛錢五根。他們不再去廣玉的排檔用餐了——小婷對廣玉忌憚，廣玉也未必不忌憚小婷。雖然髮夾的誤會已被澄清：那次廣玉帶侄兒和女兒來給這個房殼子裝門，小女孩兒的髮夾掉落在地上。廣玉向小婷澄清了真相，但澄清本身就尷尬，因而也造成微創。

離樓殼子兩條街口的巷子裡，有一口井，井水特涼，但四分錢一桶。他每天睡前必買一桶井水，用井水當土冰箱，把當天吃不完的瓜果泡進去。到了早上，井水成了溫水，再用來洗漱。

他走上四樓的樓梯，就知道小婷不在家。他把那一大把花插在一個打水的塑膠桶裡，市場下市前，不光黃瓜賤賣，花也便宜，五塊錢買了這麼多玫瑰和百合。他回到走廊上的廚房，開始準備晚餐。此刻出現的鄰居，個個汗流浹背，被各種愁事愁著，也愁這酷熱。他煮上麵，用井水沖過，放了幾滴麻油，拌勻。麵條依照小婷的口味，煮得稍軟。黃瓜水裡泡過，飽滿了不少。他在塑膠小案板上切黃瓜絲，一面聽著樓道裡的腳步聲。他能從眾多腳步聲中聽出小婷的。小婷無論穿什麼鞋，剛步上樓梯，他就能聽出來。他對小婷的在場，靠聽，嗅、看、觸摸，連空氣都能告訴他，小婷是否在場。住在走廊那一頭的女人路過，身上熱汗蒸騰著他，隨口招呼：「做飯呢？」他「嗯」一聲作答。這樓裡的人此刻多說一個字都嫌熱。

「你愛人上午出去的時候，借給我一份《海南開發報》，你們還要不？」

看來此女不嫌熱，一口氣說那麼多字兒。他熱得不想回頭，也熱得把笑容省了，只是後腦勺朝她搖了搖。女人也沒什麼好看，一張馬臉。

不過此女提供的信息可用：小婷上午就出去了。這麼長的一日，她去哪裡度過的？什麼讓那地方如此有趣，能留住她那麼久，到現在還不歸家？

小婷倒是很坦白，在他擺出冷麵時說，她已經在外面吃過了。他不想知道她在哪裡吃的。小婷說她出門找工去了。《海南開發報》上登了個廣告，一家鞋店招聘售貨員。程文豈上午回到樓裡教學生，說小張在他店裡打的那份臨時工也打不下去了，成群結伙的債主堵著他的店門討債，把他未開張的店也攪得不可終日。總不能坐吃山空吧，小婷愁愁地加了一句。他一聽，麵也吃不動了。小婷這是在打他的臉。他有氣無力地問她，賣鞋子是老要蹲在客人面前幫客人試鞋的。她不以為然，表示比晚上站在路燈下強多了。難道他的女人除了蹲在男女老幼面前，嗅各種腳臭，把鞋套在那些長老繭、腳氣、灰指甲的腳上，就是夜晚站在路燈下，其他別無出路，別無選擇？好在她試了一天工，決定不去上班。那又何必白搭這九個小時試工呢？她看出他沒問出口的問題，說她其實不在乎吃那份蹲地伺候腳丫的苦，她決定不做，是店老闆對她動手動腳，每次她到店後面的小庫房去為客人取鞋，他就跟進去。最露骨的是試工結束後，老闆跟她開玩笑說，不必到前面伺候那些臭腳，在店後面伺候他一個人就行，他可以馬上提拔她做助理，跟著老闆去浙江進貨。

他心疼地看著她。哪個女孩長成小婷這樣，男人們都不會讓她安生。男人們身邊有小婷這樣一個姑娘，楚楚動人，楚楚可憐，要是不撫弄把玩一番，簡直就是白做男人了。

他站起來，想擁她於懷中，但她兩隻手弱弱地推擋，不要，熱死了……他無趣地坐下來，冷麵似乎這會兒才冷透，一根根僵死在碗裡。他悶坐一會，忽地站起，把為小婷買的那一大把花端到桌上。她說她一進門就看見了，謝謝他。平時小婷見到他獻多花是會親一親他的，看來試工的經歷帶有嚴重創傷性，重創了她的信心，使她對自己在這個社會上立足的能力有了更現實的認識。他問她在哪裡吃的晚飯。她走過廣玉排檔時，廣玉硬拉她坐下，給她上了一份素菜煲。他心一軟，廣玉正試圖跨越自己的小女子極限，把他和小婷都納入自己羽翼之下。也許廣玉意識到，她無法給予她對小張的那一點不明情愫，要給予，必須給予連同小婷的兩個人。反之，她若只要小張一人每天那一小時的陪伴，或說僅僅是要小張那短暫的在場，是不行的，必須連同小婷的陪伴、在場一塊兒要。小婷和小張是一雙筷子，只要一根，是使不得的，廣玉終於認識到這點。小婷又告訴他，廣玉懷孕了，快五月了。小張想，原來徐建築師在海南兩年，不僅留下了幾件舊傢具，還留了情，留了種。他留在廣玉腹內的孩子，會誕生於世嗎？小婷說，胎兒都快五個月了，廣玉現在還不曉得是不是留下孩子。

「都快五個月了？！」

「你急什麼？！」

小婷的怪腔刺得他一激靈。是啊，他急什麼。這個小女子，一面接受廣玉的情誼和實惠照料，一面又用廣玉做假設情敵，弄點酸酶假醋，消遣無望的日子。

「我找到了另外一份工作。」他不願掉入小婷的消極中去，決議換個情緒。

小婷眼睛亮了。

「告訴你一個秘密啊，不准對任何人講，知道不？」他眼看小婷即刻就振奮起來：「朱維埠回來了。他和標總聘用我做他們金門製鎖公司的銷售部副經理。」

「真的？！」小婷眼淚都汪起來了。那是沉船上的人的淚眼；一條沉船前邊，突然出現了岸。

他口中一邊胡編，心裡一邊在做打算。他過幾天就會去催逼阿埠，讓他退還他一部分他的首期房款，然後他把與小婷的日子好歹糊弄下去。留住小婷，不擇手段地擋在她和鞋店老闆，以及無數王總們之間，每糊弄的一天，就是贏得的一天。海南這邪魔地方，讓他和所有闖蕩者總不死心，冥冥中覺得，一覺睡醒，或許機會就來了。所以每一天的堅持，都是賭盤上贏局前的最後一張牌，只要還有一口氣，再拚一個籌碼，就能絕地翻盤，死魚復活，鹹魚翻身。有什麼辦法呢？眼下耗在海南的所有南渡客，都是這種輸不怕的賭徒。以朱維埠為首，包括他張明舶，包括所有在海珠別墅的騙局中，輸掉了首款的房主。

「當然是真的，」說著，他看著小婷的眼睛，迎著那審視的目光，笑了。他把自己都騙進去了，自己都信了，他笑得那麼真。

小婷馬上坐在了他的膝蓋上，也不熱死了：「你別騙我哦。」她嬌滴滴的兩條手臂，有了力量，摟緊他脖子。也無法完全摟緊，因為在她手臂與他脖子間，隔一層厚厚的汗水。這樓殼子，一到傍晚，就把他們泡在各自的汗裡。

「不是真的，我平白無故買那麼多花兒？」

「我心裡也奇怪呢，菜都捨不得買，每天市場關門才去掃人家筐底子，今天什麼日子，捨得買那麼多花！」

原來這些日子之囧，她都看在眼裡，存進心裡。一連多日，他帶回的菜都是菜渣，不被買來，下一分鐘就被菜販子當垃圾扔了。

三天過去，小婷哼著歌進出，拿出塑膠衣櫃裡的絲綢裙子，掛到窗口吹風，叨咕塑膠衣櫥不透氣，白天的熱氣進去，夜裡出不來，衣服都出汗了。他答應她，等他拿到工資，就去買一個真正的衣櫃。

晚上，兩人到南渡江邊乘涼。小婷告訴他，她有個親戚在新加坡，願意資助她去那裡讀書。他問，那她想去嗎。她說她才讀到小學四年級，新加坡又講英文……她停住了。他忽然想起，她呼叫器上的英文短信。他說，沒關係，你先去，立住腳了，把我接過去。我打工，你讀書。她笑笑。他問她那親戚是做什麼的。她說是編寫電腦程式的。當時他沒再多問，但心裡長了草似的，刺撓。第二天，他想到曾經那個酒店公寓裡，有個南洋腔調的男人，好像就是來大陸教電腦程式編寫的。小婷指的「親戚」是那個人嗎？小婷跟他在一起近一年了，家裡每個人，都被她念叨得成了他的親人熟人，但從來沒聽說有個親戚在國外。

過了幾天，他瞞著小婷，去了那個酒店公寓。門崗見了他，跟迎接走親戚的姑爺似的，咧開嘴樂，問小張先生和小張太太搬出去這些日子，過得可好。他隨口咧咧，挺好挺好。他看到許多信箱都開著，證明主人都搬走了。門崗套近乎，是為他當股東的親戚拉生意。門崗又問，小兩口房子買在哪裡。他順嘴胡謅：在城外，圖個低房價。然後小張問，那個新加坡來的先生，是否還住這裡。回答是，胡先生回新加坡去了，等海南經濟好了，他會再回來。門崗問他，是否跟那個新加坡胡先生熟。不太熟，是受朋友之托，想向他請教去新加坡留學的事。

離開酒店公寓，他想，小婷是什麼時候，在哪裡，被新加坡人搭上訕的。酒店公寓裡有個會所，也許在那裡兩人開始了眉來眼去。還有個公共洗衣房，大件東西房間裡的小洗衣機洗不開，各家會拿到那裡去洗，洗衣房也可能是他們的交往之地。不過一般洗被單浴巾的活兒，都是他幹，也就是在洗衣房，他與新加坡人有了一面之交。那是個典型馬來人種的男人，黑得發綠，寬大的鼻頭，多層眼皮的大眼，絕對不是小婷喜歡的模樣。可女人不必嫁給喜歡的男人，正如當時王總不必得到小婷的真心喜歡，照樣做她的男人，做她的主人。厲害男人就厲害在此，知道女人不喜歡他，卻不得不從屬於他，委身於他，每日隨便他要她委身多少次，在哪裡委身，她都只有服從的份兒，並且不管真假地享受委身。後宮三千粉黛，沒幾個真喜歡皇上，但都你死我活的爭著委身於皇上。這就是女人。小婷捨王總而取他張明船的一刻，是她人格裡最閃光的一刻，跟隨他搬出酒店公寓，是她第二次閃光，那些耀眼的時刻，不可能長久持續，他也不應該強求她的人格持續耀眼，難道他自己不也是弱到龜縮進藍蘭的屋裡，苟且在那張體操軟墊上？

這一路他不知怎麼走的。到達樓殼子時，似乎心路走通了。他看到一個如小婷的女孩，對於他已經竭盡所有的耐心、能量來守候。一個漂亮姑娘要承受的，比他能想像的更多，得要多堅強脫俗的人格，多高瞻遠矚的眼力，才能對他張明船這樣的窮光蛋進行情感投資。對於小婷，誘惑四伏，向東南西北轉身，都會遇上勾引的眼光，她很不易，很不易。在他謊說自己要去阿埠和標總的公司就職，小婷笑哭了，那是她看到自己的長期的艱難的投資，終於得到微薄的回報了。

這天一早，他就出門「上班」了。頭天他在報紙上看到一則招聘搬運工的廣告。到了XX港，招收的人一看他的個頭和身板，什麼話也沒有，對身邊一個肩膀上披著百衲圍單的工頭擺了擺下巴，意思是，帶他下去幹活兒吧。他在五分鐘內領到一根木棍，一塊扛包用的墊肩布。太陽升高之後，扛著兩百斤的重量，每邁一步都用盡全部生命力。好容易捱到下班，他感到整個人失重了。他一隻腳拖著另一隻腳，走上碼頭，走到一棵椰樹下，想坐下來歇歇，但兩腿硬了，打不了彎。他雙手抱住樹桿，慢慢下降，最後還是像個屁股蹲兒似的砸在草地上。他無思緒、無感覺地坐了不知多久，覺得自己似乎死了，身心中唯一活著的是疼痛，肩膀被重物擠壓、摩擦的疼痛，以及腿上未愈合的棒傷的疼痛。海上來的風逐漸吹醒他，他自問，明天還能來嗎？沒有答案。過一會兒他又自問，這樣的活兒，他能幹下去嗎？還是沒答案。又坐了一會兒，太陽西沉了，疼痛和他自身的力量逐漸平衡了，他撐著地站立起來，回答是：為了小婷，他會撐下去，會活下來。好在下班時間早，三點鐘他已經成了街上的自由人。

一小時後，他來到阿埠家的社區。社區門口　用了新規定，來訪者在門崗不用填訪客單，而是由門崗打電話知會住戶，得到住戶應允，才能進入社區。門崗把電話打到阿埠家，他眼瞅門崗朝著話筒直點頭，表示遵旨，回來卻跟張明舶說，那家沒人接電話。他的牛勁兒上來了，站在門崗邊不走。阿埠還是那個滑得流油的阿埠，剛使完了人，就翻臉不認了。一個小時後，他讓門崗再打電話。門崗又是點頭哈腰跟話筒說了好幾句，回來告訴他同一句話：家裡沒人接電話。他越發頂上了牛，今天他非進去不可！他知道社區的門崗五點換班。

他到附近買了一瓶醬油，一把綠蔥，裝在透明塑膠袋裡，到了社區門崗，溜溜達達直接進門。還真進去了。門崗都犯賤，大模大樣的人，他們就當主子了。他感到肺部發脹，頭頂也發脹，這是他小時候打架前出現的好狀態，一拳制勝的前兆。碼頭上幹奴隸苦力，在社區門口，又受門崗的屈辱，現在都要以阿埠清算。

在朱家樓下，他看見一張貼在牆上的懸賞告示，上面是阿埠的照片。告示讓這個社區的人，但凡見到朱維埠，就打懸賞熱電，賞金五千元，下面落款：「討債幫」。看了告示，他滿胸怒氣噴出一個笑來。

摁了朱家門鈴後，他向後一步，讓貼在窺視鏡上的眼睛好好把他掃描一番。接下去，曾梅需要兩分鐘跟阿埠討論，是否放突至的訪客進門。他給足他們三分鐘。三分鐘一到，他再次摁門鈴。最裡面的對號鎖開了，曾梅的臉在兩層防盜門之後，出拳也打不著。打得著他也不打女人。曾梅小聲說：「他出去了。」

「什麼時候回來？」

女人頭亂搖。

「那我就在這等著。」

「今天不一定回來……」

「我等到明天唄。」

「你怎麼這樣？！」女人的目光刀似的。

他提高聲音：「我受命匯了一筆錢……」

阿埠的臉，立刻出現在女人身後。兩重高級門鎖被慌慌張張地、手忙腳亂地一重重打開。驀然之間，小張又成了座上客，被阿埠喜迎入門。阿埠輕責曾梅：「你也不到我書房看看，我早回來了！」兩人演雙簧，知道你不信，也知道你知道他們知道你不信，但堅持演，靠的是超級皮厚。他被阿埠喜迎進書房。

他進了書房就一拳擊倒阿埠。這一拳落在阿埠胃上，阿埠蹲下了。一分鐘之後，阿埠蹲著來到椅子邊，但爬不上椅子，繼續蹲著。小張一隻手撫摸著那隻出擊歸來的拳頭，等著。等阿埠爬上椅子，黑黃臉更黃了。

「……曾梅不讓我……跟任何人見面……不信，你自己……問她……」

他不說話。

「哎喲，你這也忒狠了，我哪兒經得住你這麼揍……」

「那一拳不是我揍的，是那幫追債的人揍的。」

「哎喲……」這聲哀嚎不是裝的：「岔氣兒了！」

「使喚完了的人你就扔，是不是？」

「絕對沒那意思，真是曾梅管制嚴格。那天咱上陽台，你不是看見了，她對我多凶？！」

「我是看見了，所以才明白，只有凶的人，你才服；破鑼一面，不重鍾不響！你不是要我問曾梅嗎，我這就去問問她！……」

阿埠竄上來拖住他，動作神速利索，也不岔氣兒了。

「他媽的，我頂著大太陽給你匯了那筆款，一共才二十塊的報酬，你朱維埠上哪兒找那麼賤的勞力去？」

「求你了，爺！小點聲兒……」

他揪住阿埠胸前的衣服，要是衣服夠結實，他能把他提起來。他壓低了嗓音，咬著牙關說：「孫子哎，我他媽還要問問曾梅，那一萬五千塊，我小張揣兜裡，理所應當吧？你捲了我六萬跑路了呢！」

書房門砰的一聲別撞開。曾梅的耳朵剛才長在門縫上。

「什麼一萬五千？！」女人對於錢數的聽覺簡直鋒利。

「一萬五千，我還給他……」

曾梅瞪著眼：「你哪兒來的錢還給他？」

「這不是商量呢嗎？我是說打算還給他……」

「你有錢先還我。」女人把那只為阿埠頂住討債人的亂彈琴的手展開，細細長長卻十分豐潤的手，是這女人全身的唯一看點：「還給我呀！你那狗屁別墅項目，我還替你墊了五萬呢！」

阿埠的眉毛一立：「你的錢哪兒來的，還不是我給你的？！」

「不想過了是吧？」曾梅冷笑。

「對，我不想過了！你怎麼著吧？」

曾梅又「哼哼」兩聲，反而退出去了。

張明舶說：「是不是收拾行李去了？」

「愛幹嘛幹嘛。」

「萬一她真不跟你過了呢？人家手裡可是有這房的房契。」

「她有個屁。我還能讓她有真房契？給她做了個假貨，糊弄債主的。海南假鈔都能做，做個假房契難嗎？她明白，拎著行李從這兒走了，就不用回來了。正好，我把兒子老婆接來。」

難怪曾梅一見他上陽台急成那樣。房契要是真的，她是真正房主，她怕什麼？張明舶坐下來，看著阿埠，意思是，你對付完那女人，現在對付我吧。果然，阿埠懂了，調開目光。他剛才招架那一頭，忘了這一頭更不好惹。無意中居然把驚天秘密洩漏給了請他吃了一悶拳的人。阿埠平時心眼子多得賽漏勺，去撈龍鬚麵不帶漏的，可偶然他又幾乎缺心眼。假如小張把他們倆調包真假房契的秘密告訴了討債幫，阿埠望洋抒情壯志的日子，就到頭了。阿埠剛才被那一悶拳打懵，漏出天真輕信的一面，敵我陣線全亂。

他拿出一張白紙，又拿起桌上的筆，在紙上寫起來。寫完，他被揍的疼痛似乎又發作了，哼了一聲：「拿去吧……」縮到椅子裡。

紙上幾行字很漂亮，抬頭三個字「保證書」，下面寫：「本人朱維埠，在此保證，自今日起算的四周內，分批償清張明舶一萬元欠款。」

「我付的首付是六萬！」

他又哼哼：「要不你要我命得了，你看我值六萬的話。」

「至少三萬吧？跌價跌個一半，我也就認了。」

他從椅子裡出來，手快得很，一下就把那張紙扒拉回去：「這你不要是吧？」

小張知道，阿埠下一句話就是：「不要連這也沒了。」

他手也快，奪過保證書，揣進褲兜，一面問阿埠：「那你說，第一批款，多少？」

「兩千五。」

「哪天能給我？」

「一周之後。」

張明舶讓自己的臉從阿埠上方，正面進入對方視野：「一周之後，我來取錢。」

阿埠的眼睛死了似的，完全不是那雙遠望大洋，抒情壯志的眼了。

16

碼頭上接下去的幾天，甚至比頭一天更加難熬。下午兩點，他從碼頭下班，跟工頭說他要結賬。工頭笑笑，告訴他，頭一眼見到他，就知道他是個出校門不久的大學生，有吃這碗飯的身板，但不是吃這碗飯的命。工頭領著他去會計處，路上說，其實這活兒也就頭一禮拜難熬，熬過去，以後就習慣了。到了會計處，拿到三天的工資，五百六十元，工頭說，工資還是不錯的哦。幹什麼都不能太實心眼，你要是在這幹長了，就看出竅門兒來了。臨別工頭囑咐他，哪天路走絕了，再回來，他喜歡實心眼兒的後生。

當天夜裡，他聽到抽泣聲。捏亮手電，他看到一個淚人小婷坐在他旁邊。怎麼了？她不語，拿起枕頭邊的手絹，擤了一把鼻涕。他想爬起來，但一周的苦力奴工，渾身都跟挨了臭揍一樣，疼得動不得。只聽小婷在黑暗裡說：「睡吧，你累壞了。」

說著她靜靜地挨著他躺下來。他拉起她的手，濕漉漉的，淚浸的。

早晨他醒來，小婷已經起床了。平時她是不起早的。每天他去碼頭，她還睡得正沉。

他依稀想到半夜的事，小婷為什麼哭呢？他在方桌上發現一張字條，她告訴他，她出去散步了。這太反常了！你若把她晃醒，叫她一塊趕海，說早起的趕海人，能撿到的蟶子和蛤蜊個頭最大。她會皺起鼻子，翻一個身，「求求你，再讓我睡十分鐘！」小婷的早上，最美味的是懶覺。他驚慌地來到樓下。街上一個人都沒有。他不知該往哪個方向走。他往右邊走了五六分鐘，拐彎，看見幾個運送菜蔬的姑娘，蹬著三輪車下坡，嘰嘰嘎嘎地談笑。

他又拐回來，往另一邊走。走過一片花池，接著往前走，忽聽見後面有人叫他。一回頭，見小婷從花池那一邊的池沿上站起。她縮坐得太小，他心又太急太慌，把她錯過了。

「不怕蚊子咬嗎？」他是真心疼。

她愣著。夜裡哭，臉給淚水泡發了。

「昨天夜裡，是做了噩夢，哭醒了？」

她愣愣地點頭。他拉著她的手，往樓殼子的方向牽引。她乖得很，一點分量也沒有，清風一樣跟著他。

到了四樓，她又流起眼淚來。可以否掉那個做夢哭醒的假說了。進了門，她躺回床上，背對他。他也躺下來，從背後輕輕摟住她，輕輕搖晃。她在他懷裡，就是他的孩子，那麼小，幾乎沒了。他愛這種無我無她的相擁。

「第一天你晚上回來，我就看出不對勁……」她似乎自言自語。

「什麼不對勁？」

「你不是去朱總那上的班……就一天時間，你臉黑了那麼多。夜裡你總是呻吟，好像很疼。有一次，我打開袖珍電筒，看到你脖子下，又紅又腫，很燙的……」她喃喃夢囈一般。

「你到阿埠那裡上班，怎麼會曬那麼黑，肩膀怎麼會腫？」

他抱著她，不再搖晃。

「昨天，我實在忍不住了，跟在你後面，上了公車……」

啊，這個女特務！

「你怎麼幹出這種事——跟蹤？！是不是你過去經常跟蹤姓王的？！」

她張了兩次嘴，沒有聲音出來，眼淚卻流得更加迅猛，快要淹死她了，噎得一個字也說不出。

「問你，你怎麼能幹出跟蹤這種勾當？！」

他知道自己這樣說是很沒良心的；但凡良心沒瞎，就能看出她的淚是為他痛出來的。但一個如小婷這樣的柔弱者，為了他痛出眼淚，正是這事實讓他發瘋。

她搖搖頭，想說什麼，但只能搖頭。她兩隻眼睛像是漏了，沒完沒了地漏出淚水。他拿起襯衫就走。這得多麼狠心的人，才會從那樣一個淚人兒身邊抽身走開。

他直奔阿埠家。這天是阿埠寫了保證書的三天之後。曾梅從兩道柵欄裡，淚汪汪地求小張兄弟再等一天，明天會兩筆錢一塊付，一定，一定。他被兩道鋼鐵柵欄隔著，當盜賊防著。他感覺自己渾身肌肉都在充血，運送力量，感覺能把一根根鋼鐵給掰彎。曾梅看出來了，因此不敢馬上關門，只是可憐巴巴地看著他。阿埠一定把自己如何挨小張悶拳的生理和心理受創過程細說給曾梅了。要不是小張對他們還有點兒用，他們肯定報了警。

「你告訴朱維埠，」他大聲說：「明天他敢再賴，我就用那一萬五償還我自個兒。」這是他急中生智，脫口而出的謊話。

曾梅愣住了。

阿埠聽到了這句話，從書房衝出來，站在曾梅身後說：「錢你沒寄走？！」

曾梅的目光立刻刺向阿埠。阿埠顧不上曾梅，絕望地瞪著小張——他那苦命的妻子和兒子，眼巴巴等在老家的村裡。

「你是什麼人，我不知道嗎？比泥鰍還滑。我不留一手，不又讓你滑過去了？」張明船說。他寄出那筆款之後，確實後悔自己性格過於忠厚，到了迂腐的程度。對阿埠忠厚，就是對小婷犯罪。當時要真留住了一萬五，小婷還是小婷，不會化成淚人兒。小婷的眼淚，每一滴，都是扎在他心裡的針。此刻他想到他把什麼樣一個小婷單獨撇下，眼淚頓時湧上來。他掉頭就走。

「那是救命的錢啊哥們兒！」阿埠在他身後嚷，也不怕鄰居聽見，拿他換五千塊賞金去。進電梯時，他聽見阿埠家的門關閉的聲音。讓阿埠在關了的門後，跟曾梅去解釋或者圓謊吧。

回到家，小婷已經在廚房做午餐。這時氣溫還沒上升到可怕高度。他從背後抱住她，鍋裡被煎雞蛋吱啦啦地吵，煎蛋的人非常寧靜。他的擁抱很長很長，多少懺悔都容納得下。最後他還是在她鬢角邊說了一句：「對不起。」

他感到她動了一下。他知道她又掉淚了。他進了門，她端著兩個煎蛋進來。桌上已經擺好兩個盤子，兩塊麵包，兩根香蕉。他不敢看她，把撒拉醬抹在麵包上。剛才恍了一眼，她似乎失去了一些血色，似乎淚水能沖走血色。

兩人默默地吃飯。他們一般就是一日兩餐。不知從什麼時候起，裝零食的瓶瓶罐罐都空了。零食都戒了，你還要一個女人怎樣？他似乎在呼應心裡這句責問，手伸出去，摸著小婷拿筷子的手，但眼睛還是不敢轉向她。他收拾餐具時，她慢慢蹭到他身邊，毛茸茸一個頭，癱在他赤裸的大臂上。

「不要去碼頭了，好嗎？」她不是問，是求。

他回過身，抱住她。他點點頭。

當夜他們很要好，兩個身子都分不開了。

凌晨三點多——那是後來他回想時感覺他聽見慘叫時，撇了一眼電子錶。那慘叫太嚇人了，所有住戶都被嚇得站在自家門口，拿著蠟燭和手電，把自己映照得也很嚇人，一個樓的魑魅魍魎。一個女人從程文豈的門內瘋狂奔出，直奔樓梯口，又奔下樓去。程文豈不是一個人住嗎？哪來的女人？……不久，聽見那個女人在一樓嘶喊，哭叫。

打著電筒掌著蠟燭的人，開始往樓梯口聚集。程文豈好歹是他的前老闆，怎麼也要關懷一下。他頭一個往樓梯下跑。在拐彎處，他看見小婷也在下樓的人群裡，馬上喊：「小婷，你回去！」小婷停下了。他預感到一件可怕的事正在發生。

他頭一眼看見那女人站在一個動彈的東西旁邊，語無倫次地用當地話喊著，似乎是「老師！老師！」手電聚焦，他才看清，那動彈的東西是掙扎中的程文豈。他趕緊跑過去，看到程文豈鼻孔和嘴巴都在流血。他是從樓上掉下來的，還是跳下來的？他問那個半瘋的女人。女人用當地人的普通話告訴他，程老師是起來上廁所，睡迷糊了，走錯方向，走到「落地窗」前，一腳踏出去了。不是有鐵欄桿嗎？不結實，也不夠高呀……女人哇哇地又哭喊起來：程老師！程老師！

人群聚集過來。他指揮一個少年，讓他到路口電話亭打急救電話。他自己抱起程文豈，對他輕聲說：「文豈挺住，急救車馬上就到！」

程文豈對他微微一笑，好像迎接小張到他店裡上班。他的嘴開了血的泉眼，帶著泡沫，一股一股地冒。似乎是五臟六腑被摔碎了，血裡帶出小塊的塊壘，像是臟腑的碎片來。打電話的少年回來了，說電話亭的電話壞了。張明舶想到小婷的車，叫程文豈的女人過來，托住程的頭，自己抽開身。他奔上四樓，發現小婷不在屋裡，就是說，她仍然擠在圍觀人群裡。他用電筒照著玻璃書架，小婷的車鑰匙就放在那裡。但他沒有找著。等他回到樓下，一輛計程車停在路邊，樓民們正在把程文豈往車上搬。

計程車離去，人們議論著事發經過。那個女人是程文豈的學生，時不時在程文豈這裡過夜。這天夜裡，兩人睡前喝了不少酒。夜裡程文豈起夜，女人也醒了，見他走路不穩，要扶他解手，他說不用。女人眼看著他往相反的方向走，就喊他，但已經喊不回來了。女人是眼睜睜看著他掉下去的。

他回到樓上，想跟小婷打個招呼，也到醫院去看看。但小婷仍然不在屋裡。他只能留了一張紙條，就趕去醫院了。

到了急診室，看到女人靠牆站著，人成了塊木頭。他走上去，女人向旁邊挪了一步，表示「別跟我說話」。他想問問急促來去的護士，但護士步子太急，並目不斜視，他只能陪女人靠牆站，等待。其他等待的人佔據了兩把長椅。有一家人等來了他們躺在推車上的老爺子，腦溢血倖存者，全身能動的，只剩兩個眼珠子了。一家人呼著喊著，陪老爺子去了住院處。

等到天明了，什麼消息也沒有，搶救仍在進行。他寫下自己的呼叫器號，交給木頭一般的女人，女人抖了一下，彷彿從站立的夢中驚醒。晨光裡，他發現她只有十八九歲。看起來，她很愛她這個花蝴蝶程老師。

回到家，小婷在熟睡。也許只是看上去在熟睡。自從她招供了清晨跟蹤他去碼頭，他拿不准每天早晨的熟睡是真是假。他躺到她身邊，覺得累極了。他醒來，室內的溫度已經開始升高。小婷卻還在睡。他來到客廳，看著那個由小婷（還有後台的王總）裝上的鋼窗，心生感念。若不是小婷（還有王總），一腳踏到空中的也可能是他張明舶。他看到凌晨給小婷留的紙條，不知道她看到沒有。他團了那張紙條，重寫了一張：「我去朱總那裡一趟，中午回來，我們一起去吃冰。愛你的舶。」

這天他運氣好，剛一摁門鈴，兩道鋼鐵柵欄後面的門就從裡面打開了。曾梅的一隻修長而豐腴的手，隔著柵欄，遞出一個信封。她的臉和身體都隱在門後，似乎一隻手能完成的事，臉也就省了，身體其他部位也都可以省了。他接過錢，門就要關上，他說：「等會兒！還沒數呢！」

那隻手扶著門邊，門和框只留一個手能進出空隙。他只配看她一隻手，不過，她一身也只有手可看。

拿著錢，他在街上轉來轉去，想著給小婷買點什麼。他想到小婷試工那家鞋店。前天，小婷的皮拖鞋的底斷了，她抱怨什麼都造假，皮子就裡外兩層薄皮，裡面是馬糞紙。不如現在去給她買雙皮拖鞋。

鞋店是全海口最大的一家，店堂寬敞，一個年輕女營業員站在那裡發呆。她的裙子很短，長得不算醜，也不知入沒入那位老闆的法眼。沒有小婷那樣的姑娘，次幾等的，老闆恐怕也只能將就。不過他若失去小婷，全世界的女人相加，榨出汁凝練出最好的精華，他也將就不了的。他在貨架上瀏覽，並沒有皮拖鞋賣。女營業員不耐煩地問他，要買什麼？他顯然打斷了她的白日夢。這不是人們逛店的時間，人家本來可以好夢一陣呢。他看到一雙紅色的皮涼鞋，想到小婷有一件紅白小格子的短袖衫，配這雙鞋，一定相得益彰。他熟知她那雙腳的號碼，便請女營業員拿一雙三十六號的紅鞋。女營業員一聲不吭，進到後面，五六分鐘才拿著一個鞋盒出來。五六分鐘，那個老闆跟著小婷進去，夠他在她身上動手動腳了。假如老闆此刻現身，他一定讓他吃一頓悶拳。

他抱著鞋盒，揣著五千元到了家。小婷又是缺席。樓殼兒開始　動它的烘箱功能，他覺得每個毛孔都在孵化蠶籽，往外爬動的不是汗滴，而是小蠶，渾身刺癢。他在光板子預製板上躺成一個「大」字，設想他白天出去幹活兒或假裝有活兒可幹，小婷在烘箱裡度過每一分鐘，每一小時，每一日。他側過臉，瞥見那個透明塑膠衣櫃，裡面花花綠綠的顏色消失了。他一躍而起，來到那櫃子前，拉開拉鍊，裡面挨了文明打劫，乾乾淨淨，纖塵不染。他衝進臥室，什麼都沒變。浴室和廁所簾子拉的嚴嚴實實。他扯開簾子，似乎簾子後面可能藏著逗他玩兒的小婷。一切都乾乾淨淨。小婷不見了。那些隨著她來的大箱子，小箱子，隨著她消失了。他掀開床單，似乎會在床下找到躲貓貓的小婷。結果真找到了小婷的一點痕跡，一個存摺裡夾著一摞鈔票。他打開存摺，發現上面所有的款都取光了。那一摞鈔票，是存摺上最後的底子。小婷把自己最後一點家底，都留給了他。做他的女人，做得人財兩空。你還要她怎樣呢？似乎這是她無言的留言。

他感到呼叫器震動，拿出來一看，是程文豈女朋友發來的短信息：「程文豈老師十二點五十一分離世」。程文豈昨夜的墜樓，一定是導致小婷心理雪崩的最後一朵雪花。此前她一定也想過出逃，但在那句「不要去碼頭了，好嗎？」之後，可能打算再陪他忍受煎熬。程文豈的慘事讓她徹底看清了，這個非人的生存環境到底多麼險惡，多麼非人。她離開父母家庭，不是為了投入這個非人環境的。

他躺在單人床小婷躺的那一邊，眼淚流在小婷身體壓過的草席上。他覺得，可以死了。

死比他正經歷的活要好受得多。他嚎啕起來。他在哭喪，為小婷的消失，為正在自己的活。

他不知道自己竟然裝著那麼多淚水，能不斷流地湧出，湧出，三四個小時，不斷流。小婷的車鑰匙為什麼找不見了，原來她早就把車賣掉了。多少次，她下了決心要走？又是多少次捨不得他，留了下來？下午，他的汗水和淚水在草席上聚成窪。呼叫器又震動了。他看也不看。消亡的包括這個世界的一切活動，一切訊息。呼叫器再次響起，也許是小婷回心轉意？就是她回心轉意，也是暫時的，以後還會轉意回去。不必了。殺人殺一次就夠了。重複殺戳，何必。他抓起呼叫器砸到牆上。

天暗下來了。全黑的樓多好，是一座墳。有人在敲門。他不動。門鎖被一把鑰匙插入的聲音。小婷？！……進來的人好輕。輕輕往前，往前，帶有摸索感的腳步，近了。

「小張……」聲音也是摸索的。

「小張，你在屋裡？」

一隻手摸索到他身上來。摸到了他的頭，他的臉，淚洗汗洗的臉。

「小張，我不放心你，給你呼叫器發了好多短信，你都不回。我叫琴嬸兒照看著餐館，抽身來看看……小婷下午來找我。我知道，她離開你了。」

廣玉在床邊坐下，一隻手還留給他的臉。他抓住了這隻手。不管怎樣，這是人世間伸來的一隻手。這隻手此刻來給他打個岔，分分神，也是好的。這隻手拉他起來，拉著他出了門，拉著他下樓梯。外面，燈光璀璨。

他被這隻手拉到了那條熟悉的街上，拉到一條熟悉長凳子上，坐下來。他那麼信任這隻手，一直由它擺布，決定他的方向。他坐在凳子上，周圍的食客嘰嘰喳喳，但說的什麼，他聽著都是鳥語。一群落在他周圍的人形巨鳥，喜洋洋地呱噪。那隻手又來了，給他端來了飯和菜，還有一大瓶啤酒。他的臟腑對食物緊鎖著，對啤酒卻大大敞開。他一口氣喝下去半瓶啤酒，打出一長串嗝，完全是販夫走卒的大爽。一瓶冰涼徹骨的啤酒下去，他居然想說話了。他拉著廣玉說：「你坐下，陪著我。」

廣玉就坐下來，看垂死病人的眼睛看著他。

「她怎麼跟你說的？」

廣玉當然知道「她」是誰。「她說她要去新加坡。先回浙江家裡，看看父母和祖母祖父。有個親戚從新加坡來接她去。」可憐的小婷，渾身沒有一樣本事，只有把自己再次批發出去。她連阻擋自己落到同樣下場的本事都沒有。那個新加坡男人，一看就是有家室的人，催他來海南的熱情，就是此地充滿便宜妹妹。小婷也是他順手揀的便宜。

從廣玉的攤子離開，他打著醉拳回到樓殼子裡，遁入醉眠。夜裡三點，他醒來，晃悠到街上，找到一家露天酒吧，還有人在唱歌。他點了一杯加冰威士忌，喝完才品嘗出那不加掩飾的假來。簡直就像蒙汗藥，暈都是錯的那種暈。他怕暈在酒吧裡，趕緊往家暈，一根根電線桿都是他的拐杖。

這一覺睡得比死還死。足見蒙汗藥威士忌力道了得。他躺在床上，筋骨都給抽出去了，任何小動作都是愚公移山。到了正午，他把自己從床上拖起來，首先拿起那雙紅皮鞋，又拿了點蠟燭的一盒火柴，來到落地窗口。他推開窗子，正午的氣體熱流滾滾而來。他吸了一口滾熱的空氣，擦一根火柴，點燃紅皮鞋的鞋帶。這麼熱的空氣裡，居然火苗躍兩下就滅了。連火對火熱的窗外都甘拜下風。難怪小婷逃走了。小婷可是在這個烘箱裡一分鐘一分鐘地熬，那一身細皮嫩肉，給煎得冒汁，再多汁的她，也乾了。他不懈努力，一再點燃紅皮鞋，終於燃燒起一隻。沒有燒成灰，燒出一個醜陋的怪狀，冒出油，散發出臭氣。一隻那麼漂亮的鞋，竟然也像白骨精，被燒出奇醜的原型。本是為愛買的禮物，原型卻這麼醜，這麼臭。

他也懶得再燒出第二份醜和臭來，乾脆直接從窗口把剩下的一隻紅鞋扔出去。之後他趕緊離開窩（小婷曾經把它進化成了家，現在又退化成了窩）。他救命一樣買了一箱啤酒，搬回窩裡。他救命一樣咬下瓶蓋，長灌一口。空著的腹，像乾旱的土一樣，貪婪地吸收酒精。一瓶下去，他就坐在了地板上。現在有救了，可以在死與活之間的空隙呆著。那個空隙，就是非晝非夜，不死不活，無思無想。

一連十來天，他就這樣度過。一天夜上，他醉得正爽，晃悠到街上。晃著晃著，他發現自己晃到了廣玉的排檔邊。廣玉和她的侄子正在關店，見他來了，驚愣得一動不動，等著他晃到跟前。他到了廣玉跟前，廣玉抖了一下，說：「你怎麼成這樣子了？」這個聲音可以去哭一個死人。

她拉著他進了店裡面。店裡開著風扇，風扇中間一盞暈暈的燈。廣玉把他安置在一把椅子上，走了，又來，手上一條毛巾。毛巾是熱的，熨撫著他的臉。有多久，他沒有沾過熱毛巾了？「你咋個成這個樣子嘍？」

什麼樣子？

「瘦了一大圈！衣服都沒有換過啊？！上禮拜你來，就穿的是這一身。吐成這樣，也不換換……都餿了！」她倒是不嫌餿，把他的臉摁在自己胸口。胸口一聳一聳，這女人為這男人被另一個女人傷而哭。一報還一報，連鎖的冤家。世界就是這樣連鎖錯位。錯著活，錯著愛，錯著把一生錯過去。他大口吸著她身上錯綜複雜的氣味，廚房的油煙，微微發酵的汗水，兩天沒洗因而生出頭油的頭髮。多麼實在的一個女人。她會讓男人活在她身上，老家那個癱瘓的丈夫活在她身上，一大家親戚也活在她身上，誰都可以活在她身上，受滋潤，活得什麼閒心不用操。侄子推門進來，見到他們這樣的奇怪造型，也沒什麼見怪，繞過他們，進了廁所。海南的人容錯率高，「容怪率」更高，什麼古怪人際關係都能被海南的人看開。侄子又從他們身邊離去，乖得很，替他們關緊門戶。

他突然想到徐平的在她腹內留的種，伸手摸了摸她的肚子，平坦的……

她知道他摸什麼，低聲說：「引產了……是個男娃。……我打電話給老徐，他害怕，怕我帶著兒子去找他……」她笑笑。

他摟緊她。

關閉的門戶，任何一對青春男女，無緣無故都是乾柴烈火，何況是有一點情愫的。他把廣玉擱在一張長桌上，廣玉已經渾身都是「要」了。他在著火之後突然想到，以後他會錯待廣玉的，因為廣玉要他不像他要廣玉，不是平等的要。廣玉現在的功效就是啤酒，喝暈喝木了，喝得不知晝夜，無謂死活，功效就盡了。而他知道廣玉對他，是另有期望值的。廣玉戀他，眼睛為正。廣玉在看他的時候，就把自己全部投降給了他。他不可能達到她的期望值。那種期望值只有一個人他會去滿足，吳玉婷，他的小婷。他在不需要啤酒的廉價迷醉之後，會扔掉酒瓶子的。連同裡面的殘酒一塊兒扔掉。那時，廣玉便是碎掉了，心碎，身碎。他不能錯待一個如此戀著自己的女人。他及時撲滅著火的自己，收起勢頭。廣玉痛苦地扭起兩條腿。他湊到她臉上，深深地，莊重地吻了她一下。

然後他推門即出，一去不回頭。

17

他沒回窩裡，坐在街心公園的草地上，睡了一會兒。回到家，夜已泛白，借著淺灰的晨色，他看到整個屋子變樣了，藤編沙發不見了，並且被翻騰得亂七八糟。他走時太暈，沒有鎖門。這樓殼子裡三教九流，人等齊全，肯定不差盜賊。他不用覈實，也知道小婷給他留的那筆錢，以及從朱維埠那裡討來的錢，都沒了。他發現一個啤酒瓶裡，還剩大半瓶酒，從盜賊的大洗劫中倖存下來。他靠著牆，坐在地上，一口一口地品著撒了氣的酒液，人說啤酒像馬尿，那他們是沒喝過他此刻瓶中的啤酒；此刻瓶子裡的液體，不像馬尿，就是馬尿。他不知靠著牆睡了多久，一覺醒來，看到窩裡亮得可怕，他是活活被這殘酷的明亮給夯醒的。白亮的窩，更顯出被劫後的悲慘、潦倒，能搬的東西都給搬走了，連小婷為那些沙發和椅子添置的紅色扎染坐墊，都絕不給他剩下。現在他連坐的地方都沒了。單人床是鐵的，大概盜匪嫌它太重，也太舊，給他留下了。

他步行到阿埠家的社區。在附近超市裡，他買了兩瓶啤酒，一把青菜，四個番茄，裝在透明塑膠袋裡，打算再次混過門崗。門崗卻用一根棍子攔住他：「幾樓幾號的？」

他說出阿埠家的樓號。

「說對了。就是這家的人告訴我們攔住你。」

他掉頭走開。曾梅夠陰，夠狠。

他身上剩的兩百多元，夠他喝啤酒了。喝到死，還有五六天可喝。喝完他就去死。跳海不行，他水性好。吃安眠藥呢，據說最後幾分鐘很難受。可以試試上吊。文革中上吊的人被救下來，還會重複上吊。看來上吊不那麼難受。不過，他得找個墊背的。鞋店老闆，還是王總？等他喝下一瓶啤酒，再好好思量。在樓下碰到一個小姑娘，問他知不知道吳玉婷住在哪裡。他說吳玉婷搬走了。他聽到自己聲音啞了，那個名字蜇他的嗓子。整個人就是一塊傷，什麼時候想到那名字，想到那身影音容，那微微低於正常人的體溫，稍稍慢於其他女孩的語速，都是在傷上撒粗鹽。

等他進了樓道，小姑娘問，大哥能把這個交給吳小姐嗎？他回頭，見小姑娘手裡拿著一個小紙盒。他問紙盒裡何物。小姑娘告訴他，吳小姐在她們店裡訂了這支進口眼睫毛膏，但是沒有付訂金，給吳小姐打了好多次呼叫器，一直沒回音。他接過小紙盒。總不能讓小姑娘白跑路，還賠錢。他看了一眼價格標籤，掏出錢，付給小姑娘。零錢別找啦，就算小姑娘的跑腿費。小姑娘把訂單也交給了他。他看一眼上面小婷那筆醜字，又是一把粗鹽撒上血淋淋的傷口，趕緊將訂單順手揚進穿堂風。

他到了窩裡，一頭扎到床上，在酒瓶裡插了根軟吸管，躺著喝啤酒。喝到中午，尿憋了，他掙扎著順著走廊往廁所走。走過程文豈家門口，他聽見裡面有人說話。等他從廁所出來，他聽出那是一個男人和一個女人在說話。他在門外（鐵柵欄防盜門上，纏著鐵絲網，裡面掛了塊塑膠簾子，因此基本不具備隔音功能），咳嗽一聲。裡面的說話聲停止了。他問：

「誰在文豈家呢？」

一個女人的臉出現在撩起的門簾內，問他：「你是誰？」

他看著這個三十歲左右的女人。臉倒是不難看，但長得有點兒怯，就像紅配綠的大花被面。

他反問：「你是誰？」

「我是程文豈老婆。給他收屍來了。你誰啊？」

「我是他朋友。」

她上下打量她一眼，把簾子撩開，又打開鐵絲網防盜門，表示邀請。他進了簾子內，見那說話的是個四十歲上下的一個男人，黑臉膛，油亮亮的大背頭，胸口一根金鍊子延伸到口袋裡，大概是個懷錶。他想起舞劇裡的南霸天。

「你是小張吧？」

咦，大背頭知道他。

「老程對你印象很好。說你能幹，忠厚。」大背頭一口流利的海南普通話，可能是坑大陸人練出來的。

看來大背頭把他看程文豈的生前好友。此刻程文豈老婆端了盤切好的鳳梨。他又打量她一眼，見她高大豐腴，稱得上標誌的相貌，鄉土氣十足。此女能競選通縣的縣花，亦或鐵定是他們村的村花。

程文豈的書桌上，放著一個骨灰盒。看來這女人能帶回去給程文豈兒子的，就是成了灰的爸爸了。

大背頭遞過來一張名片。小張從來沒見過印了那麼多字的名片，全部讀完得一分鐘。

一大排的「總」，上天入地，陸地海上的各種公司，他都是「總」。小到沉香，中到黃花梨傢具，大到航運、地產。這位涉足遼闊的「總」，名字是梁金奎。名如其人。等他研究完名片，大背頭說：「老程的時裝店生意，是我投的資。當時老程有意培養你做店裡的經理，不巧碰到那幫追債的爛仔，天天堵在店門口，老程很遺憾……」黑臉膛爆出個白牙笑容。

他也笑笑，把他為什麼被追債的緣由，概要地講了一遍。

大背頭不打斷他，耐心地看著他，端詳他。他有點心虛，自己現在這副臨界流浪漢和待業者之間的尊容不用端詳，一目瞭然。等小張說完，大背頭掏出煙盒，先讓他，他表示自己不抽煙。這時程文豈老婆在打火機上摁出一朵火花，湊到大背頭的煙頭上。程文豈也是個能作的人，多麼是老婆的一個老婆，他不要，跟女朋友到海南逃婚。

他站起身說：「梁總……」

大背頭打斷他：「就叫我奎哥吧。老程叫我奎哥。」

張明舶想，這名字很配他，怎麼看他都是海南一哥。

「你有急事嗎？」奎哥問。

他迷離馬虎地搖搖頭。

「那我跟你談個事。我的生意大部分在三亞，忙得很，海口我不能常來。老程這麼一出事，那個店簽了五年租約，也不好退，小張你能不能幫我經營呢？」

小張等他說出條件。

「我聽老程說，能給你一部分乾股，工資呢，不好意思，就先少拿一點兒，聽老程說，你當時是同意這個條件的？」

「當時我是純粹是幫程文豈的忙。鄰居嘛。」意思是，這個條件只比純粹幫忙略強一點，去掉鄰居情誼，他是瞧不上的。

「記得老程說，他也是想幫你，你前面那個公司倒閉了……」

他打斷奎哥：「當時老程確實是求我幫他，因為我前面的公司是做房地產的，對裝修有經驗。當時老程在裝修店面，求到我，我反正也沒什麼事，就幫了文豈兄一把。」

「對呀對呀，在海南，大陸人都是互相幫助！」

「謝謝奎哥想到我。那我走了。」他拿出夜市買地攤貨的伎倆，轉身就走。

「那你提條件。」

他在門口聽見奎哥也拿出地攤貨主的老把戲。

「月薪少於四百，我就不考慮了。」他在張口之前，明明腦子裡的數字是五百，怎麼出口變成了四百？就是改不了老實憨厚的毛病。在海南，老實憨厚跟孬種慫貨是同義詞。

「三百五。」

地攤上的要價還錢開始了。

「四百，乾股不得少於百分之十，誰知道這乾股到最後值不值一分錢。奎哥，您不是個好騙的人，您心裡知道，我說的數公道不公道。」

「不說了，三百八，不行，就算奎哥跟小張緣分淺。」

他疲勞地看著他，點了點頭。他這邋遢餿臭的一身，潦倒豈止掛相，簡直是破相。破了相的潦倒之徒，是沒有多大還價餘地的。

「那，明天就上班，行不行？」

他猶豫一下說：「再給我幾天間吧。我有些事要處理。」在處理所謂的事中，也許包括處理掉他自己。他再喝幾天啤酒，可能成仙得道，駕鶴西去。沒了小婷，掙錢、工作還有什麼意義？

奎哥答應他，一周後上班。

18

傍晚前，他洗了個澡，換了一身衣服。他站在砌在牆上的半身鏡子前面，發現鏡中人是另一個張明舶，鬍子像秋雨漚黑的毛栗子。難怪那次嚇壞了廣玉。刮鬍刀也被劫走了，現在他只有穿在鑰匙上的一把瑞士軍刀，是他上大學之前，父親送給他的。他用瑞士軍刀刮臉，無比艱難，鬍子沒刮到根，臉頰到刮出口子。可見父親也是眼拙，買的是一把冒牌貨。但「毛栗子」上的毛刺兒畢竟短了，露出瘦得嘬腮的臉頰。他想，現在他這副樣子，大概不會嚇著廣玉了。那次他釜底抽薪，廣玉也許受了傷害，他至少該去安慰安慰她。但剛出樓門，馬路對面邊響起一聲呼哨。他眼看幾個男人從四面包抄過來，有的直接殺過馬路，衝亂了黃昏的車流。他轉身就往樓上跑，一口氣跑上四樓。他想，自己往樓裡跑什麼呢？這四層樓，上來了，還怎麼下去，等於自己把自己不是要把自己往絕路上逼嗎？那些人很快也會跟上四樓。他關上門，插上門閂，把單人鐵床從臥室推出來，抵在門上。腳步聲響到四樓時，他正站在落地窗前。這個樓又要出一個墜樓者，又要嚇跑幾個小婷了。萬一不能把自己成全成程文豈，摔成個高位截癱，或者嚴重腦震蕩後遺症，七分傻三分殘，吃喝屎尿不能自理，對自己的父母該多不公道，臨老還要對付一個成年嬰兒。腳步聲往程文豈家那一邊去。他們需要打聽，叫小張爛仔住在哪個門裡。他還有一點時間，把小婷買的睫毛膏刷在被修短的鬍茬上。進口貨睫毛膏果真厲害，刷上去的一根根鬍鬚還打捲兒，一會兒就把他成了巴格達竊賊的大絡腮鬍，然後開始刷眉毛眼睛，鏡子裡的臉在改變種族。腳步聲從程文豈家那一頭往這一頭來，終於開始砸門了時，用瑞士軍刀在床單上割出若干小口子，一條條撕開，再兩股並一股，拉了拉，大概能承受他的體重。幸虧他目前只有小婷在時的四分之三個體積。小婷的出走造成的心傷，損耗了他一部分體重，還有些體重，隨著啤酒尿出去了，因此他的小婷即便回來，也不一定能認鏡子裡這個小張。門扇從外面被推動、撞擊，老木頭的門和框之間的合葉，開始鬆動，每一次撞擊，合葉上的螺絲釘就從框子上被拔起一點。但他知道他有足夠的時間。

他把床單結成的繩子，一頭套在鋼窗框上。他抓起繩子另一頭，扔出窗外。他抓緊繩子，腳尖尋找摸索到兩塊預製板的接縫，使勁插入，全力蹬住，一步，兩步……越過了三樓的落地窗，快夠著二樓的窗台了，繩子到頭了。隔著一層塑膠布，他看到二樓這間房極大，住著二十來個民工，地上草席一張接一張。所有老少男人都赤身裸體，像是一個叢林部落。「叢林土著」們一絲不掛，首先是圖降暑，其次也能減少衣服損耗。他們有的坐有的躺，但此刻一律向他轉過臉，為他的攀岩喝彩。他一腳踢開那塊當玻璃窗的塑膠布，落腳在一座人肉森林裡。人肉們看著這個疑似外族大鬍子的男人，不知該拿他怎麼辦。他咕嚕一句：「對不起……」，就從他們一塊塑膠布的門裡衝出去。

他輕輕下樓，抵達一樓的門廳，討債幫居然沒在此地留下斷後的人。他晃悠到馬路上，兩個拿棒子的男孩站在門外。他倆看了他一眼，認為他不是剛才上去的那個人。等他穿過馬路，加快腳步，兩人大概從他的步態和身高上看出詐來，大喊：「抓住他！」

海南人才不幫你「抓住他」呢。海南人對於闖蕩海南的人，是有點看熱鬧心情的：你們來，不攔著，走，不拉著，還想看看你們到底怎麼折騰，看你們能把我們的地方折騰成什麼樣。這是一天中最輕鬆的時刻，太陽落了，暑熱在退，人們撲扇著芭蕉扇、折扇，穿著寬鬆衣褲，在外面吹海風，找合口的東西吃。老海南人看到這個匆匆跑過的年輕大陸漢子，都懷有一絲憐憫；這個時候還這麼急這麼忙的人，真正苦命。海風真好啊，受了一天暑熱的人，吹到這樣的風，還有什麼顛倒夢想？還值得這麼奔啊跑？海南人的福報，就是知足，只要一點點，就能讓他們滿足。他們眼裡的張明舶，不知奔著什麼跑向什麼，但眼下這段舒爽悠閒的時間，你奔的什麼寶，他們也絕不以此跟你換。

他終於甩掉了追殺。突然又是一陣錯愕：不是跟自己商量好，只要被他們抓到，就直接領著他們去阿埠家嗎？怎麼每回都緊急變卦呢？看來他生命裡爆發不出那樣的叛賣舉動，他的精神和肉體裡，都不存在那樣一個叛徒。

他找了個吃冰的地方，要了一碗椰蓉冰沙。這裡他和小婷曾經常來。那時小婷還是王總的偷養的女人，他小張是被偷養的女人偷來的漢。那是他們最甜蜜的階段。偷來的，都是最甜的。早知人之德行如此，倆人一直偷下去，說不定現在還在吸噬那不乾不淨的甜蜜。想到此，他覺得面前的冰沙藏污納垢，令人作嘔。

他站起身往店的後面走。男女廁所之間，有個洗拖把的水泥池子，他把頭伸到水龍頭下，搓洗臉頰上和眉眼上的眼睫毛膏。

不久他來到廣玉的排檔，找了個空座坐下來。等了一會兒，不見廣玉出來，內外忙的兩個服務生，是琴嬸兒和侄兒。廣玉的侄子瞥見張明舶，快步過來，一邊從圍兜的口袋抽出點菜單。他問：「你小姑呢？」

「回去了。」

「今天不到店裡來上班？」

「她回四川老家，去看我姑父了。」

他明白了。一時間，他的心和胃口都不知道跑哪去了，隨口點了個麻辣豆筋，一碗素菜臊子麵。廣玉不在，沒人會為他褻瀆這個店的素菜招牌，在素裡作弊，偷偷藏進肉類。廣玉不在，也沒人會請他吃白食。那次廣玉不僅受了傷害，還受了羞辱。大概她也由此不安，回到結髮夫君身邊，收一收被海南放野的心。廣玉突然離去，給了他微妙的一擊：別以為人家會隨時在原處待命，提供食宿，給你舔傷，為你張著懷抱，容你隨時扎進去，索取呵護和安慰。她讓他撲了個空。撲空的滋味是那天夜裡他給予她的；在她的肉體那麼需要安慰的時刻，他讓她撲空了。

吃完飯，他招呼侄兒過來結賬。侄兒面無表情，但一開口就是知情人的口氣：「我小姑交代了，小張哥來吃飯，店裡哪個人都不准收他錢。」他怔住了，就像挨了一記暗算。他再想說什麼，男孩已經跑開；施恩的一方，反而先羞死了。老實人頂受不得人家感恩的表白。

幾個月來，一直吃廣玉的白食，現在胃裡翻騰作酸，讓他瞧不起自己。身在遠方的廣玉，仍然讓他走不出她的恩德之網。他欠她的，她讓他休想償還。

他不知怎樣走在熙攘的騎樓下，不知下面要去哪裡。樓殼子是不能回了。所幸窩已經被搗毀，家當也所剩無幾。他從來沒感到如此赤條條。近三年來第一次他想家了。想姥姥和姥爺那個家。這該死的憨厚性情，以及如同犬類的忠誠，是姥姥和姥爺給的。姥爺說過，總上當的人不可怕，從來不上當的人才可怕。姥姥也常說，吃虧是福。可二老不知道，他們的外孫背著他們的信條，在海南就像背著個收破爛的大空桶，所有人會隨手扔進那種叫做「當」和「虧」的破爛；既然你收，他們就扔。拓荒者雲集之處，暗中遵循的，其實是叢林法則，你弱一點，就把身邊人催強了一點；你不攻擊，你就是攻擊者盤中的肉。海南的美女如小婷之流，更加懂得歸順到攻擊者的翼下，才能容她們安巢。她們寧願跟同類合用一個巢，巢內爾虞我詐，自相殘殺，但假如不顛覆傾翻那個巢，都能分享苟活的融融其樂。無論如何，巢內的不堪，遠不能與巢外弱肉強食的叢林相比。

他走到三角池，此時燈光闌珊，人影闌珊。小姐們出動了，有的手裡拿著冰鎮飲料，有的搖著絹扇，拍打蚊蟲。小姐們總是在蚊蟲向人類發起總攻的時刻出動。她們也吸血，也留下癢處，那就是蚊蟲和她們的功能，對此她（它）們毫無辦法。

他也想到了父母。他已經有一年多沒給他們寫信。居無定所的他，曾經告訴他們，等住處固定了，再跟他們寫信好好彙報。父親曾在母親的信上，以書法批示「好自為之」，其實是刺激了他的好強心。闖蕩海南的人中，有一種屬於張明船這樣的人，內心柔弱，但好強心重，這類人吃盡海南的苦頭，上盡了海南的當，但就是不撤退，不回頭，不混好了不還鄉。他信上說會好好向他們彙報，自然是要等他好起來，混得好了，至少混的入有房，出有車，留得住愛人，屁股上無債。

一個女人湊上來了，人未近，廉價香氣已被海風颳來。

他回過頭。她應該有小三十了，線條不錯，是廣玉和藍蘭的綜合，廣玉的高挑，加上藍蘭的凸凹。這件桃紅T恤也助力，讓她寡廉鮮恥地撩撥人。這兩年海南光景不佳，妹妹們也是粥少僧少。女人笑了笑，看不出俊醜，這種昏暈燈光和她們的妝容合謀，給你看到的都是假臉。他轉過身，繼續往自己的方向邁步。女人步子加快，逐漸與他並肩。香氣噎死人，光溜溜的胳膊在他赤裸的大臂上一蹭。他是怎麼了？肌膚的飢渴居然被蹭出來了！多可怕，他的心是那麼專屬，而皮肉是這麼不挑食。

「幹什麼你？！」吼叫是爆發出來的，他自己嚇了一跳。

女人被他吼得一哆嗦。其實他也是吼自己，吼自己皮肉低賤的胃口。女人那肉滾滾的一蹭，便讓他小腹下發緊。自己這一身被小婷愛過的皮肉，居然忘性這麼那麼大，忘了小婷的滋味，大街上的排檔女人也能把它給饞成這樣。

女人尖起嗓門：「哎，碰我幹哈（啥）？！」

他想，碰上了個熱黏皮，被訛上了。

他想繼續往前走，女人上來拉住他：「耍哈（啥）流氓啊？！」地道東北大碴子味。

「我他媽愛流氓你！」他甩開她。

一個高大的男人上來，推了他一下：「你幹哈？！」看來這女人有護花使者呢。男老鴇比他還高一寸。早聽說海南的「東北虎」厲害，果然，大街上公開玩拆白黨。

另一個男人從馬路對面趕過來。妹妹們的錢難掙了，這些男人組織集團拆白黨。他準備好了拳腳。很久沒好好打架了，他們正撞上他的槍口。他想到那幾種處理掉自己的方式，投海因水性太好而被否了，安眠藥醫生一次才開幾片，得攢到什麼時候才能夠數？上吊雖然省事，但死相難看。現在，最好的終極處理方式出現了：打架打死，太好了，生為男兒（未成人傑），死為鬼雄。兩個男人一前一後把他隔斷，他迅速心算了一下自己接下來攻守的步法和打法。女人在他左側，他把她編號為「拆白黨甲」。前面的男人是乙，後面的便是丙。

幾個無事生非的路人圍過來。

女人跺跺腳：「耍流氓不說，還踩我一腳！腳指甲蓋兒都差點兒給他踩掉了！」說的跟真的似的。

兩個男人說：「你跟我們走呢，還是就跟這兒練？」

跟他們走，無非就是到個僻靜地方，那裡可能還有人等著，總之是要造成絕對懸殊的優劣勢。他們不知道，他口袋一共還有二十多塊錢，他們該怕他才對，因為他才是赤腳的那個，他才是幹起來不要命的那個。

「我要是不走呢？」他獰笑。

「不走？」前面那個人給了他一拳，但被他晃過。後面的人膝蓋頂上來，這動作他早有防範，反而猛地趔趄出去，借身體重量和前撲慣性揮出一拳，打在拆白黨乙肚子上。乙後退幾步，被擊打得身體對折起來。這個拆白黨集團的戰鬥力暫時廢了一半。但拆白黨丙學過招式，不知怎麼給他來了個鎖喉。他肺裡的氧氣迅速減少，感到自己原本略微凹陷的眼睛在漲出眼眶……拆白黨甲趁機向圍觀者叫喊：「這小子耍流氓！」

「你們幹什麼？！」這時另一個女人衝入鬥獸場。鎖喉的胳膊略微鬆懈，顯然這女人在拖住那條鎖喉胳膊的主人。他借機掙脫出那條胳膊絞索，大喘一口氣。女人叫起來：「張明舶，你才討厭呢！說好在池子邊上等我，咋跑這兒來了呢？」

從艷美的濃妝下，浮出藍蘭的臉。藍蘭拉起他的手就走。挨了他一拳的男人一伸腿，藍蘭要是沒他拉著，就被絆倒了。

藍蘭夠潑狗辣，脫下一隻高跟鞋，就朝那人扔過去。

東北女人上來阻攔，藍蘭指著她鼻子就罵大街：「臭不要臉的！你拉客麼，也要先撒泡尿照一下嘛——這麼老的貨，煮都煮不爛，還在這兒賣！」

圍觀的人哄一聲笑起來。明眼人一看，就知道藍蘭至少比那女人年輕四五歲，四五歲的年少，在海口可是優與劣之間的大差價。

現在圍上來的至少有三四十人，拆白黨失敗，挺沒意思地散了。他走過去，拾起藍蘭剛才的武器——那隻跟部如利器的高跟鞋。藍蘭的鞋跟都能在緊急時刻把敵手的腦殼鑿出個血窟窿。

藍蘭拉著他走到人群外，說：「怎麼又在外面惹事生非？」完全是個老姐，或者小媽。「真是冤家，每次給我碰到，你都在麻煩裡頭！」

他不自覺跟著她。她說：「你還不回你自己家，跟著我幹什麼？」

「我沒家了。」

「家呢？」

他不說話。

「你那個小女朋友呢？」

他還是不說話。她知道了。

「你要是今天不碰到我，咋辦？」

他說：「去死。」

她看出他不是在誇張。

「為一個女朋友，就要去死？你到海南，就為了個女人來的？」她白他一眼，從口袋裡掏出鑰匙。「我還住那，你認得。你先回去。」

他進屋就倒在床上。不久，藍蘭也回來了。他問她，今晚不出工了？她沒聲響，對著門後的鏡子卸妝。卸完妝她走到床邊。他趕緊起來，伸手到床下夠那個墊子。她在他手上輕輕打一下：「你睡床，我睡地板。」

「那不行！……」

「你做主我做主啊？這是我家哎。這會兒還早，睡不著，走嘛，請你出去吃東西。」她換下了那件著名的黑色尼龍長裙，穿上牛仔褲，黑T恤，頭髮扎個馬尾。人立刻就不像幹那行的了。她在脫下長裙的時候，他看著她穿內衣身體，哪裡都滿滿登登，他感覺她是一棵不大的樹，但果實累累。

他們一塊出門，路上都沉默著。他們來到一個小門，門內的慘白節能燈照著作為門簾的髒兮兮的塑膠彩條。他猶豫著，她果斷地朝他一招手。他也覺得自己好笑，普天下沒有他擱置一張床的位置，他還嫌棄人家髒。藍蘭跟昏昏欲睡的老闆打了招呼，很熟的樣子。她給兩人要了兩碗清補涼，她付了錢。她跟他說，比較下來，這一家的清補涼口味最好，分量又足。他心想，分量足大概是藍蘭對這小店最重要的圖頭。他們端著碗到外面，坐在一棵大榕樹下的長椅上。她嘆了一口氣。

這口氣似乎是提前為他要講述的糗事嘆的。接下來，他把什麼都倒給了她。藍蘭似乎是他失散的姐姐，或者是他前世的媽，亦或是天主教的懺悔神父，到她跟前，他不怕醜，也不好強，一切有失男人面子的話，他都能平鋪直敘地講。

「那你怎麼辦呢？」她看著他，眼神是看一個太不給大人省心的孩子，實在讓她愁死了。

他不吱聲，看著粗瓷碗裡的粗瓷調羹。

「算了，你就跟我過吧。餓不到你，下雨淋不到你。」她不容分說，看著前方。前方是什麼路，這個包袱她也要背著走下去的。「什麼時候你覺得可以走了，可以自立門戶了，你就什麼時候走。你看你現在的樣子，瘦成這樣，你媽要見到，恐怕要哭嘍。」

他還是不吱聲。他媽才不會哭，會像她對待科裡分錯藥的小護士一樣，「寫一份檢查來，深刻點！」他明白她的意思，她毫不奢望與他作一般社會意義上的男人女人，也不想得到任何名分，她只是不要再看到他陷入一個個麻煩。她願意提供他一份最基本的安全食宿。

她見他的碗裡還剩小半碗湯汁，但他已經毫無胃口了。

「海南以後會好起來的。海南好了，我家明船就好了。」她說著，一隻手摸摸他的腦瓜。「明船好了，再離開我，我就不操心了。」

她把那小半碗湯汁喝下去。然後站起身，將兩個空碗送回店裡，回來對他說：「走吧。」

假如他不走，她就會明白，他不同意她剛才的方案，然後她就會自己走掉，一點兒也不會勉強他。她對他沒有幻想，從一開始她就把兩人位置擺得很正確，所以從來不會幻滅。她喜愛他，疼他，純粹是由於她天性裡富裕出這份獨特的疼愛來，必須給予一個恰好的收受者。所幸的是，他正恰合她內心那個收受者的樣貌秉性。第一次在街邊餐館相遇，她就沒錯過分寸，誤導她自己和他，把倆人關係誤導到謬誤難堪的方向。他站起來，跟著她走，默默的，他們總是默默的，但比說出的話，分寸要準確多了。她急匆匆在前面走，高跟如釘，釘著路面。她穿這種尖頭、尖跟的鞋走路飛快；鞋太難受了，不能給腳反應時間，也不能給自己的痛感神經有時間去體味，所以一步攆一步，一隻腳掌還未完全著地，另一隻腳跟已經抬起，似乎一旦慢下來，痛感神經也體味出痛來，再也不肯走了。不時地，她回頭看他，那眼神，是一個家長剛把她孩子從幼兒園的糾紛中拉出。

19

這樣的日子他過了兩個多月，很合意，很舒適。白天他到時裝店打工，藍蘭補覺，下午接待一兩個熟客。夜裡藍蘭出去掙錢，家留給他。他和藍蘭的關係，讓他想到西藏邦達草原上一種黑白雙色鳥和一種兔尾鼠，同居在由鼠刨挖的洞穴裡。據說洞內很深，四通八達，可以躲避最低的氣溫和最殘暴的暴風雪。早晨兔尾鼠馱著鳥出洞，曬太陽，汲取熱量後，鳥飛出去覓食，覓回食來與鼠分享。在草原上，大太陽的早晨，能看到遍野的洞穴口，站著這樣的跨物種兩口子，圖說著最形象的相依為命。

有時（不經常地）藍蘭夜裡會帶老主顧回屋。她在接到老主顧預約呼叫器短信後，會馬上發呼叫器短信給小張，暗語為「鬼子進村了」。小張便很快穿戴整齊，避到外面去。客人走了，藍蘭再到電話亭給他發呼叫器短信，暗語為「鬼子撤退了」，他再回去，接著睡覺。時裝店上午十一點開門，一般他九點半點離開藍蘭家，悠閒地步行上班。到店裡，他看看賬單，稍微清點一下進貨，同時給自己煮一杯咖啡，烤兩片麵包，夾上火腿腸當早午餐。他會在店裡一直工作到晚上十點，店裡打烊後，他會檢查保險櫃、前後門的安全裝置，最後一個離店。回到藍蘭家，總能在小冰箱裡發現一個飯盒，一個小鍋，飯盒裡裝著米飯，小鍋裡是兩樣菜。他會把菜飯放到微波爐裡加熱，一邊吃一邊看電視。藍蘭的生活能力極強，所有東西都是從客人那裡買來的舊貨，價錢比白撿貴那麼一點兒，但樣樣俱全。藍蘭做的貴州菜跟館子裡的很不一樣，是山裡更窮更重口味的山民的菜。一開始他吃不慣，覺得它過分酸，過分辣，過分缺油，但一旦把自小的飲食歷史翻篇，就對這種窮人的重口味佳餚上了癮。藍蘭總是用非常卑賤的食材，如冬瓜皮、地瓜藤、西瓜白，做出超越想像的菜餚，因此吃的是手藝，花費幾乎等於零。有時他上班前和她下班後的兩個小時重合，他們就去趕海，採集的貝類和小魚小蟹給藍蘭的烹飪魔術一變，就是小張的國宴。憑了這樣的儉省勤勞和生活技巧，藍蘭可以把生活費用壓到最低，省下的錢，在遙遠的大山裡，供著一個大家庭。也供著「她家明舶」。有時他買回一條鮮魚，放在冰箱裡，等夜裡下班回去，魚已經是一大鍋，魚腸魚肝魚卵，全部入鍋，連湯帶水，又酸又辣又解饞。碰到這種時候，藍蘭會晚一點出門掙錢，等著他一塊吃晚餐。吃完，藍蘭會留下湯水做第二天的麵滷。

有次他請馬克來吃藍蘭的菜。馬克趁藍蘭出去倒垃圾，跟他說：「這是個好女人，可不能辜負人家。」

小張笑笑。藍蘭和他，是鼠和鳥，很珍惜相依為命的緣分，絕對成不了冤家。這點他跟任何人講不清。

老馬到了時裝店參觀，覺得程文豈設計的時裝品味不錯，但店裡擺設難看。他給名品牌拍攝過圖片，那種名店從來是做減法，掛衣桿上寥寥幾件衣服，假人模特不能長臉長頭髮。小張在他的指導下，從新佈局了店內陳設，店堂裡頓時明亮寬敞，每件展示品，看起來是物以稀為貴。馬克認識瓊劇團團長，去他團裡請來兩個女學員當模特，拍攝了一個影視廣告，算是他對小張的扶持。馬克在省市電視台都有熟人，他幫著小張把廣告片送進去，很快電視台就採用了那個廣告。雖然廣告長度給剪掉五分之四，只剩下令人眼花繚亂的一個個瞬間，但很快時裝店顧客就多起來。

奎哥看到了電視上的廣告，馬上開車北上，直接來到店裡。

「小張，幹得不錯！我看，可以開兩家連鎖了！」

奎哥是蠟燭，不點不亮。店堂陳設，是他在美學上被點亮了那麼一點，但他對廣告效用，是徹底大亮。這個海南一哥很快請來正在海南巡演的一個當紅歌星，聘請他穿上時裝店的假冒香港靚仔裝，又通過小張請來馬克，狠狠拍了一系列圖片。這套圖片首先是當單行本發放到各個賓館，酒店，高檔餐廳，又放大若干倍，張貼在電影院，戲院，連海灘上的棕櫚樹桿，奎哥都不讓它們閒著，幾乎每根樹幹都利用來做廣告。公共廣告欄就更不放過，經常是緊鄰「無痛挖雞眼」、「根治肛瘻」、「老軍醫包治梅毒、淋病」之類廣告，就是穿「南風一號」的歌星巨幅圖片。有一天，張明船在中山路上走，眼前猛地一紅，一條橫貫馬路的紅色橫幅上，一行大字：「讓海南人民漂亮起來！」橫幅兩頭，就掛著大歌星的時裝廣告。再走到解放路，又是一條紅色橫幅「海南時裝，接軌世界！」兩頭又是兩幅巨幅歌星廣告。再轉過彎，一根根電線桿上，一塊塊豎掛的旗幟獵獵飄揚，每一塊旗幟都是明黃襯底，寶藍大字：「愛美無罪！」讓小張想到古裝戲台上的帥旗，奎哥是要打仗的架勢。還有一次，他去查看剛租賃下來的第一家連鎖店裝修，路過那個曾經名人富人雲集的中國城。這個地標性建築，自從門口修起路來，生意就開始清淡，因為原本是有車有錢一族的消費地點，修路後，車開不進，停泊不下，就至少減去四成客人。不曾想路越修越爛，最後路當中爛出個大凹蕩，被雨水沖刷，凹蕩變成一口泥塘，夜夜蛙鳴，白天居然出現了兩三個悠閒老人，坐在折疊小凳上垂釣，而他們的孫輩，則在水面上航行遙控玩具軍艦。小張這天從泥塘邊走過，發現水面上也漂著若干「南風一號」的歌星廣告。

又是一周過去，奎哥告訴小張，海口所有連鎖店面的租賃已經搞定了。

張明舶此刻對這位海南一哥已經有所瞭解，他做事很海，什麼事一做，規模就收不住。每件事都是稀麵漿子攤煎餅，眼一眨就一大灘。奎哥在海口和三亞各租賃了幾家店面，海口三家，三亞兩家，馬克又有事忙了，不僅在海口拍攝影視廣告，還要到荒無人煙的嶙峋島礁上去拍攝。馬克妙招層出不斷，有幾套女裝，他要求模特們站在海水裡，時裝半濕，迎風招展。幾套圖片廣告發往廣州和深圳，很快小張在店裡接到深圳一家公司電話，希望他們參加明年時裝走秀。還有一些圖片登載在海南各家報紙上，有的做了雜誌封底。有一天小張發現，幾張歌星廣告居然出現在藍蘭的牆上，給藍蘭當畫看。但是小張的工資，奎哥卻一直拖欠，催三次，拿到半個月的錢，再催十次，才拿到滿數。到了第三個月，開工資的日子過了兩天，奎哥連電話都不接。一周後，奎哥打電話來，說他去了日本一趟，剛回來，馬上就落實發工資的事。一周又過去了，奎哥的說詞是，最近資金很緊，大歌星和馬克大師的錢，絕對拖不得，一定要按照合約上的數目付，創業階段的廣告非常重要，模特和攝影家最得罪不得。小張直覺到，奎哥跟阿埠做事風格接近，都是鍋多蓋少，當然阿埠路子更野，敢於十個鍋三個蓋兒，而奎哥實力強多了，但也經不住他此刻十口鍋，五個蓋兒。小張店裡的利潤，一定被挪出去蓋了其他還沒開的鍋。小張再催付，奎哥教育他，小張志向可不夠遠大呀，盯著那點工資，每月那幾百塊你小張也看得上？那也叫錢？！等生意全省（甚至全國）鋪開，海南（甚至全國）人抬頭低頭見到的都是本店的招牌，那時生意就做成了時裝行業的星巴克，股份價值還不成百倍往上翻，那才叫錢！

藍蘭和他的「鳥獸同穴」日子還是安穩適宜。到了十二月中旬，外面冷了，經常冷風小雨不斷。藍蘭在外兜攬生意的時間越來越短，一般是幾個老主顧大叔登門光顧。有天夜裡，藍蘭接到呼叫器短信，又是一位大叔想藍蘭了。在店裡累了十二小時的張明船從熱被窩裡起身，眼睛都睜不開，避出門去。走了兩步才發現，出門太急也太困，忘了帶傘。小雨中他縮頭縮腦渾走，最終縮進一家咖啡店。咖啡館也賣各種茶，但很貴，這一夜茶的消費是省不下了。他買了一杯香蘭茶，坐在那裡熬瞌睡。茶續了一杯又一杯，廁所跑了一趟又一趟，店裡漸漸只剩他一人。櫃台內只有一個海南男孩在看店，冷眼盯著他這個泡店蟲，他頭都抬不起來。兩個小時過去，一直沒收到藍蘭發來的「鬼子撤退」呼叫器信息。他給男孩盯急了，買了單，溜達回去，像下流的聽洞房者那樣，貼在藍蘭窗縫上，聽見窗內大叔鼾聲如虎嘯，不得已又退回咖啡店。可是他剛跨進咖啡店高高的老門檻，男孩警告還有二十分要打烊。他趕緊點一杯檳榔果茶，好歹提提精神。一杯檳榔茶讓他喝到金屬捲簾門隆隆下降，才一頭栽出來。

他找到一個電話亭，給藍蘭呼叫器發短信。過了十多分鐘，藍蘭出來了。她沒法驚醒那個老客戶，怕得罪了他，這個冬天他倆的日子會難過，貴州山裡老家的一家人，也會難過。兩人相依著，在街上來回溜達，直到天破曉。

老客戶離去後，藍蘭燒了一壺熱水，倒進盆裡，放在床邊，又快手快腳拔下他兩隻濕鞋，把那雙冰得刺骨的腳放進水裡，埋頭給他搓洗。然後她給自己到了半塑膠桶熱水，摻了冷水，背著身擦洗起來。他泡熱了腳，拉開軟墊，鋪上一床厚被，鑽進被窩。藍蘭此刻渾身一股香皂熱水氣味，走過來，拉起他的手說：「給我睡到床上去。」他倆是床上地板輪流睡。他不動。她一把揭下他地上的被，扔到床上。

兩人躺在被窩裡，隔著一小段距離。過一會，他的手伸過去，拉住藍蘭的手。藍蘭的手，反握了幾下。他記得藍蘭跟他說過，有些老大叔們是玩不動的，來了就是抱抱，摸摸，借一點藍蘭身上的活氣，滋養他們入暮的身體，更重要的是，給他們解解寂寞。

藍蘭轉過身，抱緊他。在小婷離去後，他第一次對這種引發後果的擁抱感到體內某種急需。

他的需要和她的需要終於和在一起。這是一次完美的完成。

等他墜入睡眠，他隱隱聽見她在抽泣。

早上起床後，他問她睡前哭什麼。她笑笑，不語。他問她，是不是他太自私，傷害她了。她說：「正好是反的。」

去上班的不行，路變短了，不夠他想明白她。到了店門口，他似乎明白了一點。藍蘭的絕大多數客戶們都是在吞噬她的活力血氣，而他正相反，給她輸入了活力和血氣。她和那些男人之間，都是陰溝裡的活動，而他正相反，那麼陽剛、壯健，多少抵消一些污濁交易帶給她的猥瑣感和羞辱。他們是誠實的，他們坦然地需要對方，兩份平等的需要，相互知遇，相互愉悅，平等地被滿足，相互間沒有優越者和卑躬者。他們也並非以某種名義進行這樁事物，比如，以愛的名義。這事物就是這事物本身，不多，不少，是兩個肉體，兩顆心靈，在那個短暫時刻毫無保留地給予和屬於，不計後果，也沒有後果。

在店裡的一天，他想念的人竟然不再是小婷，而是藍蘭。正如老馬所說，她是個那麼好的女人。假如他也生在她老家的大山裡，他會娶她回家，為父母娶他，為姥姥姥爺娶她，為以後的子子孫孫娶她，因為只有這樣的好女人，才能造就好幾代的好日子，好幾代的好兒女。

這天是周日，店裡非常忙。人的體溫驅逐了冬天的濕冷，音響放著柔曼的鋼琴曲。他不知道這是誰做的曲，也不知道誰的彈奏，但他感到樂曲跟海南的草創生活拉開了不小的距離。他直覺到大吵大鬧的流行音樂，適用於大減價、大甩賣，而古典些的音樂，能誘導人們平心靜氣地嘗試、想像。試衣間門口排起長隊，他請剛招來的一個的海口姑娘去那家折扣店，買了兩塊彩條床單，又在店堂尾部的角落，斜拉起兩根繩，把兩塊床單用大頭針別到繩子上，形成一個臨時試衣間。貨物都是廣東沿海和浙江沿海製作、運送來的，把店後面的那間他曾經藏過身的小屋堆得滿滿，堆不下的，他做主買了幾個品相好的立櫃，放在店堂裡，即做裝飾，又能儲藏。

此刻店裡來了兩個女孩，稍年長的一個穿背帶牛仔褲，套在白色高領羊毛衫上，小臂上搭著一件短款羽絨背心。另一個細高，穿深綠長款滑雪衫。他來到她倆身後，看她們安安靜靜翻看掛衣桿上的展示品，不時輕聲交流一句他聽不見的話。深綠滑雪衫姑娘拿起一件米色仿毛連身長裙，走進臨時試衣間，另一個女孩繼續瀏覽。他的眼睛注視著試衣間的簾幕，它每一動，他心裡都微妙的一驚。最後那個姑娘總算出來，身上是那件米色仿毛長裙。她走到大鏡子前，側過身，再測一點……背帶褲女孩替她拉拉這兒，拽拽那兒，一雙小肉手上下飛舞，遠比試衣的姑娘積極。姑娘再次走進臨時試衣間，他見彩條床單那被大頭針別住的地方，似乎被扯破了一點，便莫名擔心簾布會突然落下，把一個正在脫（或已經脫下）衣服的姑娘暴露在台上，那不就讓全店客人的眼睛都佔便宜了？假如那樣的意外發生，錯都在他。

等姑娘安然走出簾幕，仍然一身深綠，他挪開了目光。他已經明白，自己心裡管的這樁閒事是為了什麼。僅僅為那一瞥跟小婷酷似的目光。小婷對任何景物、人物，都是那樣消極、渙散地給一瞥目光，似乎見過了全世界，沒什麼值得她聚精會神的。

對於小婷，這一輩子他是無法自拔了。他看著那姑娘拿著那件仿毛裙走到櫃台上。掌控收銀機的，是早先招入的湖南湘潭女孩，矮墩墩的身材，濃眉大眼黑皮膚。另一個女孩也是湖南妹子，家在常德，一對眯眼，白皮膚如同糯米糍粑。她倆一直找不到住處，所以奎哥允許他們住在店裡。奎哥付給她們的低工資，也確保她們找不到住處。小張經理要求兩個湖南姑娘每晚睡前打開換氣扇，早上一起來，就打開店門，讓新鮮空氣進來，把她們夜裡吞吐的濁氣驅除。但每天早上他到達店裡，還是能嗅出她們的被窩氣。有一天他發現店堂角落有煙頭和一個白酒瓶，他把湘潭女孩叫到門外責問，湘潭女說昨晚常德女有兩個男客來喝酒吃夜宵。他當即開除了常德女。否則不久店裡就會進來老鼠、蟑螂。

奎哥誇小張有原則，有魄力，升任他為所有連鎖店總經理。但工資的事一字不提。冬天裡小張連一件像樣的總經理服裝都置辦不起，穿的還是藍蘭秋天給他買的夾克衫。是折扣店大甩賣時買的，張明舶看見滿街大叔老爹都穿著跟他一樣的夾克。

一天馬克來店裡送圖片，看了一眼小張的打扮，笑笑說：「你不會有七件一模一樣的夾克吧？」

小張知道他揶揄人，但不知道他指什麼。

老馬說：「一周七天，你每天換一件，可惜式樣顏色一模一樣，別人以為你從來不換衣服。」

小張臉紅了，聳起倆個熱烘烘顴骨，強笑。

老馬手指頭捻捻夾克的袖子：「也不夠暖和啊！」

下一次他來店裡，手裡拿個牛皮紙包，打開來，裡面包著一件黑色高領毛衣。馬大嫂的親手趕製的。馬大嫂叫老馬「讓那小流浪漢兒馬上穿上！」

春節前夕，「南風一號」的三家連鎖店裝修初步完成。很多地方非常毛糙，經不得細看，奎哥性急，要搶在除夕前一天開張。他說海南就是個毛糙地方，從來就沒被完全拋光過，大陸人看中的就是它的毛糙；毛糙，才有空子可鑽，才留給你空間去拋光。於是他指示，白天迎接顧客，夜裡迎接裝修隊，繼續裝修。除夕那天，小張發現街上不少年輕男女穿的是「南風一號」，奎哥初步實現了「讓海南人民漂亮起來」的理想，也替「醜」了那麼多年的海南人民來了一次意識形態撥亂反正：「愛美無罪！」

20

一九九四年四月，標總帶著阿埠南下時，在海口怎麼也找不見小張。最後是通過馬克找到的。馬克在海南人脈寬廣，可以當一本活電話簿，或者一個移動訊息中心。阿埠在家裡躲了半年多，正式得到了標總的原諒，北上深圳，接受了標總的總工程師（前撬門盜賊和前無期徒刑犯）的短期培訓，又到「金門安全鎖」工廠，跟工人們做了半年徒弟，踏踏實實掌握了十幾種安全鎖的構造，這才合跟標總回到海南，擴大製造和營銷。當時小張的總產值是負數，被藍蘭收留，所以沒人知道他的住處。標總已經瞭解到，別墅項目破產之後，阿埠拍拍屁股跑了，那一屁股債全留給了只管燒水沏茶的十九歲姑娘魏淑芬。阿埠說他自己信用差，應該由小魏這樣信用紀錄如蒸餾水般潔淨的人做法人。張明舶當然不忍童稚未泯的小魏被人追殺，才把法人轉成了他自己。那就是張明舶被追剿噩夢的開始。

「現在一切噩夢都結束了！」阿埠說。那氣概是一個大預言家的，是福音布道者的：

「海南已經開始復蘇，我原先就預見，復蘇是必然的！在我最狼狽的時候，我都沒有相信過那些逃兵的話：走吧，哪兒來回哪兒去吧，海南沒戲了，大勢已去。現在，看見了吧？大勢才剛剛開始！一切都在重　，重來，在別的地方重來不起的事業，在海南都能重來！」

標總不置可否，笑笑。標總似乎老了一點，這種老是微妙的；身體不是胖了，是虛浮了，好比原先是一塊結實的餅，現在起了酥皮。雖然頭髮還那麼長，那麼厚，但似乎是空心的，頭髮的質感流失了。

標總在看了小張做的幾家「南風一號」的連鎖店之後，沉默了許久。張明舶以為他不屑於這種小本經營，但在共進晚餐時，標總說：「你小子，你當時在我那兒，是大材小用了，沒想到你真幹出些事來了。」他那弱弱的目光，漸漸推出一層強烈來。「你不但是幹出事來的人，而且是能把事幹漂亮的小子。那時候，我看中你，只是覺得你比一般人厚道，肯出傻力氣，所以我只把你當個可靠的小兄弟。」

小張笑笑，告訴標總，他活到今天，沒有馬克是不能想像的。沒說的話是，若沒有藍蘭和廣玉，他也不能想像自己會成那一系列危機的倖存者。他命中的貴人都是平常人，甚至底層人。

朱維埠抽著煙，心緒遼遠。但小張知道，阿埠不願參加他們此刻的談話，萬一小張提起阿埠那些不堪的做法，今晚的團聚就成清算會了。

標總還像過去，點的菜他自己並不感興趣，看著他們吃，笑出長輩的微笑。

「還是想去看看我們那個海珠別墅……」小張心裡，那裡留他和小婷短短的蜜月，還有他們白日夢。他們夢裡的樓頂露台，小院裡紫藤蘿垂吊，鴛鴦沖浪池，三樓還有一間房，被他們稱為育嬰室……似乎那些別墅建造起來，小婷就會重現，中間一大段她的缺席，他和她就當沒發生。

「已經給拆了，成了平地。」阿埠說。

他感到燈光暗了一下。他的小婷，回來也沒她的鴛鴦沖浪池，也沒有她的帶紫藤蘿的小院，更沒有那個育嬰室裡的小主人……

「為什麼拆了？」過了半天，他問。

「那時候的設計施工都不達標，更不符合現在大多數人的眼光，就是把它蓋好，竣工，發售，也不會有人買的。再說，那些空房子都讓豬住了那麼久，你覺得那味道還去除的了嗎？」

小張斜了朱總一眼，還不是你造的孽？！

標總接下去的大項目，是在海口建造一個國際標準的酒店。一個香港老闆信賴標總，請他合伙。做安全門鎖，有趣，有故事，畢竟要先有房，再上鎖。能配得上那麼昂貴門鎖的，一定要最好的房屋、樓宇。另外，標總不想放棄做雙棲人的便利：出版形式放寬，他拿得出好書來，書若被禁，他拿得出好建築來。像標總這種想因自己來世界一遭，而要給世界造成些許不同的人，總要多些活法，才好活。小張想，現在是搞清標總神秘背景的時候了，但海南是那麼個地方，允許一些人物和事物永遠神秘。

標總認為張明舶在建造海珠別墅時，積累的經驗非常可貴，所以他希望由小張來當他在酒店建築的執行總監。標總將立刻為他將來的執行總監提供一套體面住房和工資。小張明白，那是用他來監督制衡隨時會走上野路子的阿埠。他請標總給他幾天時間考慮。

他是看著「南風一號」播種、發芽、開花的，其中他注入了的一年心血和生命。那是怎樣的一段生命？多少絕望？多少厭世？那段生命是一座欲斷的朽橋，若沒有廣玉、藍蘭、老馬這些橋墩全力扛著，早已傾塌成廢墟。他捨不下的，還因為「南風一號」是他的友人程文豈的生命之作，精神的遺腹子。程文豈的時尚理想，形成「南風一號」最初的風格設計，頭一年的四季服飾設計圖紙，老程全部完成創作，用它們為「南風一號」定了調。程文豈那麼個落拓不羈的人，一生連孩子都沒有，而他留下的「南風一號」，就是死去的老程不死的那部分。他想守著那部分不死的老程。

回到藍蘭家（現在是他唯一的家），藍蘭已經換上了她「上班」的衣服，妝容正濃。他明白，一個客人很快就要登門。他把自己去留的矛盾告訴了她。她一聽，沉默一陣，說：「我要是你，我就去標總那裡。」她要他去外面等著，等客人走了，再跟他仔細商討。

夜裡十二點，他在一個露天啤酒吧收到藍蘭的呼叫器短信：「鬼子撤退」。他趕緊付了酒錢，起身離開。他好久沒沾啤酒了，這一夜他需要微醺的狀態，來做一個重大抉擇。

藍蘭剛洗了澡，一張洗得發亮的真臉，身上一件乳白棉布睡裙。此刻你忘了她何種從業，她就是一個良家妻子。

「想好了？」她問。

「還沒有。」

「這麼簡單，有什麼想不好的呢？」她又給他愁死了。

她的意思他當然明白，標總的背景（那背景因為看不透，而更顯深厚），實力，人品，奎哥都是不能比的。

他說：「我對『南風一號』更有感情。」

藍蘭不吱聲了。

他又說：「它是我患難中成就的一件事。人在那樣一無所有，絕對厭世的情況下，居然能做成一件事。事後我怎麼想，怎麼奇怪。」

「嗯。」

「就像我奇怪，你當時為什麼要幫我。」

「我幫你什麼了？」她臉上出現了少見的羞澀，「我幫我自己還差不多。」

他看著她。

「真的，有你我都不覺得苦，都不想家了。」她看著自己的膝蓋說。

「藍蘭，你救了我兩次。」

她目光還是留在膝蓋上，拉起他的手。她像看什麼神密圖案一樣，在他掌心細覷：「有一次，你睡得好死，我給你看了手相……」她感覺他在笑，輕拍一下他的手掌，撇嘴了，「聽我說嘛——我是聽人說的，那人會看手相。你看，有這根豎紋的手，」她手指再他中指一直延伸到手腕那根縱貫整掌的虛線上輕划，「將來是做大事的。我想，等你做了大事，成了大人物，你記住一個叫藍蘭的人，那我也就跟大人物沾邊了。」她羞澀一笑。

今夜她退回去做小姑娘了，老實，羞澀。

「其實明舶也救了我，」她放下他的手，「我那些客人裡頭，有一兩個見過你。以為你是我的男朋友。我告訴他們，你小時侯是少年武術隊的，後來長得太高，打籃球去了。他們知道你住在我這裡，就對我就老實多了。這不就是你救我嗎？」

她眼睛那麼誠實，他把她抱緊在懷裡。

「你跟了標總，就從這裡搬走。」

她好像在安置他。他無話可說。去標總那裡當執行總經理，當然不能繼續住在這裡。

「跟標總幹吧，嗯？我這地方，不是你的久留之地。來我這裡的，大部分是人渣。」

她說出的真相，讓他不忍。

「你要走的話，千萬不要學你那個什麼小婷，話都不說一句，抱抱都不給一個，偷偷摸摸就走了。」

他說：「我還沒決定要不要答應標總呢。」

「答應。」

「捨不得……」

他捨不得的，還有藍蘭。會做重口味貴州菜的藍蘭；忍辱負重、舉重若輕的藍蘭；知福惜福的藍蘭，總是說：「怎麼都比我們老家好多了，我們老家窮得呀……」她總是斷在這裡，似乎看到了那樣遼闊廣袤的貧窮，一眼望不盡，令她目瞪口呆，訝異失語，因為那貧窮超過了語言的形容，就像美景美到了超過任何詞句的描述。

第二天，他到店裡，給奎哥打了個電話。奎哥聽說他要辭職，驚得啞了。一秒多種後，才怕怕地說：「就為我拖欠你工資？」

他解釋說不是的，是他的老老闆標總，聘請他回去。

「你可以兩邊幹嘛！就像奎哥我，七八個公司一塊幹！不行我跟你們標總談一下——我也認識他的，至少幹到我們『南風一號』真正起飛，股份能兌現給你那一天……」

他用笑聲打斷奎哥。接下來，他說自己笨得很，做不了奎哥，一人幹八家公司。他只有一份忠誠，給了老老闆標總，就剩不下任何給新老闆奎哥了。

上班的最後一天，他從「南風一號」旗艦店裡，買了一件深藍色長擺連衣裙，一條仿珍珠項鍊，裝了一個禮盒。然後他又去隔壁鞋店，買了一雙黑色全高跟羊皮鞋。他希望藍蘭此生能穿一回真正的皮革做的鞋。他拎著兩個盒子到了藍蘭家，但不馬上進門。他要看看住了一年的地方。這街角房屋的門，外面照例是鐵柵欄防盜門，裡面的木門是乳黃的，幾點粉紅斑跡，那是房東在用它開菸酒小店時張貼的春聯。藍蘭搬進來時，春聯已是幾片殘紅，字句只剩下「……今夜白，月……故鄉……」，他念出完整的詩句「露從今夜白，月是故鄉明」，惹得藍蘭對他刮目相看地一笑。他當時跟藍蘭說，菸酒小店的老闆的故鄉，大概也在海那邊，因此想家時，便覺得此地月亮都不如故鄉明。他住進來後，又是一年風雨剝蝕，最終門上只剩下這幾點紅紙的染漬。這屋有兩個窗，一窗朝北，一窗朝西。西窗原先也是售貨櫃台，窗上方帶一個遮陽棚，紅白寬條帆布，現已紅不紅，白不白。他從來沒看清這個屋的樣貌，似乎不用看清，反正會很快離開。這一住，便是一年。其實後來他的工資是勉強可在別處租一間房的，最差也可能與人合租，但他對藍蘭的依賴，已經成性。藍蘭對他，無所求，給予的情感卻那麼茁實，加上讓他食之成癮的烈性飯菜，她獨特的只送碳、不添花的呵護方式，讓他靠著一座山似的，依靠上去，不願離開。他現在要好好地看一看這個地方：它被老照片上似的錯落無序的街容襯托，似乎並不寒磣，或說有一種真實人間之感。

門開了，藍蘭看著他笑：「在家門口迷路了？我看你這邊轉到那邊，又轉回來，心想，咦，這人一早就下班，把晚上回家的門給忘掉了！」

他笑笑，進門。藍蘭剛起，還穿著乳白棉布睡衣，臉上是粉紅的睡容。他從來不覺得藍蘭好看，但這一刻，她真好看。他把禮盒遞給她，她打開一看，深藍裙子上擺著白珍珠項鍊，是一比一按照戴安娜公主那一根仿的。她是一種「不敢當」的驚喜，但馬上明白這是什麼意思了：這是他在告別。

她的笑容還是出來了，但心有多麼亂，也在笑容裡。

他叫她試試，不合適或不喜歡，他可以拿回店裡調換。她默默走到簾子後。怎麼，她從熟又退回生分了？他們不是早已過了那條界？她在簾後鼓搗一陣，出來時，眼圈微紅。她把黑色高跟鞋蹬上，說：「真皮子，舒服多了。」藍蘭這一身，可以跟他走進將來建好的五星酒店大堂。他當即在心裡斥責自己：當然可以，五星酒店大堂裡，什麼時候缺過藍蘭這樣的姑娘，只是她們的胸膛裡，缺乏藍蘭的一顆好心眼。

他上前完成一個藍蘭所說的臨別抱抱。

藍蘭抬起臉問：「現在就走？」

他點點頭。

「二天還來看我不？」

他點點頭。

她笑笑，就是不准眼淚淌下來。

兩個月後，他去看藍蘭，帶著標總公司發的一枚奠基鍍金紀念幣，以及公司食堂自製的兩盒甜甜圈。藍蘭有一次說，等她發財了，她要把甜甜圈吃個夠。那是個周日上午，藍蘭應該還在睡。他敲了三下門，停下，又快速敲兩下。這是他們曾經擬定的暗號。室內沒有任何回音。他又去敲窗。還是沒有回音。沒有他寄居在此，也許藍蘭能夠留客過夜了？他走開了，想等吃完早午餐，那客人就該走了。在他吃早午餐時，他用餐館電話打給呼台，請呼台給藍蘭發短信「鬼子撤退否？」等他結完賬，還沒有藍蘭的回音。

只好再去硬闖。門是被敲開了，藍蘭卻沒了，兩個更年輕的「藍蘭」是當下的住戶。其中一個姑娘告訴她，她們是兩個月前搬來的。看嘛，現在叫「萌萌髮廊」。他這才發現，遮陽篷沒了，取而代之的是一塊霓虹招牌，只是正午的陽光下，它完全被視覺忽略。他問，那原先的住戶呢？搬走了。沒留下新地址？沒有。另一個姑娘問他，需要什麼服務，前面那個姐姐能提供的，她們也能提供。

他說了聲謝謝，掉頭離開。又想到什麼，轉身回來，那個說要提供服務的姑娘滿懷希望地看著他。他把兩盒甜甜圈給了她們。

二〇〇四年初秋，馬克堅的紀錄片《南渡、南渡》獲得了一個國際電影節大獎。張明舶作為合伙製片人出席了頒獎儀式。我恰巧也是電影節的嘉賓，為我參與創作的一個故事片站台。馬克和張明舶邀請我參加《南渡、南渡》的開幕式。馬克花了多年拍攝的這部紀錄片，記錄了海南最成功的實業家，例如標立國和他的執行總經理張明舶的故事，也記錄了老山退役的殘疾老兵的故事，以及其他若干海南闖蕩者的故事。所有人的故事，都始於南渡而來的渡船。

影片放映時，我坐在張明舶旁邊。他看著十多年前的自己，在甲板上跟所有同伴一同高歌，頭髮裡盡是海風，眼睛裡全是陽光，悄悄對我說：「真難相信，我那麼年輕過。」影片中的他，只有一個帆布旅行包，那麼一無所有，又那麼無憂無慮。他和標總，以及朱維埠朱總的故事，結束在他們站在林立的大廈前面，面向大海……影片最後一段，記錄了一個名叫季小雪的小姑娘和她的小老鄉的故事。張明舶看見畫面上的季小雪特寫，悲傷一笑。十六歲的小姑娘正走出家門，上午刺眼的陽光讓她皺起孩子氣的臉。然後她轉身，從水缸裡舀起一瓢水，倒入一口殘缺的大鍋沖身後一笑，笑出一顆小虎牙，笑彎一雙大得失比例的眼睛。張明舶悄聲對我說：「她是在對我笑；我當時就站在她後面。當時她剛墮了胎……」字幕最後說，叫季小雪的姑娘和她的兩個雲南小老鄉最終由於海南的經濟低迷，而陷入消沉，染上毒癮，季小雪在一九九四年初二月，中國新年之前，死於吸毒過度。而她死後不久，海南迎來了它的復蘇。我這才知道，季小雪留在影片裡的，已然是遺容。

後來我又去海南。張明舶約我到海邊走走。我知道他還有未盡的話。我問他做億萬富翁的感受，他笑笑，有一點玄機在笑裡。我又問他，後來是否又見到吳玉婷，那個小婷姑娘。他還真見到了。二〇〇〇年春天的一個傍晚，他鬼使神差跑到海口賓館，想到小婷曾經喜歡在這裡的髮廊做頭髮，做頭部按摩，就鬼使神差去了髮廊。髮廊生意很好，每個椅子都是滿的。一個半躺的女人由一個男子在做頭部按摩，長髮傾瀉至地。他走過去說：「小婷回來了？」

一個貴婦人小婷直起身。他們在鏡中長相視，就像頭一次在電梯裡。

他們一起去了峇里島。兩千元一天的套房，帶私家游泳池，他們游天體泳。但他覺得這不再是原來的小婷，或者，他也不再是原來的小張。他和她，都死去了一部分，蛻變了另一部分，原先的人格沒剩下多少。

「就像我現在，當年奔海南的奔頭，都奔著了，可是又發現，又如何呢？很空。是什麼都有了，尤其不缺的是錢。都有了，是都有了，可是，人壞了。」

我問他「人壞了」是什麼意思。

他搖頭笑笑，無望解釋。我們走到天黑，海天之間有一道玫瑰紅。

「也許，」他又開口：「這麼多年，每年三百六十五天，每天二十四小時博弈、你死我活，多少個罪惡一閃念？那些罪惡閃念，閃過與從沒閃過，是不同的，即便一閃即逝，也不等於你原來的曚昧無辜，那些罪惡一閃念，會留下一絲絲改變你，每天改變一絲絲……說不好。」

玫瑰紅在飽合，另一個世界的美色。

「就像那，好看吧？」他也留神到那道瑰麗了，眯著眼，玫瑰紅映著他的眉眼。「你走近，走進去，就發現空的，什麼也不是。或者你說，如此而已。」

他又搖搖頭，還撓了撓一頭板刷毛刺。看得出他沒找出對頭的說法。

蜃樓 / 嚴歌苓著 . -- 初版 . -- 新北市 : 惑星文化 ,
遠足文化事業股份有限公司 , 2024.08
面； 公分

ISBN 978-626-98759-6-2(平裝)

857.7 113010720

蜃 樓

作　　者　嚴歌苓
副總編輯　黃少璋
特約行銷　黃冠寧
封面設計　張　巖
排　　版　宸遠彩藝工作室

Original title：蜃樓（Mirage）

出　　版　惑星文化／遠足文化事業股份有限公司
發　　行　遠足文化事業股份有限公司（讀書共和國出版集團）
地　　址　231 新北市新店區民權路 108 之 2 號 9 樓
郵撥帳號　19504465　遠足文化事業股份有限公司
電　　話　(02)2218-1417
信　　箱　service@bookrep.com.tw

法律顧問　華洋法律事務所 蘇文生律師
印　　製　成陽印刷股份有限公司
出版日期　2024 年 8 月初版一刷
定　　價　450 元
I S B N　978-626-98759-6-2